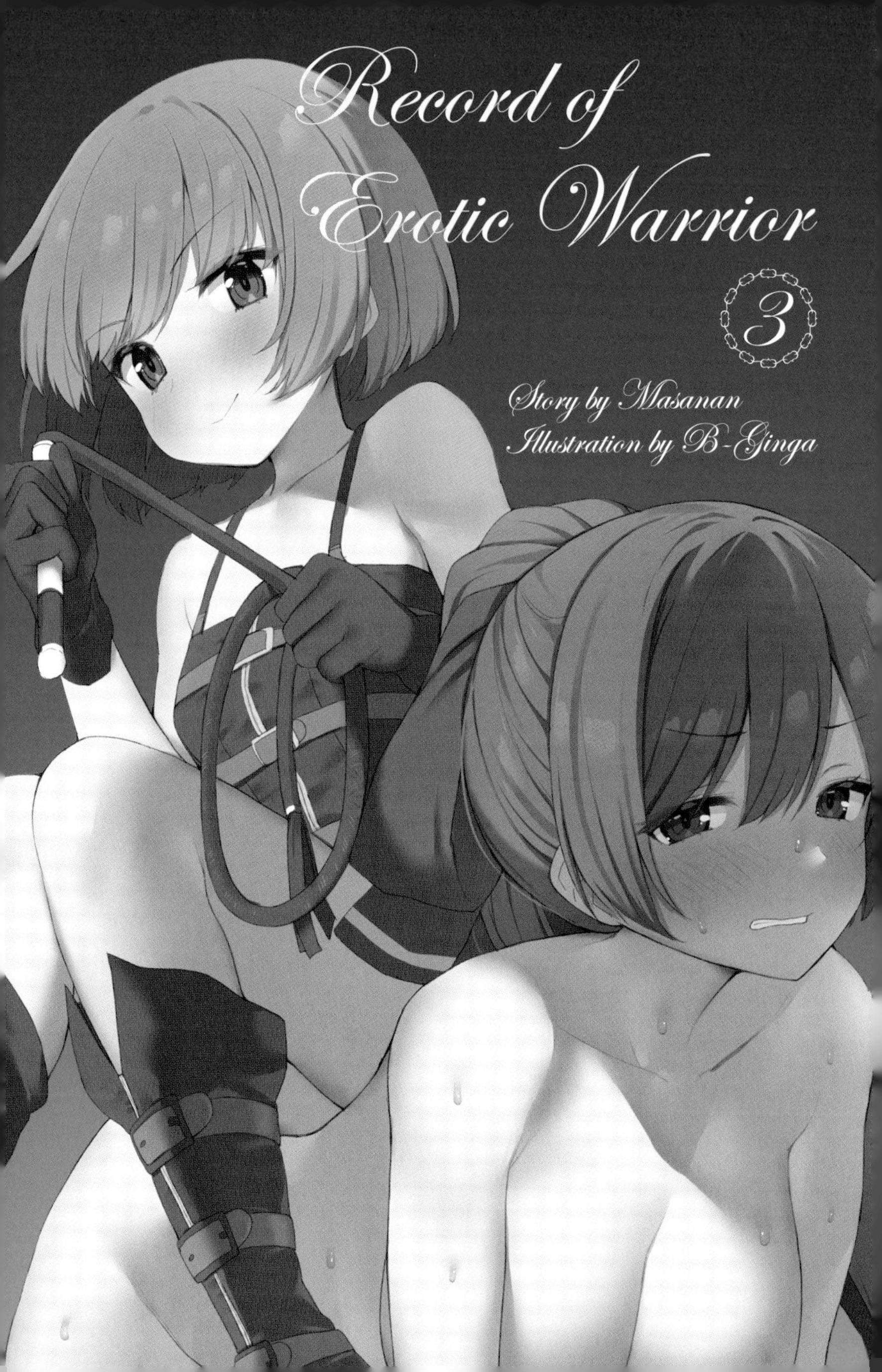
Record of Erotic Warrior
3
Story by Masanan
Illustration by B-Ginga

ネネ
イオーネ

ミーナ
星里奈

「ええ、アタシも頭に血が
上って上手く説明でき
なくて、悪うございました」
ルカが頭を下げるが。
エリサ
ルカ
「居たたまれないな……」
白騎士が力ない表情で顔をそらす。彼女も
すでに偽エルヴィンの件については事情を
聞かされたか、察したらしい。

エロいスキルで異世界無双

Record of Erotic Warrior

著：まさなん

イラスト：B-銀河

Contents

第六章　風の黒猫

第四話　第三層にて

Now Loading……
第三巻　第六章　風の黒猫
第四話　第三層にて

グランソード王国の中心に鎮座する『帰らずの迷宮』。

ここは五百年もの間、誰一人としてクリア不能な悪夢《ナイトメア》級のダンジョンだ。凶悪な魔物や罠によって死《し》屍《し》累々《るいるい》にもかかわらず、次から次へと冒険者が集まってくる魅力的な宝物庫でもある。


今日もまた俺達はそこに挑む。誰にも脅かされない最強の勇者を目指して。

俺のレベルは昨日28になった。

レベルが上がるのは喜ばしい事だが、次のレベルアップまで必要な経験値が1万以上あるので、当分の間は上がりそうにない。この分だと、レベル30以上がベテランクラスの領域になるのだろう。

ま、俺達にはレベルの他にもスキルという心強い味方がいるのだ。

何しろスキルポイントを【スキルコピー】と【スキルリセット】の合わせ技で無尽蔵に儲ける事ができる。こんな芸当をできる奴は他に見かけないので、俺達『風の黒猫』は見た目以上にもっと強くなれるはず。【レアアイテム確率アップ】

のおかげで宝玉ドロップも取り放題、金回りもいいしな。


「待てよ、アレック」

　俺達が装備を調え、『帰らずの迷宮』に出発しようとしたとき、ジュウガが宿から出てきた。

　彼は革鎧をきちんと装備し、松葉杖も無くなっている。それでいて以前とまったく変わらない希望に燃える瞳。活発な笑みをたたえた茶髪の若者がそこにいた。

　見た目は普通の冒険者そのものだ。

　俺は感心した。

「ほう、あの職人、腕が良いな。義足をもう作ってもらったのか」

　ジュウガは第二層のゾンビとの戦いで負傷し、その傷が元で破傷風《はしょうふう》にかかってしまい、片足を切断するという惨事に見舞われた。

「おうよ！　まあ、まだ調整が必要だって言うから、戦闘をやってみて調子を掴もうと思ってさ」

「ふむ……じゃ、クライドのパーティーに入れてもらって第一層で調整してみろ」

「待ってくれよ。あんなぬるいパーティーじゃ掴《つか》めるもんも掴めないだろ。アレックのパーティーに入れてくれよ」

「いいだろう。どれだけやれるのか、俺の目で見てやるとするか」

「そう来なくっちゃ！　すぐ稼いでやっからな」

　親指を立ててニカッと笑うジュウガだが、気の早い奴だ。

「でも、良かったわね、ジュウガ。松葉杖無しで歩けるようになって」

　星里奈《せりな》が気さくに声をかける。派手なリボンでくくった赤い長髪が笑う度に揺れ、純白のマントを羽織っているが、ＪＫらしさは相変わらずだ。

「おう、星里奈。コツを掴むまではちょぃと苦労したンだが、ま、天才のオレ様にかかればざっとこんなもんよ。アイテテテ」

「うわ、カッコ悪。ミニ・アレックって感じだね」

リリィがおかしな事を言う。艶のあるピンク髪に小柄なワンピースが似合う悪戯《いたずら》っ子だ。

「待て。俺は若いときでも全然そんな性格じゃなかったぞ」

「へえ、そうなんだ。でも、すぐ調子に乗ったり、偉そうになるところがソックリ！」

「そんな調子に乗ってるつもりは無いが」

「乗ってるわよ。奴隷をたくさん大人買いしたり、私にだけポイントをくれなかったり……」

レティが聞こえるか聞こえないかくらいの声で言っているが、根に持つ奴だなぁ。紫紺のレオタードにローブを羽織ったとんがり帽子の魔法使いであり、実力だけは折り紙付きだ。

「ほとんどいちゃもんだろが、それ。じゃ、行くぞ」

「「はい」」

俺の声にパーティーメンバーの少女達が応《こた》える。

一人はふわりとした金髪に微笑を浮かべる、女剣士イオーネ。白銀の鎧に身を包んでいながら、その胸の大きさは存在感がある。

一人は白いクーボ（鳥）に乗った犬耳族の魔法使いネネ。どこか気弱そうな表情で俺の保護欲と嗜虐性を同時に刺激してくれる少女だ。

一人は聖職者のローブを身にまとい、柔らかな水色の髪を腰に流すフィアナ。彼女は、幼なじみを復活させたいという絶望的な願いを胸に秘めているが、以前ほどの悲壮感は無い。

そして俺の片腕とも言える忠実な犬耳少女、白い髪のミーナだ。

「「了解」」「うん！」

「おっし！　行くぜぇー」

星里奈、リリィ、ジュウガ、レティも含め、総勢九名、これがパーティー名『風の黒猫』の一軍である。

ダンジョンは気を引き締めて行くべきだが、入る前からそこまで気合いを入れて行くものでもないしな。

出発だ。


「よう、アレック。順調そうだな」

ダンジョンの入り口で見張りをやっている兵士が、俺達を見るなり言う。

「どうだかな」

「昨日、第四層でパーティーが二つも全滅したんだ。こうやってオレ達に顔を見せるだけでも順調だよ」

「まあ、そうだろうな。だが、出がけに不吉な事を話すんじゃない」

「はは、悪かった。ま、気を付けてな」

兵士に見送られ俺達は迷宮への階段を下りる。

広々としたこの階段はまるで城を思わせる造りで、精緻《せいち》な彫刻も施された灰色の石壁が俺達を待っていた。

「全滅って、原因は何だったのでしょうか……」

フィアナが気にしてしまったようで、そんな事を聞いてくるし。

「さてな。気になるなら、あとで兵士に聞け。今回は第三層でキャンプもやる予定だ。ジュウガ、お前は第一層で慣らして、それでダメそうならすぐ帰れよ」

「任せとけって、アレック。大丈夫なところ、バッチリ見せてやンよ」

こいつのお気楽ぶりには半ばあきれてしまうが、やる気無しで嫌々付いてこられても気分が悪いからな。このほうが良い。


「ゴブリン、五匹よ！」

角を曲がったところでさっそく敵が出てきたが、ジュウガが真っ先に走り込んで両手持ちの大剣《ツーハンデッドソード》を勢いよく振り込んだ。

斬った後にふらついたのは仕方がないが、ダッシュも可能か。

「クリア！」

他の敵も前衛があっという間に掃討し、危なげは無かった。

「どーよ？」

「まだだ。次はゾンビとやるぞ」

「おお、かかって来いや！」

トラウマになっていなければ戦士として勘定ができるだろう。思わぬ拾いものだ。あの奴隷商人ヤナータが知ったらどんな顔をするやら。

「本当に足は大丈夫なのですか？」

フィアナが心配してジュウガに聞くが。

「当たりめーよ。これ、ホント凄いぜ。義足だっけか？　踏ん張るとちょいと痛いが、なあに、これくらいは大した事ねえよ」

「ジュウガ、使いやすいよう、カスタマイズはしっかり考えておけ。調整するための金はちゃんと出してやるから」

「悪いな、アレック。ま、踏ん張れりゃ、あとは剣の腕と、体のバランスの問題だぜ。義足よりも、どう動くか、動いた後の切り返しをどうつなげていくか、そっちが問題だな」

自分なりに課題を見つけているなら、ジュウガに任せるとしよう。

「じゃ、最短距離で第二層へ降りるぞ」

「「了解」」

無駄な寄り道はせず、最短ルートで次の階段に向かう。

階段の手前、巨大な戦士の像がある広間では、思わず後ろを振り返って弓矢持ちのスケルトンがいないか確認してしまうが、あれからは敵の元勇者も出てきていない。


「よし、ゾンビ、やったらぁ！」

ここでも真っ先に先頭で斬り込むジュウガは思い切りが良い。ひょっとしたら怪我《けが》がトラウマになっているのではないかと心配したが、完全に杞憂《きゆう》だった。

「どーよ？」

「ま、度胸《どきょう》の良さは認めてやるが、それだけじゃダメだ。もっとパーティーとして安全な戦い方を考えろ」

俺は問題点を指摘する。

「ああ？　敵が出てくりゃ、速攻で倒す。それしかねえべ？」

「あのな……まあいい」

前衛の戦士と、司令塔のリーダーでは役割も違う、か。

「ミーナ、コイツが突っ込みすぎたときは背中をフォローしてやれ」

「はい、ご主人様」

「なんだかんだで優しいのよね」

肩をすくめて星里奈が言うが、違うだろと。

「お前、俺はパーティーの安全を最優先にしてるだけだから、変な勘違いはするなよ」

「ああ……そっか、なるほど」

「いいじゃねーか、助け合いでよ。次、行こうぜ、次」

今のところ、問題は無いが……。

「いいだろう。第三層へ向かうぞ」

当初の予定通り、第三層の探索を行う。

「くそっ、また糸を吐きやがった。レティ、焼いてくれ」

ジュウガが蜘蛛《くも》の糸をやたら気にするが、動きが縛られるのが嫌だというより、これは感触の気持ち悪さの問題か。

「はいはい。あ、ほいっと」

「んん？　お前、呪文を唱えなくても炎が出せるンだな」

ジュウガが気づいたが、レティはちょっと残念な高レベル魔導師だから、無詠唱呪文も使えるのだ。普段は無駄に呪文が長いけど。

「弱い術式ならね。無詠唱でも使えるし」

「ふーん？　呪文を唱えなきゃダメなのかと思ってたぜ」

「普通はそうよ。しかしっ！　天才魔導師の私だから！」

「おおっ！　オレも天才剣士だからな。分かるぜっ！」

「うわっ、ウザッ」

リリィがしかめっ面をするが、俺も同じ気持ちだ。

「レティ、ジュウガ、お前らは会話禁止な」

「なんでだよ」

「酷い、横暴だわ」

「やかましいからだ。行くぞ」

二人を黙らせて探索を続ける。


そうして一日が経って、俺達のパーティーは見つけた小部屋でキャンプを張る事にした。

もちろん迷宮内だから、テントなどは無く、【アイテムストレージ】に入れていた毛布を被るだけだが。

「しっかし、銀貨が宝箱から出てくるとはなぁ。今日は儲かったぜ」

ジュウガも宝玉がいくらで売れるか知っていれば、もうちょっと違った喜び方になるのだろうが、まあいい。

「見張りの順番はいつも通りだ」

人数が多いので二人ひと組の交替にして、一晩を明かす事にする。

「なぁ、聞いてくれよ、アレック」

横になっていると、ジュウガが話しかけてきた。

「なんだ？」

「オレさ、闘技場で優勝したら良い指輪を買って、フィアナに結婚を申し込もうと思うんだ」

ジュウガがどうでもいい話をしてくる。確かにフィアナはジュウガには親切にしているが、誰にでも親切にしているクレリックなので、特別な感情があるとも思えない。

フィアナはディルなんとかという冒険者を生き返らせてやろうと、このダンジョンに奴隷落ちまでしてやってきた。そんな心優しい少女だ。ディル某《なにがし》は以前にフィアナが所属していたパーティーの青年で、彼女曰く、恋愛感情は無かったそうだが、ただの幼なじみでそこまでするかね？

しかし、俺がディル某とフィアナの偽の貫通話をジュウガに聞かせてやって、それでジュウガも諦《あきら》めたかと思っていたが……こいつも懲《こ》りない奴だな。

「ふあ……、まあ、好きにしろ」

あくびをかみ殺しながら俺は言ってやった。

「お、おう。好きにするぜ？」

「よしたほうが良いよ、ジュウガ、フィアナを狙ってるアレックが根に持って後ろから刺してくるよ」

「うんうん」

「なにぃ？」

リリィとレティが訳知り顔で言うが、お前らの中で俺のイメージはどうなっているんだと。

ネネが寝言で『おめでとー、おめでとー』を連発していたが、フィアナのウェディングドレス姿でも夢見ているのか。

……アホらしい。寝よ。


「さすがに、石の床だと背中が痛くなるわね」

翌朝、ダンジョンの小部屋で目覚めた星里奈が、軽くストレッチしながら言う。

ジュウガが前にこのダンジョンでは石が敵だと言っていたが、この石の床で寝られるかどうかという話だったようだ。

「なら、簡易ベッドでも持ち込むか」

俺は真顔で言う。

「ええ？」

「ハハ、そりゃいいな。いつでもぐっすり寝られるぜ。ダンジョンで」

ジュウガは冗談だと思ったようで笑い飛ばしたが、俺は本気だ。睡眠は大事だからな。

「部品を小分けにすればできるかもしれませんけど……」

「何か問題があるのか、フィアナ」

「いえ、ダンジョンにベッドを持ち込むって発想が」

「危険が無いなら、色々と試してみるべきだ。危険と言っても気持ち良すぎて起きられないくらいしか思いつかないが」

「木材を運んでる人は、戦えないわよ？」

星里奈が指摘するが、当然だな。

「専用のポーターを雇う。うちにはたくさんいるだろ」

「うーん、まあ、彼らが良いって言うならいいけど」

「ちゃんと護衛を付ければ、向こうも文句は言わないはずだ。他の奴らだと心配だから、俺達のパーティーで護衛をやるぞ」

「ええ、分かったわ」

今回は一泊だけにしたが、次からはもう何泊かして、行き帰りの無駄を省くつもりだ。

俺達はダンジョンの通路を進んだ。


「おお、アレック、死んだかと思ったぞ」

地上に出ると、兵士が余計な心配をしてくれた。

「そりゃ悪かったな。今回は下で一泊して帰る予定だった」

「それを先に言っておいてくれれば良かったんだが。あと一日遅かったら、救助隊を申請するところだったぞ」

兵士が言うが、なるほど、ここの門番はそういう役目か。

「次からは三日は戻ってこないから必要ない。どのみち下でやられたら、まず助からんだろう」

俺は言う。このダンジョンは一層ですら十キロ四方というとてつもない広さがあるのだ。すぐに駆けつけたり、捜索できるものではない。

「まあ、ほとんどはそうだがな」

宿へ戻って、さあ寝るかと思ったら、女将《おかみ》のエイダが渋い顔で出迎えてくれた。

「アレック、トラブルだよ」

「ああ？　何があった？」

女将が何も言わずに上を指さすが、二階から怒鳴り声が聞こえてきた。

「だからオレは反対したんだ！」

「いや、最後には賛成しただろ!?」

誰かが言い争っているようだが、野郎の喧嘩なんて知った事じゃねえ。

「今の、クライドの声だったわよね？」

星里奈が言う。

「んん？」

うちの軍団の奴なら、何を揉めているのか、雇い主としては気になるところだ。ヤナータから買い上げた男の奴隷三十二名である。

「仕方ない。ミーナ、付いてこい」

「はい、ご主人様」

「私も行くわ」

「私も～」

星里奈はともかく、野次馬気味のリリィが付いてきてもあんまり意味が無いと思うが。

二階に上がり、クライド達が使っている大部屋を開けると、すでに取っ組み合いの喧嘩が始まっていたところだった。

やれやれ。

「そこまで！　喧嘩の理由を説明しろ、クライド」

「はあ、それが……」

ばつが悪そうに俺から視線をそらし、黙り込むクライド。いちいち陰気な男だ。

「マースが死んだんだ」

別の奴が言った。

「ああ？」

「ちょっと、どういう事よ？」

星里奈も聞き捨てならないとばかりに聞き返すが。

というか、マースって誰よ？

「ミーナ、俺の部屋から名簿を持って来てくれるか」

「はい、ご主人様」

ミーナが名簿を持ってきたが、クライドのパーティーメンバーの奴だった。そんな名前の奴もいたっけな。顔すら思い出せないが、俺の奴隷を簡単に殺してもらっちゃ困る。

クライドや他のメンバーに説明させたが、彼らも第三層に行っていたらしい。

全然気づかなかったが、あの広々とした「帰らずの迷宮」なら互いに顔を合わせる事なく探索する事も可能だろう。

いや、可能と言うよりは顔を合わせるほうがむしろ稀《まれ》か。

蜘蛛の糸でパーティーの半数が動けなくなり、何とか倒したときにはマースが息を引き取っていたという。

「クライド、俺はお前らに第三層を許可した覚えは無いぞ。どうなってる」

「いや、アレックさん、下で稼いでもいいってそういう話でしたよね？」

クライドが確認してきた。

そういえば、こいつが俺に聞きに来て、リーダー手当を二十ゴールド付けるという話をしたな。

あの時か。

俺は第二層までのつもりで許可したが、こいつは第三層や第四層でも良いと思ったらしい。

やれやれ……もっとハッキリ、階層も指示しておくべきだったたか。

あの蜘蛛がそれほど脅威になるとは俺も思っていなかった。

だが、後衛の魔法使いがいないパーティーでは、危険度も跳ね上がってしまうのだろう。

「誤解があったようだな。俺が許可したのは第二層だ。その点については俺も落ち度があるから咎《とが》めないが、それ以外にもリーダーとしての判断が甘かったんじゃないのか？　戦闘にしても、第三層の決定にしてもだ」

「ええ、そこは……でも、あそこでまさか松明持《たいまつ》ちまで糸にやられるとは思ってなかったので」

「そこが甘いんだ。二人に持たせるなり、何があっても対応できるようにしろ。どうにもできないなら、その階層はまだ早すぎるって事だ」

「はあ、なるほど、二人にですか。松明代が余計に掛かりますが」

「必要経費だ。なんなら俺が出してやるぞ。二本以上使え」

命に関わる値段だ。松明二本で買えるなら安いもんだ。

「了解」

「三ヶ月はお前のリーダー手当を半減させる。それで嫌になったら、他の奴とリーダーを代われ」

「いや、アレックさん、今回は失敗しましたけど、やらせて下さい。次はもっと上手くやります」

こちらをまっすぐに見据えて神妙な顔をしたクライドは、思うところがあるようだ。ま、パーティーメンバーが死んでへらへらしてる奴なら、俺がぶん殴ってやるけどな。

「当然だな。とにかく、死人は出すな、いいな？　お前らもだぞ？」

「「分かりました」」

他のメンバーも真面目な顔をしてうなずいたので、同じ失敗は繰り返さないと思いたい。

第五話　女剣士ルカ

相変わらず『帰らずの迷宮』に潜っている俺達。うちの軍団の奴が命を落とすというトラブルはあったが、それ以降は皆も慎重になってくれたようで、大人しく第二層で稼いでいる。

一方の俺が率いるパーティーは第三層の探索を続けていた。

ネネとレティの二人の魔術士がいれば、この階層の厄介な敵、ビッグスパイダーの糸もすぐに焼き切れる。俺達にとっては余裕の敵だな。

いくつか見つけた宝箱からは銀貨の他に、スキルポイントがもらえる例のアラジン風のランプも一つ出てきた。だが、4万ポイントもスキルリセットで稼いだあとだと、100やそこらでは物足りないほどだ。

「かったるいな。もっとガバガバ経験値やスキルポイントが入る敵は出てこないのか」

「ならアレック、下の階層へ行こうぜ、下へ」

ジュウガがウインク混じりの笑顔でお気楽に言うが、こいつが言うと、何か気が変わるな。

「いや、まだ早い。気を引き締めて行くぞ」

「なンだよ、そりゃあ。おい、アレック！」

「うるさいぞ。敵を引き付けても事だ。静かに歩け」

「引き付けるも何も、この階のモンスターは蜘蛛とナメクジだけで、音なんか関係ねえだろ」

「それでもだ」

「けっ、相変わらず堅物だな」

「堅物って言うけど、ジュウガ、別の敵が出てこないとも限らないわ。私達は第一層で、普段は出てこない敵と戦った事があるし、それは頭に入れておいて」

星里奈が言う。

「ああ、スケルトンとやり合ったって話か。オレは会った事、ねえんだよなあ」

ジュウガにはそのスケルトンが勇者だったという話はしていない。

俺の予感では、勇者は勇者と引き合う。

ヤナータが連れていた護衛のミツルギにしてもそうだ。

アイツを鑑定したとき、ギラン帝国で召喚されたと解説が出ていたが……。

ここは諸国から冒険者が集まってくる有名なダンジョンだから、どこから来ようとも構わない。だが、これだけ大勢の冒険者がいる中で、だ。ばったり顔を合わせるというのは、やはり何か運命的なモノを感じてしまう。


訂正……野郎相手に運命的な出会いとか、勘弁しろっての。

シンとはＰＫ《プレイヤーキル》でやり合っただけに、正直、あまり男の勇者に出会いたくはない。星里奈みたいな腕の立つ危ない奴もいるので、女ならいいってものでもないが。

「ご主人様、人間の匂いがします」

ミーナが小さい声で告げる。彼女の俺への忠誠度はＭａｘだから、色々と気を遣ってくれるし、俺の思い通りに動いてくれる。可愛い奴だ。

たまに行き過ぎて他のパーティーメンバーから冷ややかな視線を向けられる羽目になるのだが、素敵において信頼できる犬耳族だというのは大きい。

「よし、ＰＫを疑われないように適当に喋って良いぞ、ジュウガ、レティ」

「ンな事言ってもよぅ、向こうがＰＫ狙いなら、あんま関係なくね？」

「先手必勝、サクッと」

口数が多いジュウガはともかく、とんがり帽子のつばをつまんで格好を付けるレティは問題だ。

「余計な事を言うな、アホ。本気で誤解されても知らんぞ」

「はうっ、なんか私、ヤバイ気がしてきましたぁ」

ネネが狼狽《うろた》え始めるが、こいつも基本が臆病だからな。【恐がり】のスキルを消しても、まったく怖くなくなるという事ではないようだ。

「落ち着け」

「なんだか相手、殺気立っちゃったみたい。うちのパーティーって見た目はともかく、まともなパーティーなのにね」

星里奈が言うが、美少女揃いのこのパーティーで見た目云々《うんぬん》というのは俺への当てつけか。

いや、ジュウガがいたな。荒くれ者という見た目でもないが、真面目風でもなし、誤解されたらジュウガのせいにしておこう。

「そこに隠れているのは分かっていますよ。出てきて下さいね」

イオーネが優しく言うが、この状況でその掛け声はどうなのか。

「くっ！　ぞろぞろと……いいわよ、出て行ってやろうじゃない」

ややハスキーな女の声が、角の向こうから聞こえてきた。

「道を空けてやれ」

別に囲んで物盗りしようというつもりも無いので、俺は向こうの誤解を解くべく、指示して皆を少し下がらせる。

黒の小手に赤いビキニアーマーを着た剣士が向こうから姿を見せたが、ほほう、良い感じの露出度だな。しかも美人だ。

歳はもう二十歳過ぎのようだが、コレはコレで良い。スリムな肉体美はそそるものがある。

無造作に伸ばした黒髪に褐色《かっしょく》の肌で、正統派のアマゾネスだろう。いや、そんなモノに正統派があるのかどうかは知らんけど。

瞳の色は緑なので日本人ではなさそうだが、少し大人の雰囲気が漂《ただよ》う女剣士だ。

抜剣したままその女剣士は、こちらを睨《にら》み付けるように油断なくゆっくりと歩いてくる。じりじりと緊張感が手に取るように分かるほどだ。

「待って、そんなに警戒しなくたって、私達はあなたを襲ったりしないけど」

星里奈が苦笑しつつ言う。

「どうだか。このダンジョンには虫も殺さないような顔した聖職者がPKをやってたりするから、アンタの言葉を信用する気にはなれない」

アマゾネスが言う。

「そんなはずは……」

聖職者のフィアナが少しショックを受けた様子でつぶやくが、中にはそんな奴もいるのだろう。


俺は適当に彼女を目の保養にさせてもらった。あまり警戒させても可哀想なので、途中で周囲に目をやって警戒しつつ、やり過ごす。

そのアマゾネス剣士は通り過ぎてもこちらには背を向けず、後ろ向きに下がっていく。俺も念入りに警戒する質《たち》だが、コイツも大した警戒の仕方だ。

「なンだよ、オレら、敵じゃねえっての」

ジュウガも反感を覚えたようで苛立つ。

相手は無言だ。

完全に通り過ぎたところで、俺は少し気になった。

「んん？　お前、一人か」

「……だったら？　何？」

「いや、荷物も持たずに、どうしたのかと思ってな」

彼女は左腕に傷を負っているが、ろくに手当てもしていない様子だ。

「それ、アンタに関係あるの？」

「いや、無いな。だが、気になったから質問しただけだ。言っておくが、俺にそうさせた不審者は、そっちだぞ」

　こちらの疑問は正当なものだと言っておく。

「フン、余計な詮索はしなくて良いよ。さっき言ったろ、聖職者のＰＫがいるって。アタシは運悪く、そのパーティーと組んじまったってわけ。分かった？」

「なるほどな」

　ＰＫされて、自分の荷物も捨てて這々《ほうほう》の体《てい》で逃げ出したか。

「うわ、酷いわね。なんというか、お気の毒です……」

　星里奈が同情して言う。

「あの、腕の怪我、良ければ私が回復魔法を掛けますけど」

　フィアナが申し出たが。

「お断り。それが眠らせる魔法じゃないってどうしてアタシに分かるのかしら？」

「それは……」

　そう言われてはフィアナも答えようがない。

「じゃ、ほれ、薬草をくれてやる。持っていけ」

「罠かもしれない。礼は言わないよ。あと、アンタ達が先に行きな」

　そこまで疑われるとなんだか微妙な気分だが、ＰＫに遭った直後では仕方ないかもしれない。

「分かった。行くぞ」

【鑑定】で相手のレベルが俺達と同じと分かったので、俺は脅威とも感じず、背を向けて進む。

「それにしても、待ち伏せのＰＫならともかく、一緒に組んだ後でＰＫって、そりゃ、へこむわね……」

「だな。ま、その点、うちは心配がいらないか」

　別働隊で日が浅いクライド達はともかく、俺達のこのパーティーは何日も一緒に冒険をしている仲だ。

「へえ。私がＰＫするって疑わないんだ？」

星里奈か。

「…………やっぱ、お前は例外で」

「ちょ、ちょっとぉ」

星里奈が情けない声を出したが、こいつは俺と行動理念が違うからな。

ちょっとやそっとの事じゃ裏切ったりはしないだろうが、勇者には気を付けないと。

第六話　女剣士の面接

――二日後。

『竜の宿り木邸』の食堂でクライド達と一緒に夕食を取ったが、クライド達のパーティーもあの黒髪の女剣士に出くわしたようだった。

「聞いて下さいよ、親分。一人でいるみたいだったから心配して声をかけてやったら、話しかけるな！　って剣を振り回してくるんですぜ？」

隣のテーブルで、『クラウド班・戦士Ａ』が身振り手振りを交えて説明する。

「だから、俺は親分じゃないっての。二度と親分と呼ぶんじゃない」

「じゃあ、アニキですかい？」

「どうしてアレック様と言えないんだ、お前らは」

「悪人顔だからじゃなーい？」

リリィがしれっと言うが、俺は悪人顔では断じてない。

「ちょっと、ふふ、それは可哀想でしょ。アレックって不細工だけど、悪人顔ではないわよ」

「星里奈、お前、今日限りでパーティーを除名な」

「ええっ!?　なんでよ!?」

俺をディスったから。

「お前らが見たあの剣士はルカという名前だが、

ちょうど仲間に裏切られて気が立ってたんだ。次から見かけても声をかけるな。いいな？」

「「「ウッス！」」」

「んん？　アイツ、自分の名前は言ってなかったと思うが、アレックの知り合いだったのか？」

ジュウガが聞いてくるが、【鑑定】スキルを説明するのも面倒くせえ。

「ジュウガ、肉をくれてやろう。今日働いたボーナスだ」

「おおっ！　マジか！　うめぇ、肉、うめぇー。今日からアニキと呼ばせてもらうぜ！」

だから……勝手にしろ。

「ルカって言えば、双剣のハンナと組んでた子じゃないかね。Bランクパーティーで、確か……そうそう『白銀《しろがね》のサソリ』ってパーティー名だったね」

追加の料理を持って来た女将が皿を置きながら言う。

Bランクか。俺達と同じレベルでそのランクなら、Bランクまでは俺達も何とかなりそうだ。

「でも、仲間に裏切られたみたいだから」

星里奈が言う。

「名の知れたパーティーが裏切りなんてやるかねえ？　ちょいと腑《ふ》に落ちない話だよ。裏切りや喧嘩はここじゃ珍しくもないけどさ」

正式なメンバーは厳選しておかないとな。奴隷のクライド達は俺と一緒に行動する事は少ないし、奴隷紋で縛ってあるから問題はないだろうが……。

やはり信頼できる仲間でないとダメだ。

「というわけで、レティ、お前はそろそろうちのパーティーは卒業でもいいぞ？」

俺はちらりと横を見て、とんがり帽子に向かって言う。飯時にも帽子を被ってる奴。

「なっ！　私は、前金をもらって先生をやってるのだし、ネネちゃんはまだまだ魔術士としては未熟だから！　魔導師資格を持ってる私が見てあげる必要があるんだから！」

凄く殊勝で面倒見の良い事を言ってるが、こいつはタダ飯が食えるからここに居座ろうとしてるんだろう。お前、自分の家があるみたいな事を前に言ってただろ。

「もう、アレック、心配のしすぎ。レティはちゃんとやる事やってくれてるじゃない。金づるを襲うわけないでしょ」

「ふむ」

星里奈が言う事にも一理あるか。

「金じゅる……ハッ！」

今、俺を見てレティが変な気づきをしたみたいだが……。

二人きりになったら、後ろから【ファイアボール】でも撃ち込まれそうな悪寒だな。


翌日。

俺は十一時過ぎにのんびりと起きて、女将に遅い朝食を作ってもらい、ゆっくりと冒険の支度を始める。

第三層からは泊まりがけなので、朝一で出る必要はどこにもないのだ。昼からダンジョンに潜って、いつも通り三日後に帰還する予定だ。

「アレック、みんな準備ができたわよ」

「そうか。じゃ、そろそろ行くか」

「気を付けて行っといで」

宿の女将に見送ってもらい、さあ『いざゆかん、迷宮へ』と宿を出たところで邪魔が入った。

女だ。

「ちょっといい？　ここにアレックさんという人がいるって聞いてきたんだけど」

昨日の褐色アマゾネス、ルカだな。

なんで俺を探してる？

目の前に俺がいるにもかかわらず、ルカは俺に気づいていない様子。この分だと、俺の顔は知らないようだ。

誰かに俺の名を聞いてきたか。

なら……。

「アレック様に、何の用だ」

俺はあえて別人のフリをして目的を問いただす事にした。「ええ？」と星里奈が隣で眉をひそめるが、気にしない。

「アンタに言う必要、あるの？」

コイツ、この前もそうだったが、性格はいまいちだな。顔と体つきはいいんだが……。

「ある。アレック様に取り次いでもらいたかったら、俺を通してもらわないと」

「ホントにぃ？」

胡散《うさん》臭そうに俺を見て、それから周りの連中に目で確認するルカ。

みんながウンウンとうなずく。

「じゃあ、言うけど。そろそろ剣と鎧を修理に出したいし、レアアイテムを売れば何とかなりそうだけど、売りたくないから、ちょっとここに手助けしてくれそうなイイ人がいるって、聞いたから」

要領を得ない話し方だな。ギャルか、お前は。

「んー、つまりあれか、要するに手持ちの金が無くなってきて、冒険を続けるのに俺の力を借りたいと。俺が奴隷達の面倒をみてるという話を聞いてここにやってきたんだな？」

「いや、話は聞いてきたのはそうだけど、別にアンタの力は借りなくて良いから」

「そうはいかないな。実は俺がアレックだから」

「は？」

「違うよ、この人はジョンっていう名前で、もごもご――」

「ややこしくなるから、リリィ、そういう冗談はやめようね」

「この人がアレックさんで、間違いありませんよ」

ナイスだ、星里奈、イオーネ。

「なんだ、そうなの。アタシ、レベル28で剣の腕には自信があるよ」

「ふーむ……」

「いいじゃない、アレック。私達と同じくらいのレベルなら、役に立つんじゃないかしら」

俺もそう思ってるが――ちょっと黙ってろ、星里奈。

目で合図しておく。

「ルカ、一つ言っておくが、俺は慈善事業で連中の面倒をみてやってるわけじゃないぞ。これはビジネスだ」

「んん？　ビジネス？」

「そう、ビジネス、取引だ。俺が当面の宿代と装備代を肩代わりしてやる代わりに、連中はダンジョンで金を稼いでくる。そういうギブ・アンド・テイクだ」

「なら、話は簡単じゃない。アタシも雇っておくれよ」

「誰でも、というわけにはいかないな。今は俺も借金を背負ってる身だ。助けたいという気持ちはあるんだが、俺も苦しい状況で、他人の面倒までみるわけだから、ルカ、お前にも相応の覚悟ってモノを見せてもらう必要がある。ここまでは理解できるな？」

「ああ、まあ……危険な所でも頑張るよ。前衛で構わない」

「良い心がけだが、うちは前衛が有り余ってる。そうだな？」

俺は振り返って皆に聞く。

「まあ、前衛は多いわね」

「前衛ばっかりだね、あいつらは」

「魔法使いと弓使いも一人ずつ、いたけど」

「黙れレティ」

「はいっ、ご主人様！　前衛だらけです！　弓使いであろうと前衛です！」

「いいぞ、ミーナ。そういうわけだ。レベルが俺達より上の奴もいるからな。そこに割って入るつもりなら、氷河期並みに狭き門だ。ルカ、君にはプラスアルファで、俺にとってお得な面を示してもらう必要があるぞ？」

「そう言われても……ちなみに氷河期って何？」

「気にしなくて良い。遠い昔の話だ。見たところ……ルカ、君は実に良い体つきをしているね？」

上から下まで、じっくりとなめ回すように視姦してやった。

「む……」

戸惑ったルカは嫌そうに自分の胸を手で隠す。

コイツ、それなりに知識はあるが、処女と見た。

「うわ、エロ親父、最低」

「アニキよぉ、そりゃいくらなんでも外道だべ？」

「おお、神よ……このいやしき者に天罰をお与え下さい」

ごく一部のメンバーから不満の声が上がったが、リーダーは俺だ。

ここは譲らんぞ。

「ちょっと。じゃ、私が私のお金で雇ってあげるわね。アレックに頼らなくても良いわ」

「あっ、星里奈、お前なぁ……」

「ありがとう！　恩に着るよ」

金を出されてしまっては、俺の打つ手が無い。

まあ、そこまでルカを抱きたいわけでもないので、星里奈に金を出させ、装備を交換し、お試しで俺のパーティーに入れてみた。

いきなり、クライド達に混ぜるのも心配なんだよな。あいつらとルカが斬り合いの喧嘩をしそうで怖い。

第七話　はぐれたメンバー

今日はルカという新しいメンバーが入っているが、基本的に俺達の戦い方が変わる事はない。

第一層でゴブリン相手にフォーメーションの確認をやって、問題なさそうなのでそのまま下の階に降りた。

ルカのレベルは俺達と同じだからそれも問題ない。

「なんか、納得いかない」

だがルカは何か問題を感じたようだ。ま、聞いてやるとするか。戦闘中にあれこれ言い始めたら敵《かな》わんし。

「良い感じに戦えてると思えたんだけど……何か、まずかった？」

星里奈がおずおずと聞く。彼女もルカも前衛なので、二人の位置取りやタイミングの合わせ方など、細かい調整が必要になる。

しかも同レベルで相手がちょっと有名なBランクとなれば、なおさらだろう。

どんな細かい戦術論が出てくるやら。

「そうじゃなくて、アイツ！」

ルカが振り向いて俺を指さす。おう、俺かい。

「ああ。アレックはリーダーって事で、普段は指示だけなんだけど、これはバックアタックに備えた布陣なのよ。別にアレックが遊んでるわけじゃないわ」

星里奈が茶化さずに真顔で説明する。

「それは分かってる。うちのパーティーもそんな感じだったからね。でも、あんな変態エロ親父なのに、指示がまともなのが気に入らない」

「うるさいな。何か？　俺が戦闘中に服を脱げと言ったら、お前は大満足なのか？　ルカ。あ？」

「ちょっと、アレック、何もそんなキレなくてもいいでしょうに」

「別にキレてないけどな」

「アレックは自分が生き残るためには凄く真剣に考えを巡らせてる人だから、戦闘中は信頼して良いと思うわよ」

星里奈が言う。

「それって、自分だけでしょ。仲間の命はどうなの？」

「もちろん、考えてくれてるわよ。ネネちゃんのときは、第一層でレベル13になるまで延々とゴブリン狩りをやって、パワーレベリングしたり」

「ええ？　13？　ゴブリンだけで？　それ、もう苦行とか拷問のレベルだよね。そこまで上げられたのが信じられない」

「あはは。まあ、さすがにあれはちょっとキツかったけど。まだ私達はここに来て二ヶ月程度だけど、今のところ、死人は出ていないわ」

「マースが死んじゃったけどね」

「リリィ、あいつは別パーティーだっただろ。問題への対応策もきちんと話し合った。ま、なんにせよ、うちの軍団も含めて全員、死なないように気を付けてやってるぞ」

　俺は真面目に言っておく。

　死んだらそれまで。取り返しが付かないからだ。

「そ。ハンナもそんな感じだったけど。ああ、ハンナって言うのは、アタシの前のパーティーのリーダーで、裏切った連中とは別ね。前の前だから」

　ルカの所属していたパーティーか。

「『白銀のサソリ』だっけ？」

「そうそう。へえ、あたしらの名前も売れてきたんだね」

「宿の女将に聞きかじっただけだがな。だが、ハンナのパーティーはどうしたんだ？」

　口を開いたルカだったが、すぐには言葉が出なかった。

　何度か唇を動かした後で目を瞬《しばたた》かせ、ようやく彼女が答える。

「……アタシが第七層でへまをやっちまってね。ハンナとアーヴィンが竜を食い止めてる間に、なんとかアタシの回復は済ませたんだけど……。

　そうしたら今度は変な炎の魔物が別に湧いて来

ちゃってさ。そこでもうパニクってみんなバラバラ。ロイドと二人で集合場所まで逃げ切ったけど、ハンナ達は戻ってこなかった」

「そうか」

「え、えーと、うん！　きっとハンナさん達も無事だと思う」

「あのなあ、星里奈、無理に余計な事を言うな。普通に考えて死んでるだろ。それか、へましたお前に嫌気がさしてハンナも今頃、パーティーを組み替えて冒険やってるかもな」

下手な励ましは、かえって辛いだろうと思い、俺は悪口を言う。

「だと良いけど。ハンナとはそれなりに長くパーティーをやってたし、黙っていなくなる奴でもなかったしさ」

会話が途切れ、重苦しい空気の沈黙になった。

誰だよ、湿っぽい話を振ったのは。

「あーっ！　やめやめ！　わりぃけど、オレ、こういうの耐えらンねえわ。ハンナって奴もさあ、なんか事情があったんじゃねえの？　忙しいのかもしれねえし、それでいいだろ？」

ジュウガが沈黙を破ったが、誤解されそうなフォローだけに、ここは話題自体を変えたほうが良さそうだ。

「そうだね」

だがルカも、ある程度は踏ん切りが付いているようで、あっさりと同意した。

「それで、ルカ、お前は装備の目処が付いたら、どうするつもりなんだ？」

俺は話を変え、別の事を聞いた。

「そりゃ、冒険を続けるに決まってるだろ。金も貯まってないのに引退なんて、冗談じゃない」

「そうか、なら、目処《めど》が付くまでは俺達と組め。まあ、お前が気に入ればの話だけどな」

「アレックぅ、それルカの体つきで決めたでしょ」

「違う。茶化すな、リリィ」

「じゃ、顔だね」

「まあ、顔もだが、俺が決めたのは、自分でへまをしたと自己申告できる奴だからだ。下手にごまかす奴より、よほど信用できるぞ」

これは本心からの言葉だ。

「なるほどね。うん、腕も良いし、私も賛成」

星里奈がすぐに賛成したが、腕前を認めての事なら良いだろう。

「じゃ、よろしくな！　アレック」

ルカも乗り気だったようで笑顔で俺の所まで来て握手した。日焼けアマゾネス&ビキニアーマー、ゲット！

するとミーナが何か言いたそうに心配顔でちらちらとこちらを見ている。

「何だ、ミーナ。別にお前を捨てたりはしないから安心しろ」

「あ、いいえ、その事ではなく、前方から人が来ます」

「なんだ、なら普通に言え」

「すみません、なんだか良い雰囲気だったので、邪魔するのもどうかと思いまして」

「気にしすぎだ。じゃ、適当に話しながら、そこで待機だ。ただし、座り込んだりはするなよ」

待っていると、戦士が四人に僧侶が一人というパーティーが向こうから姿を見せた。

「よう、兄弟。どうだ調子は」

「まあまあだ」

お互い、リーダーは剣を収めたまま片手を上げ、敵意が無い事を示す。

「くっ！」

だが、いきなりルカが身構えて斬りかかるそぶりを見せたので、向こうのパーティーも慌てて剣を抜く。

「待て！　全員動くな！　リーダー権限だ！」

俺が叫んで途中でルカが止《とど》まったからいいよう

なものの、肝を冷やした。

「どうした、ルカ」

「ああ、悪い、勘違いだ。アタシを裏切った奴に服が似てたからさ」

「頼むぞ、おい」

「勘弁してくれよ、兄弟」

「寿命が縮んだぜ、まったくよう」

「危ねぇなぁ、PKかと思ってこっちも今、先手を取りに行きかけたぞ」

「偶発事故もああやって起きるんですかね」

「ああもう、ビックリした！」

喧嘩にならずに済んだが、一歩間違えれば斬り合いになっていたかもしれない。

向こうのパーティーが見えなくなってから、聞く。

「で、ああいう白いローブを着てたんだな？　そいつは」

俺の質問にルカがうなずいた。

「ああ。胸の辺りに刺繍が入ってるヤツだ。丁寧な話し方でさ、てんで悪人に見えなかった奴だけに、アタシは本当に怖かったよ。後ろから襲われた時にはさ」

「名前は？」

星里奈が聞く。

「エルヴィン」

「ん？」

「えっ！」

……どっかで聞いた覚えがある名前だが。

反応したのは俺と星里奈だけだ。

「知り合いなの？」

リリィが聞き、それを見てルカの顔が険しくなる。

「聞き覚えがあるんだが……」

誰だっけ？

「何言ってるの、アレック。バーニア王国の城で、王様に私達と一緒に呼び出された彼よ。勇者の一人じゃない」

「おお、アイツか」

金髪の魔法使い。

イギリスの大学生だったっけか？　顔以外は、よく覚えていない。

逆に印象に残ってるのは元気印の中学生勇者ケイジだ。いきなり派手に冒険者ギルドで喧嘩して、初っ端から負けてくれたしな。

エルヴィンは——ケイジとは対照的に少し落ち着いた感じの、爽やかに微笑む青年だった。角が立たないように中立的な立場を取る感じの奴だった気がする。

最初の城で魔法陣から召喚された時、チッ、あの時、俺は星里奈に理不尽なグーパンチを食らったっけな。それも思い出した。

「一緒に呼び出されたって、仲間なの？」

ルカが鋭い目で睨みながら聞いてくる。答え次第では斬りかかってきそうな雰囲気だ。

「俺は違う。だがコイツはパーティーを組んでたぞ」

星里奈を親指でさす。

「私だって、ほんのちょっとだけよ。結局、彼が魔法学院に行くと言いだして、解散したけど」

「魔法学院！　そう、そいつだよ！　ええと、どこだったか、オースなんとかって学校を卒業したって言ってた」

「ひょっとして、オースティン王立魔法学院？」

レティが言うが。

「それそれ。オースティン、間違いないよ」

「待て。卒業したって言ったんだな？」

「ああ、そうだよ」

「じゃあ、別人だろう。俺達がエルヴィンと別れたのはほんの二ヶ月前だぞ？」

どのくらい厳格な学校かは知らないが、いくらなんでも二ヶ月ぽっちでは卒業できないだろう。

「ああ、そうね……」

「まあ、アンタ達が知ってるエルヴィンかどうかはこの際どうだっていいよ。もし、アイツがアタシの前に出て来たら、この剣で斬る。それだけだ」

ルカが柄に手を置いて言う。ま、それを止めるつもりはない。

ルカも嘘はついていないだろうしな。

だいたい、俺にそんな嘘をついたところで彼女にはメリットが何も無いのだ。

✧第八話　予期せぬボス

第三層に降りた。

『帰らずの迷宮』は十キロ四方に及ぶ広大なダンジョンであり、その攻略には時間が掛かる。

最短距離《ルート》で下の階段に向かっても二時間は必要で、往復ともなれば、アタックはダンジョンの中にキャンプを張っての泊まり込みとなる。

「ベッドだって？　ハッ、そりゃ良い考えかもね」

休憩中、簡易ベッドを持ち込んだらどうかという話をルカにしてやると、彼女も言葉の上では同意した。

「何か、問題があるのか？」

小馬鹿にしたような口調が気になった。

「いや、わざわざそんなもの、持ち込むなんて、ちょっと思いつかなかっただけさ。良いアイディアだと思うよ」

肩をすくめるルカ。ビキニアーマーなので、胸の谷間が連動して動く。良い眺めだ。

「そうか。実は、もう道具屋に頼んでベッドの部品は発注してある。星里奈、借金はその後でな」

「いいけど、場所はもう決めたの？」

「いや、この階のどこかにはしようと思ってるが」

「それなら、アタシが良い場所を知ってるよ。扉が閉まる小部屋で安全地帯だ」

ルカが言う。

「よし、じゃあ、そこに案内してくれ」

「いいよ。こっちだ」

少し長い一本道の通路を進む。敵も出てこない。

だが、それが逆に気になった。

「本当にこっちなのか？」

俺は先頭を歩くルカに確認する。

「ああ。なんで？」

「いや、この感じは……」

普通のゲームなら、この先はボス部屋だ。ゲームをやりまくった俺だからこそ、分かる感覚と言おうか。

だからこそ、説明は難しい。

こちらの世界の住人であるミーナやリリィにコンピューターゲームと言っても、ちんぷんかんぷんだったのだ。

「なんとなく、ボスがいそうよね」

星里奈もそれを察したようで言う。

「いない、いない、あたしらのパーティーが休むときもここを使うよ。敵がいないから」

ルカが心配のしすぎだという風に手を振って笑った。

「そうか。分かった」

ミーナを見たが、彼女は軽く首を横に振って、モンスターの臭いはしないと合図してきた。

「ここだよ」

扉を開いてルカが先に入る。

「お、何もいねえな」

次にジュウガ。続いてミーナが入ったが――そこで異変が起きた。

何も無かったはずの部屋の中心部に煙が渦を巻き始めている。ちょうどバスケットボールくらいの大きさだ。

それは小さな銀河系のようにも見える。色は白ではなく、紫だが。

宙に浮いた渦はまるで生きているかのように蠢《うごめ》いていた。

「うおっ、なんだこれ？」

「ま、まずい、これは！」

ルカはその紫色の渦に見覚えがあるようで慌てたように剣を抜いた。

「戦闘態勢！　全員、中に入れ！」

俺はメンバーがバラバラになるのは避けたかったので、全員に部屋の中に入るように促し、自分も剣を抜いた。

「キラービー！　しかも、赤だって!?」

ルカが驚いて叫んだが、紫色の渦が消える代わりに、そこには大きな蜂が姿を現していた。

一メートル近い大きさの蜂が羽ばたき、しっぽのように長い針を動かすとこちらを威嚇してくる。

赤い蜂か。この針に刺されたら、それだけでしゃれにならない事になりそうだ。

見るからに猛毒も持っていそうだしな。


「全員、刺されないよう気をつけろ」

「応！　おりゃ！　くそっ、なんだコイツ、速え！」

最初にジュウガが両手持ち剣で斬り込んだが、キラービーはさっと素早く避けた。

先ほどから羽音が大型バイクのエンジン音のようにブンブンとうるさい。身の毛もよだつ音だ。

「どいて！　――我は贖《あがな》うなり。主従にあらざる盟約において求めん。憤怒の魔神イフリートよ、鋭き劫火《ごうか》で敵を滅せよ！　【フレイムスピアー!!!】」

次はレティが後ろから炎の槍を飛ばすが、その魔法攻撃に対して蜂は炎と炎の間を縫うように躱《かわ》していく。

スピードのある複数の魔法を、それもホーミングもしていたというのに、全部躱すか。

「ああっ！　ウソーん」

彼女も予想外だったようで気の抜けた声を出す。

「レティ、ウォール系を使え！」

俺は周りの様子を見て指示する。

この部屋はそれほど広くない。空中を素早く動けるキラービーだが、炎の壁を先に作っておけば奴も逃げ切れないだろう。

「分かった！」

レティも気を取り直してすぐに別の呪文を唱え始めた。

「イオーネ、そっち、構えてて」

「ええ、任せて下さい」

その間に星里奈が斬り込み、イオーネのほうへ蜂を追い込もうと企んだが、蜂は横ではなく今度は上に逃げ、当てが外れた。

「おりゃあ！」

続いて天井近くにいる蜂をジュウガが跳び上がって攻撃するが、重いツーハンデッドソードでは簡単に躱されてしまう。

しかも着地でジュウガの体勢が崩れた。

「ぐっ！」

「「ジュウガ！」」

逃げ回っていた蜂はチャンスと見るや、一気にスピードを付けて急降下してくる。

「させるか！【サークルウェイヴ！】」

離れた場所にいたルカだったが、スキルで衝撃波のようなものを飛ばし、あわやというところで蜂を牽制した。なかなかやるな。

続いてレティの呪文が完成し、天井の両端から挟み込むように炎の壁が動き始める。器用な魔法の使い方をするもんだ。

「おっしゃぁ！　これで逃げ場はねえぞ！」

前衛が全員、剣を構えて下で待ち構えたとき——

蜂は狙い澄ましたように俺に一直線に突っ込んで来た。

「うお、くそっ、こっちか！」

どうせなら、腕の良い星里奈かイオーネのほうへ行ってもらいたかったが。

来たものは仕方ない。俺も剣士の端くれ、剣を構え、タイミングを合わせて斬り込む。

「「「あっ、避《よ》けた!?」」」

俺の剣の斬り込みよりも素早く蜂は斜めに動き、刃をかいくぐると針で攻撃してきた。

避けられるか――？

俺は逃れようと必死で体をひねるが――

「いって！」

くっ、ダメだ、腕を刺された。

「ご主人様！　このっ！」

ミーナが後ろからショートソードで蜂を叩き落とし、そこにイオーネと星里奈が斬り込み、ようやく片が付いた。

「すぐ傷の手当てを！　毒消しを出してくれ！」

ルカが慌てて言うが、しかし俺は落ち着いたまま、手で大丈夫だと合図する。

「問題ない。フィアナ、ヒーリングだけ頼む」

「あ、はい」

「でも、この青の液体、どう見ても毒だよ？」

「俺に毒は効かないから心配するな」

ステータスも確認したが、異常は無い。

スキルの毒耐性をマックスレベルにまで上げておいたのがここで活きた。

耐性にポイントをあれだけ注ぎ込んで、ちょっと無駄な事をしたかと思い始めていた今日この頃だったが。

こうなると、俺が攻撃されたのはラッキーだったな。

他のメンバーは何人かが毒耐性を取ってはいるが、マックスまでにはしていない。

このモンスターの一番怖いところは毒だったと思えるが、ま、もう倒したからどうでもいいか。

ドロップアイテムは二十センチほどの針と、指輪だった。

指輪を【鑑定】しようとしていると、ジュウガが怒鳴った。

「おい、ルカ！　敵はいないンじゃなかったのかよ」

「そ、そうだけど……」

「待て、それも気にしなくて良い。前にルカが来たときは、いなかったんだろ」

「ああ、そうだよ」

「となると、私達だけに、ボスが出るみたいね。どうしてかは分からないけど」

星里奈が言うが、それだな。

今までの高難度の敵もボスだったのだろう。第一層のスケルトン勇者、第二層の匍匐《ほふく》前進の素早いゾンビも。

「なんだそりゃ？　それなら、大損じゃねえかよ」

ジュウガが言うが、ドロップアイテムを考えれば、損だけでもないだろう。

それに。

「あっ、くそ、毒針はレアスキルだったか」

ワクワクしながら俺はスキルリストを確認したが、スキルコピー先生が大事なお仕事をしてくれていなかった。

確率もあるのだろうが、まあ、普通に考えてボス専用の固有《ユニーク》スキルだろう。

【死針☆】とか、そんな感じの☆付きだ。

俺の持つ【スキルコピー】はノーマルスキルしかコピーできない制約だ。

ふう、仕方ないな。

「じゃ、他に刺された奴はいないな？」

「ああ」

「よし、じゃ、休憩を取るぞ」

「アレック、さっきの毒針欲しいんだけど。早く出して」

レティがさも当然のように手を出してくるので、俺はその手をぺちんと叩く。

「ちょっと！」

「今のはパーティーの戦利品、しかも俺が体を張って倒したようなモノだぞ」

「そうだけど、私だってパーティーの一員だし、どうしても欲しいんだってば」

「何に使うのかを、まず言え」

「アレックを後ろからブスッと」

レティの後ろから、リリィがニヤケ顔で言うが。

「違う。調合よ、調合。薬に使えるわ、きっと」

「他に欲しい人ー、手を上げろ」

「おうっ！」

「はい」

「あ、私も……」

三人が手を上げた。

ジュウガと、星里奈と、ネネか。

「ジュウガはなんで欲しいのよ？」

レティが聞く。

「ンあ？　そりゃ売ったら金になりそうだし、売れなくても、なんつーか、記念の品だろ！　第三層のボスだぜ？　みんなに自慢できるじゃねーか」

修学旅行中に木刀やデカいペナントを買って先生に怒られる奴がいるが、そんなノリの発想だな。

「あっそ。星里奈も？」

「んー、私は換金目的だけだけど。装備、整えたいし」

「ネネちゃんは？」

「あの、お尻のそれ、無いと落ち着かないというか……」

小柄なネネがモジモジとしながら言う。

「は？」

「アレだろ、さっきのボスの心境なんだろ」

俺は察して言ってやった。

「ああ、【共感力】のスキルね……って、そんなの共感してどうすんのよ！　お尻に針でも刺すの!?」

レティが問い詰めるが、ネネも困ったように笑った。

「いえ、あの、えっと……あはは……」

「じゃ、ネネはいらないとして、お前ら三人でジャンケンな」

「えーっ！　ダメダメ、私、こういうときのジャンケンだけは勝った例《ためし》が無いんだから」

レティが手を振って言うが。

「知るか」

「後生だからぁ！」

なぜ泣く。

「別にレティ、そこまで必要な薬じゃないだろ？」

お前、魔法使いだし。

「必要よ。紫紺の錬金術師レティの、この青き血が騒ぐというか……私の第三の瞳がこれだ！　って叫んでるから。コレダ、コレダ。ほら、聞こえた」

「やかましい。もういい、ウザいからお前にくれてやる。他の二人はまた今度でいいな」

「ま、しゃーねえ、アニキがそう決めたんなら、オレはそれでいいぜ！」

「私も、今回はレティに譲ってあげるわね」

今回の分配は揉めずに済みそうだ。

エピローグ　レアスキルの効果

「ご主人様、またまた宝玉ですっ！」

「よしっ、宝玉、三連チャン！」

第三階層を探索しているが、蜘蛛から連続で宝玉がドロップした。運が良い。

「オ、オイオイ……」

ルカが身震いして変な声を出す。

「ン？　どうかしたか、ルカ。トイレか？」

「違う！　分っかんないの!?　ジュウガ、こいつらおかしいっての」

「ハァ？　おかしいって、何が？」

「こんなに宝玉が出るなんて……嘘だーっ！」

ルカが頭を抱えて振り乱す。無造作に伸ばしたワイルドな黒髪でそれをやってると、なんとなく獅子舞を思い出すんだが。

「落ち着け。これはパーティースキル、【レアアイテム確率アップ　レベル5】だ」

手の内はあまり明かしたくはないが、戦闘で集中を乱したりしても困るので俺は親切に教えてやった。

「あ、ああ……でも、そんな非戦闘系のスキルばかり育てて大丈夫なのか？　いや、仲間がいるからいいのか」

ルカは勝手に納得しているが、戦闘能力でも俺はかなりの水準にいる。まあ、普段は後衛にいるから目立たないけどな。

「じゃ、今回はここまでにして帰還するぞ」

本来、いないはずの第三層に『レッド・キラービー』というボスがいたというのは予定外だったが、俺達は難なくクリアできている。

ボスのポップする瞬間は俺も初めて見たが、ルカは前に一度、それを見た事があったと言うし、あの強さはボスで間違いなかった。


宿に戻ると、ちょうど『風の黒猫』の二軍軍団が休みの日で、クライド達がテーブルでカードゲームに興じていた。

「あ、親分、ご無事で何より」

「お前、クビな」

「なんでっ!?」

「アレック様だろ、馬鹿だな、おまえー」

「ああ、アレック様、申し訳ないです！　許してくだせえ！　オレには、オレには五歳になる娘がぁ～」

「あー、分かった分かった、クビにしないから、いちいちにじり寄ってくんな。それと、お前らが俺を呼ぶときはアレックさんでいいぞ。むさ苦しい男に様付けで呼ばれるとなんか嬉しくない」

「はあ」

「それで、クライド、死人は出てないな？」

「出してませんよ、みんな第二層で手堅くやってます、へ、へへ」

陰気に愛想笑いするクライドだが、まあ、大きな問題がなければそれでいいか。

「そうか。その調子で頼むぞ」

「ええ、分かってますよ」

部屋に戻って装備を外し、たらいに湯を入れての湯浴みをする。

ダンジョンの緊張感から解放されてほっとするひとときだが、やっぱり風呂が欲しいところだ。

この宿には残念ながら風呂が無い。今度、風呂でも探してみるか。ひとまず今日のところは湯浴みで体を拭いて済ませた。


食事も終えて部屋でのんびりしていると、ミーナとネネがやってきた。

「ご主人様、今日は私とネネちゃんでお相手させていただきます」

「うむ、そうか」

毎日、ローテーションで恋人達と夜を楽しむ。ハーレムの理想型だ。

「じゃ、俺が服を脱がせてやろう」

少女の服を一枚一枚、丁寧に剥ぎ取っていく。

「あ……」

恥じらいを見せるミーナは、あれだけの回数をこなしてもなお、処女のような振る舞いだ。

色白の肌を晒し、下着だけになったところで、今度は布一枚の上から胸の形を確かめるように揉む。

「んっ」

小さく喘ぐミーナ。彼女のバストが柔軟に形を変え、布の下で小さな突起が男を誘うように揺れ動く。

「はわわ……」

それを隣で頬を赤くしながら見つめるネネ。

ゴクリと嚥下《えんか》したのは誰の音だったか。指が柔らかい膨らみの中に沈み込み、女の肉の感触を存分に楽しませてくれる。

「んっ、はっ、んんっ、やんっ♥　ご主人様、そこは……ああっ！」

すでにミーナの気持ちいいポイントは完璧に把握している俺だ。彼女を悦ばせ、ぐったりさせるまでそう時間はかからなかった。

「やぁっ、ご主人様ぁん♥　ああ――っ！」

「ほら、ネネ、次はお前だ」

「は、はい」

ネネをベッドの上に四つん這いにさせ、服を脱がせていく。しっぽのモフモフ感をたっぷり触って楽しんだあと、可愛らしいかぼちゃパンツをずらしてやると、小ぶりなお尻が顔を見せた。

そのお尻を包み込むように優しく撫でてやり、手を這わせる。するとネネは甘えた声を出した。

「はう……ん。アレック様ぁ、それ気持ち良いです……ふぁ……」

まだまだだ。もっと気持ち良くしてやるぞ、ネネ。

だが、俺はふと悪戯を思いつき、それをニヤリと笑って実行する。

黙ったままネネのお尻の穴に人差し指をつぷっと入れてやる。すると、彼女はびっくりしたようで小さな悲鳴を上げた。

「ひゃんっ」

ネネはビクリと体を硬直させ、慌てたようにお尻を両手で隠そうとした。ふむ、まだネネにはアナルセックスは早すぎるか。

代わりに俺はネネを仰向けに転がし、胸を揉んでやる事にした。

こちらも未熟だが柔らかな肉の果実だ。俺はその触り心地を充分に楽しみながら、ネネが気持ち良くなるように揉んでいく。

「んふっ、はうっ、ああっ、くぅん……」

甘い喘ぎ声を漏らすネネはもうたっぷりと男を教え込んでやったので、完全に開発済みだ。今度はぷっくりとした前側、その小さな割れ目の間に指を入れていく。

「んんっ、ああんっ！」

ネネが堪らなく感じたのか、ひと際大きな声を上げた。果実からあふれ出た蜜が指を濡らしていく。

「はう、アレック様、もうネネは、ネネはぁ……！」

――そろそろ頃合いか。

俺は自分の服を脱ぎ、性なるエネルギーを溜め込んだ肉の剣を解き放つ。

ヒクヒクとその剣の挿入を待つばかりとなったネネの柔らかな肉体へと向ける。

「待ってください、ご主人様」

と、ミーナが俺に言う。

「なんだ？」

「次は私とネネちゃんがご奉仕します」

「そうか、まあ、やってみろ」

「「はい」」

ベッドの上で俺が仰向けに寝転がると、ミーナが俺の性剣を手で握り、そのままで上下にしごく。手コキというヤツだな。ミーナめ、いつの間にそんなテクを覚えたのやら。だが、まだ慣れているとは言い難いな。

『もっと強く速くが良い』

「分かりました」

ほう、【共感力☆】で俺の思考を読み取ったか。ネネのアテレコを頼りにミーナが性剣を強く握りしめ、俺の快楽が一気に大きくなった。

『もっと下まで』

「はい」

ミーナの柔らかな細指がさらに限界を試すように性剣をしごくので、俺も思わず声が出てしまう。

「おおふ」

『いいぞ、ラストスパートだ』

「はい、ご主人様」

完璧に俺のツボを心得たミーナの動きが速度を増していく。俺は煮えたぎるような情動をギリギリまで抑え込まねばならなかった。

「くっ！」

そしてついに性剣から性なるオーラがビュッビュッビュッと勢いよく吹き出す。

「きゃっ」「はわっ」

白濁のオーラを顔から浴びたミーナとネネの姿は妖艶そのものだ。

「よし、二人いっぺんにやってやる。そこで抱き合って横になれ」

「「は、はい」」

二人も俺が何をするかは心得ていて、貝合わせの状態で俺の性剣を待つ。

ぬるり、と性剣を二人の間に押し込む。

「んんっ」「はうっ」

ミーナとネネの二人が同時に嬌声を上げた。ふるふると震えながらお互いを姉妹のように抱き合い、性剣のもたらす快楽に耐えている。

「いいぞ」

奥まで性剣を差し込んだ俺は、腰の動きを加速させ、その柔らかな鞘を責め立ててやった。

「んっ、ああっ、ううっ」「きゃっ、ひゃんっ、んんっ」

姉妹が離れてしまわないように必死にお互いを抱きしめ合い、仲良く嬌声をハミングさせる。

「ご主人様、あんっ、私はもう我慢できません、は、早く」「はわ、わ、私も、ああんっ！」

「よし、いいぞ、二人ともイカせてやる」

俺は腰の動きを最高速にすると、少女達の敏感な部分を執拗に、激しくこすり上げていく。この

三位一体《さんみいったい》の気持ちよさ。

「「あっ、あああああ――――っ！」」

とうとう限界を超えてしまった二人の姉妹が体を反らせ弓なりになる。それでいて大きく痙攣しており、快楽の天国へと一緒に昇天したようだ。

「ふう」

こちらも白い欲望を出し尽くし、最高に気分が良い。

「あの、ご主人様、もっと……」「私も、その、欲しいです……」

ミーナとネネが恥じらいながら自分の鞘をくぱぁと広げアピールしてくる。

「よし、第二ラウンドだ」

俺はそそり立つ性剣を構え直した。

今夜の手強い性戦は、随分と長引きそうだ。

第七章　勇者エルヴィン

✧プロローグ　宝玉

夜が明けて、俺は商人ギルドへ行く事にした。

「あっ、アレック様。ようこそ、商人ギルドへ」

俺は布の服を着ただけの状態だったが、すでに顔を覚えられたようでギルドの門番は顔パスだ。

受付嬢も笑顔で駆け寄ってくる。

「今日のご用件はなんでしょう?」

「ああ。いつもの、ペロペロを頼む」

俺も慣れたもので、さらりと告げる。

すると近くにいた男がハッとした顔になり、唾をゴクリと呑《の》み込むとこちらを凝視したが、違うっての、それは名前だっての。

「ペロスですね、申し訳ありませんが、彼は現在、行商に出ておりまして、代わりに私、『ユミ』が担当するようにと上司である彼から言い付かっております」

「ううん? 毎回、担当が代わるのは困るんだが」

俺は眉をひそめた。

バーニア国の商人ギルドでは、メルロという商人が一人でずっと俺の相手をしてくれたので信頼も置けた。

担当者がコロコロ変わるのは引き継ぎの説明だけでも面倒臭い。

しかし、高額で取引される宝玉をコンスタントに持ち込む冒険者なら商人にとっても上得意だと思ったが……ここではそうでもなかったか。

「いえ、ご安心下さい、今回からずっと私がアレック様の専属の担当となりますので。ペロスも引き継ぎのご挨拶をする予定でしたが、急用でしたので、誠に申し訳ありません」

「まあ、冒険者のタイミングはいつになるか分からんからな。それは別にいい。確認するが、お前はオークション取引の実績はあるんだな？」

見たところ、ユミはまだ若い。十八とかそこらじゃないのか。ターバンも巻いておらず、商人ギルドでもぺーぺーっぽいのでちょっと心配になった。

「ええ、もちろんです。これまでのアレック様のお取引についても存じておりますので」

人前で取引内容を迂闊《うかつ》に漏らさない点は気に入った。

「分かった。じゃあ、頼もうか」

「はい、こちらのお席へどうぞ」

奥に通され、そこで簡単に手数料の確認をして宝玉を全部渡した。四つだ。

「四つですね。かしこまりました。それで、あの、つかぬ事をお伺いしますが、アレック様。この宝玉はどのように……」

取引相手に入手先を聞くのは俺の信用を疑っている証拠だ。それはどうかと思ったが、それだけ、俺の持ち込む頻度《ひんど》が異常なのだろう。

「普通に冒険で手に入れたぞ。俺には【レアアイテム確率アップ　レベル５】のスキルがあるんだ。盗品じゃないから安心しろ。なんなら傭兵でも雇ってダンジョンの後ろを付いてこい」

「いえ、盗品などと。立派な冒険者のアレック様がそのような事をされるはずがありません。最近、元Bランクパーティーの傭兵も雇われたそうですし」

ルカの事だな。よく調べている。そのユミが続けて言う。

「ただ、これだけの量ですと、貴族のコレクターでもない限り、普通はお持ちにならないですから」

そうだろうな。

「スキルについては内密に頼むぞ」

「はい、もちろんでございます。では、預かり証をどうぞ」

すでに個数を除いて書類は埋めていたらしく、ユミは簡単にさっと預かり証に書き込んで渡してきた。有能そうで助かる。

「他にもご用件がおありでしたら、何なりとどうぞ」

「いや、今日はこれを持って来ただけだ」

「そうですか、またのご来店をお待ちしておりますね」

何も無くても、ニッコリと満足げにうなずくユミは顧客に安心感を与えてくれる。

「ああ。さて……」

帰って、今日は誰をベッドに連れ込もうか？

「あの、アレック様」

「なんだ？」

「もしよろしければ、昼食を私とご一緒にいかがですか？」

ユミが聞いてくる。

「ふむ」

俺は彼女を改めて見る。

やや小柄な美少女だ。赤毛をショートカットの髪型にしており、はっきりとした顔立ちで色香も感じさせる何かがある。なら、返事は決まっているよな。

「いいだろう」

「では、『レディ・タバサ』という店に予約を入れております。他にご希望がなければそちらでと思うのですが」

「予約？」

俺は眉をひそめた。俺の帰還予定の時間はおろか、帰還日についても商人ギルドには伝えていない。

どうしてユミがそれを知っている？

「はい……失礼ですが、『竜の宿り木邸』の泊まり客の一人が私の友人でして、たまたま」

俺が帰還したのを、その客の友人とやらが見かけてこいつに報せた、か。本当にたまたまかもしれないが、ギルド職員を宿泊させて見張りに付かせていたのかもしれないな。

普通、そこまでするか？

「あまり変な真似はするなよ」

「はい」

「まあ、せっかくの料理が無駄になってももったいない。今回は、ごちそうになるとしよう」

「ええ、ありがとうございます」

ジュウガを見捨てたあの奴隷商人ヤナータが幹部を務める商人ギルドだけに、俺を警戒しているのかもしれない。まあ奴も、いきなり毒を盛ってくるなんて事はしないだろう。俺が死ねば、神殿の司祭も疑いの目を向けるだろうし、そうなればヤナータにとって得は何も無い。

奴隷の回復料金を値上げされるだけでもヤナータにとっては痛いはずだ。

「あ、ちなみに、私やペロスは『ホワイトドッグ』のクランには所属しておりませんので、ご心配なく」

「そうか」

ヤナータとの関係について何か探りを入れてくるかと思ったが、単なる世間話だけでユミは仕事の話もしなかった。

「なかなか良い店だな」

俺は座って店内を見回して言う。淡い色の付いたガラス細工が飾ってあったり、壁には様々な動物の姿が彫刻されて並んでいたりと、客の目を楽しませてくれる。

貴族御用達の高級店らしいが、個室で他の客と顔を合わせないのがいい。

密談には持って来いの店だろう。いつか、俺も用事の時には使わせてもらうとするか。

「お気に召したようで何よりです。私も頭をひねって選んだ甲斐がありました」

ユミが俺の感想を聞いて満足げに微笑むと、俺に聞いてきた。

「お酌に娼婦も呼べますが、どうされますか？」

「ふうん？　商売女は別に要らないが、ちなみに、処女も買えるのか？」

「ええ、値が張りますが、買えます。年齢も上から下まで幅広く、このお店は全員美人揃いですよ」

ほほう、ロリも選び放題とは、なかなか良い世界じゃないか。

「ふむ……」

俺は目の前にいるユミを値踏みしながら考える。

こいつは胸は大きいが、若くて頭も良さそうだ。こいつみたいな美少女も買えるのか。

「……ひょっとして、私がご希望でしょうか？」

「ああいや、そうじゃないが、ここの相場はいくらだ？」

「処女の相場は銀貨一枚からと聞いております。ちなみに、私なら、タダです」

「ええ？　お前、俺は嘘は見抜けるから、あまり適当な事は言わないほうが良いぞ？」

【鑑定　レベル5】があるからな。

初対面の相手でも物怖じしないユミはどう見ても処女じゃないだろう。社交的で手慣れている印象だ。

ちょっと鑑定してみる。

〈名前〉ユミ　〈年齢〉18　〈レベル〉8
〈クラス〉商人　〈種族〉ヒューマン
〈性別〉女　〈ＨＰ〉73／73

〈状態〉健康
【解説】グランソードの商人。
商人ギルドに所属。
性格は野心家で、かなりアクティブ。
処女。

「むっ、本当だったか」

「【鑑定】ですか？　良いスキルをお持ちですね」

ユミがニッコリと笑う。何か俺を利用しようと企んでいる感じだが、若くて美人の処女である。

ならば食ってみようではないか。

「じゃあ、約束通り、タダで相手をしてもらおう」

「はい、それでは、休憩室のほうへどうぞ」

俺はユミと休憩室に向かった。

第一話　商人ユミ

俺に取り入ろうとしている商人ギルドの少女、ユミ。

鑑定スキルによると、なかなかの野心家らしいが、顔と性格は気に入ったので、同意のもとで味見してみる事にした。

「アレック様、何か、お飲みになりますか？　あっ！」

まどろっこしい事を言うので俺は彼女をベッドに押し倒す。

「いらない。休憩室となればやる事は一つだ。さっそく、やるぞ」

「は、はい」

さすがにそこは処女だけあって、ユミも俺が体に触ると緊張を見せた。

「うん？　なんだ、上げ底か……」

胸はそこそこあると思ったのだが、触ってみると胸に分厚い布巻きがしてあった。

背中の肉まで寄せ上げた感じだな、これは。

「すみません……」

「まあいい、俺は小さいほうが好みだ。覚えておけ」

「はい。んっ、あっ」

彼女を後ろから抱きかかえ、小さな乳首をこねるようにいじり回し、形や弾力を確かめていく。

ビクンビクンと震えているが、この反応はお芝居かもしれないな。ま、どっちでも良い。

首筋を舐めてやり、キスに持ち込もうとしたが、ユミは反対側へ顔を背けてしまう。

ならば反対側からと顔を回したが、また顔を背けてきた。

こいつの事だから、俺がキスしようとしているのはとっくに察しているはずだが。

「この仕事、組織に無理矢理やらされて、実は好きな恋人がいたりするのか？」

俺は問う。

それだとプレイ中止にしないといけなくなるから、嫌だなあと思ったが。

「いえ、自分の意思です。ペロスからはご機嫌を取っておくようにと何度も念押しされましたが、何をするかまでは私の裁量に任されましたので」

ユミが答えた。

「じゃあ、なんでキスを嫌がる？」

「それは……私は娼婦としてではなく、商人として稼ぎたいという志があるもので」

「志は立派だが、手段として自分で選んでおいて今更だな。まあ、俺と付き合えば儲けさせてやるぞ」

「はあ、んっ！」

また顔を背けるし。

「お前、嘘をついてるんじゃないのか？」

「す、すみません。どうも生理的にちょっと」

余計にムカつく理由だな。

「それなら最初から思わせぶりな事を言わずに断れよ、アホ。自業自得の罰として、お前はディープキスの刑だ」

「んっ！」

強引に唇を奪い、舌を入れてやった。

本気で耐えられないなら引っぱたいてでも抵抗してくるだろうと思ったが、身を縮めただけで耐えるユミ。

そんな彼女の舌を、しっかりと吸ってやってから、今度は乳房も舐めてやる。

「んんんっ！」

「これも嫌か？」

「いえ、あの、ちょっと嫌ですけど、でもこっちなら」

我慢できる、か。

なら、自分の野心のために頑張ってもらおう。

「んっ、あんっ、ああっ、くうっ……」

こちらとしてはしっかり楽しんでおく。

「入れるぞ」

「は、はい」

「キスは嫌で、こっちはいいのか？　よく分からない奴だな」

「それは……」

自分でもよく分からないのだろう。

「入れた後で、やっぱり無しと言っても遅いぞ。あと、もうクーリングオフもキャンセルも無しだ」

「ええ、覚悟はできてます。その代わり、今後ともよろしくという事で」

「分かってる。お互い末永いお付き合いと行こうじゃないか。ふふふ」

我ながら悪役の言いそうな台詞だなと思いつつ、ベルトを外し、ユミの中に挿入する。

「んっ！」

「少し力を抜け。よし、いいぞ」

「んあっ、ああっ！　ああんっ！」

「大丈夫か？」

「は、はい、大丈夫です」

それほど痛みも無いようだし、ユミも体の向きを合わせてくるので動きやすい。それならばと、俺もペースを上げていく。

「んんっ、んふぅっ、んあっ！　くうっ！　あっ、あっ、あっ、あっ」

次第にユミが戸惑いと焦りの表情を見せ始め、体をよじって俺から逃れようとした。だが、上からがっちりと体を押さえ込んでいるのでそれは叶わない。この期に及んで処女を失うのが嫌だという事もないだろうが、ユミの気が変わる前にと俺は一気にラストスパートに入る。腰を深く打ち付けてやると、彼女の嬌声も共鳴するかのようにひときわ大きくなった。

「んくうっ！　ダ、ダメです、アレック様、そんな、そんなに激しく動かれては、ああっ！　わ、私の体が、くうっ、持ちません！」

「安心しろ、これくらいじゃ女の体は壊れないぞ」

「で、でも、んんっ！」

「なら、やめるか？」

俺はいったん引き抜いて動きを止めた。もちろん、ここまできてやめるつもりは一切ないのだが、一つの賭けだ。案の定、もぞもぞと自分の股ぐらをこすり合わせた彼女は顔を真っ赤にして懇願してきた。

「い、いえ、続けて下さい……お願いします」

「よし」

ユミを満足させてやろうと、荒々しく動く。

「んっ、あっ、ああっ、くうっ、うあっ、あああ――――！」

快楽に耐えきれなくなったユミは、体をのけぞらせて絶頂を迎えた。

こちらの世界は優れた避妊薬があるから、そのまま遠慮無く彼女の中に出してやった。

ふう。

事が終わり、体を拭いて服を着直す。

「アレック様、私はまだ着替えに時間が掛かってしまいますので、先に店を出られてもいいですよ」

ベッドでまだ横になっているユミが言う。イった余韻で今は動けないようだ。

「そうか、じゃあ、そうさせてもらおう」

恋人という関係ではないので、下手に気を遣ってもユミには不快かもしれないからな。

「店の料金は宝玉の売値から引いておいてくれ」

「いいえ、今回は私の奢りという事にさせて下さい」

お得意様の接待というところか。まあ、ユミがそう言うなら、奢らせておこう。

俺はドアを開けて廊下を行く。


食事の個室へ通じる廊下に出たところで、向こうから三人の女を侍《はべ》らせた男がやってきたので、こちらが道を空けてやった。

「おっと、やあやあ、どうも、すみませんねぇ」

そいつは馴れ馴れしく俺に笑いかけたが、千鳥足でかなり酔っ払っている様子だ。女の子達に支えてもらいながらの休憩室行きか。

そんなので三人も相手にできるのかね。まあ、それはどうでもいいんだが。

ただ、その僧侶の白い服装が場違いな印象で少し気になったので、そいつが通り過ぎたあと、俺はその場で立ち止まって見送った。

「エルヴィン様、こちらですぅ」

「おお、そうですか、これも神の思し召し、たっぷりと楽しむとしましょう。みんな仲良く平等にね、ヒック」

あれがエルヴィンだって？

違う。

たまたま同じ名前なのだろう。そいつの顔は俺が知っている『勇者』とは全然違っていた。金髪というのが一緒なだけだ。

ついでに、【鑑定】。

〈名前〉アンドレ　〈年齢〉23　〈レベル〉24
〈クラス〉僧侶　〈種族〉ヒューマン
〈性別〉男　〈HP〉173／173
〈状態〉酩酊
【解説】
オースティン出身の僧侶。
性格は大胆で、割とアクティブ。
結婚詐欺で指名手配中。

まーた偽名の奴かよ。

しかし、なんでエルヴィンの名前を騙ってるんだろうか？

結婚詐欺で逃亡しているから、たまたまその偽名になっただけか？

ま、どのみち悪者で間違いないな。

言葉遣いは丁寧だし、ルカを罠に掛けた奴とも特徴が一致している。あとで教えておいてやろう。

俺は宿に戻ると、さっそくルカを呼んだ。

「なんだい、アレック、急ぎの用って」

すでに鎧を脱ぎ、平服に着替えていたルカだったが、剣士らしく剣は腰に差している。

「『レディ・タバサ』という店でエルヴィンと呼ばれている男がいた。金髪の僧侶だ」

「くっ！　あのPK野郎！」

険しい顔になったルカがそのまま宿を飛び出そうとするので呼び止める。

「待てルカ！　まだ奴はお楽しみでしばらくはあの店にいるはずだ。手を貸してやる。裏口から逃げられないように、作戦と仲間も必要だろう」

俺は言ったが、そうしたい別の理由もあった。

あの店の中で騒動を起こされたら、ユミにも迷惑が掛かる可能性がある。ルカが俺のもとにいるのはこの辺の奴なら知っているだろうし、ルカは元Bランクパーティーの有名人だしな。

もちろん、エルヴィンを捕まえるのには手を貸すが、奴が店を出たところで押さえたい。

「分かった。恩に着るよ」

「ああ。イオーネと星里奈を呼んでくれ。ミーナもな」

レベル24の僧侶で、勇者でもない奴なら、このメンバーで楽勝だろう。それにアンドレは酩酊状態だった。一人相手に苦戦するとも思えない。

集まったメンバーに俺は手短に事情を話し、作戦を決めた。

装備を調え、先ほどの店に向かおうと宿の部屋を出る。

「お、なんだなんだ？　みんなでどこかに出かけンのか？　オレも連れてってくれよ、アニキ！」

ジュウガは腕は立つが、騒がしいからこの作戦には向いてないだろう。

「楽しい所じゃないぞ。ちょいと野暮用だ。何かあったときのために、ジュウガ、お前はここの留守番を頼む。重要な役割だぞ？」

「お？　おしっ！　分かったぜ！　任せときな」

「それと、フィアナを見かけたら『レディ・タバサ』の店まで来るように言ってくれ」

ポーションで充分だろうが、怪我人が出たときのために、フィアナも呼んでおく事にする。

「分かった！　『レディ・タバサ』の店だな！」

俺とミーナ、星里奈、イオーネ、そしてルカ、この五人で店に向かった。

「アレック、手伝ってくれるのはいいけどさ、エルヴィンの野郎を見つけたら、アタシに仕留めさせてくれるよね？」

ルカが念押ししてくる。騙し討ちのＰＫで殺されかけたのだから、当然だろう。

「もちろんだ。手柄を横取りしたり、邪魔はしないから安心しろ。ただし、店で荒事は起こすな。店から出たところを狙うぞ」

「まどろっこしいね。逃がす前にやったほうがいいってのに」

「まあそう言うな。貴族御用達の店だ。貴族やその護衛を巻き込んだら、お前も俺も面倒な事になるぞ」

「……そうだね、分かったよ」

大通りの真ん中にある店『レティ・タバサ』に到着した。

「どうするの？」

星里奈が店を窺いながら聞く。

「作戦通りに行こう。まず、俺が店に入って奴の部屋を確認する。星里奈とルカは裏手に回って見張っていろ。ミーナとイオーネの二人は表のここで待機だ」

「「分かった」」「はい、ご主人様」「ええ」

俺も鎧を装備して武装しているので、店の入り口に近づくとフルプレートアーマーの門番が身構えた。

片手を軽く上げて、門番の警戒感を解いておく。

「ちょっと忘れ物だ、俺の顔は覚えているだろ」

「ええ、どうぞ」

俺はついさっき、ここの客として入っているので、難なく潜入に成功した。鎧も剣も装備したままだ。

この店の警備から考えて、一見《いちげん》の客はすぐには中に入れてもらえないだろうが、俺は商人ギルドに所属するユミの連れだからな。

そのまま奥に行き、休憩室のエリアに向かう。

ちょうど部屋から出て来たユミが、俺を見て怪《け》訝《げん》な顔をした。

「アレック様？　なぜ武装を？」

✧第二話　エルヴィン襲撃作戦

白いローブの僧侶――ルカを騙し討ちでＰＫしようとした男をこの店で目撃した。

商人のユミにはまったく無関係の話なので、ごまかしても良いのだが。

まあ、説明しておくか。隠すような悪巧みでもない。

「ちょいと知り合いを罠にはめた野郎をここで見かけてな」

そいつが別人の可能性もまだ低確率で残っている。名前も服装も偶然一致している場合だ。だがそれも、ルカが顔合わせすればすぐ分かる事だ。

問題ない。

「ええ？　あの、待って下さい。ここでの荒事は、その、まずいですよ」

ユミが左右を見回して少し慌てた。ここは貴族御用達の、お上品な店だからな。その辺の酒場とは違う。

「分かっている。心配するな、部屋にまだいるかどうかを確認するだけだ。後は外でやる」

「ちなみに、その者の名は？　貴族ですか？」

「いいや、偽名を使ってる僧侶だから、お偉いさんじゃないぞ」

身分制度が厳しそうなこの世界では、貴族かどうかはチェックしておかないと命取りになる。

「そうですか。ふう、なら、私にも協力させて下さい」

「いや、ユミ、お前の手を借りるまでもない。先に行け」

疑うわけではないが、下手にコイツに手を借りると、色々と高く付きそうだしな。

じゃあ、寝るなよって話だが、そこは別腹だ。

「分かりました。では、失礼します。――ああ、お忘れ物ですか」

店員のウェイターが飲み物を持ってやってきたので、気を利かせてユミが小芝居してくれた。

「そうだ。ユミ、お前は別にいい、先に帰れ」

「はい、では、お先に」

ウェイターが通り過ぎるのを待ち、先ほど、偽エルヴィンが向かった廊下のほうへ行く。


さて、この廊下に部屋は四つあるようだ。

ドアが等間隔にすべて北向きで並んでいる。

三つ目のドアの前にはフルプレートアーマーの騎士が突っ立っていて、護衛だろう。

あれだけの装備となると、部屋の中にいるのはお楽しみ中の貴族と言ったところか。

残りの三つのドアのどれかが正解という事になるが、さて、どうしたものか。

「んー、ああん♪　ああっ！」

一番手前の部屋からは女の嬌声が聞こえるが、エルヴィンの声は聞こえない。

声は一人だけだし、ここはいったん後回しで。

アイツ、女は三人連れだったからな。

二番目のドアに向かうと、護衛の騎士が剣に手を掛け、あからさまに警戒しやがった。

俺は両手を上げて、敵意が無い事を示して言う。

「おいおい、俺はタダの客だぞ」

「なら、なぜ武装している？」

「そりゃ冒険者だからな。『竜の宿り木邸』って所に拠点を置いてるアレックってもんだ」

「聞いた事がある。ヤナータと揉めて、奴隷をたくさん買い付けたルーキーだそうだな」

「そうだ。別に揉めたわけじゃないぞ？　奴とは紳士的に取引をしただけだ」

「フン、どうでもいい。とにかく冒険者風情が、ここに近づくな」

ちょっと失敗したな。こちらも武装しているので俺が下手に動くと、このやる気満々の護衛も相手にする羽目になりそうだ。

それだと勝利したところで、この店で厄介事を起こしてしまう事になる。

なので、俺は素直に聞いてみる事にした。

「なあ、白い僧侶がこっちに来なかったか？」

「なぜ聞く。お前、女はどうした？」

「いや、その連れを待ってるんだが？　暇《ヒマ》潰しに世間話くらい、別にいいだろう」

「…………」

ダメだ、余計に警戒させただけのようだ。

黙《だんま》りって、使えない奴だなぁ。とりあえず、剣から手を離せと。

「ちょっと見てくる」

俺はいったん引き返す事にした。

「お待たせしました、アレック様」

ユミがまだ帰っていなかったようだ。俺が何をするか心配でその辺で様子を窺っていたのだろう。

「ああ、来た来た。コイツだよ、俺の連れだ」

「フン」

やっと護衛の騎士が剣から手を離してくれた。

「二つ目か、四つ目だ」

俺は小声でユミに言う。

「分かりました。じゃあ、間違えたフリをして私が開けます」

ユミと打ち合わせして、二つ目のドアをユミに開けさせる。

「ああん、ゼノン様ぁ、凄いぃん」

ハズレだ。

「おい、ユミ、部屋を間違えてるぞ」

「すみません」

「一番奥だろう。ちょっと見てきてくれ」

「はい」

「女、このドアには近づくな」

護衛の騎士がやはり剣に手を掛けて警戒。お前は完全に無関係だからスルーして欲しいんだが。

三番目のドアにはエルヴィンはいないはずだ。

「ええ、分かっています。向こうのドアですから」

　ユミも護衛からは距離を取って両手に何も無い事を見せつつ、廊下の壁際ギリギリを通って奥へ向かった。

　ドアを開け、中を覗いたユミが戻ってくる。

「ここも違うようですよ」

「じゃあ、向こうの廊下だな。いや、邪魔して悪かった」

「フン！　それくらい、店員に確認しろ！」

　護衛が不機嫌そうに鼻を鳴らしたが、俺達は何食わぬ顔でその場を離れる。

「ユミ、どうだった？」

「はい、一番奥の部屋、白いローブが畳んであるのを見ました。男は裸で眠っていて、女が三人います」

「じゃ、そこだな。もういい、店を出るぞ」

　普通に表から出て行き、待機していたミーナとイオーネに俺はうなずいて見張りを続行させる。

　裏にも行き、星里奈とルカにも奴がまだ寝ている事を伝えた。

「焦れったいね。表はミーナが見張ってるんだね？」

　ルカが確認してくる。

「ああ、間違いはないから心配するな。この店の出入り口は表とここの裏口と、その二つだけだろう」

「ええ、それはさっき私がぐるっと回って確認したから、間違いないわ」

　星里奈が肯定する。

「じゃ、じっと待つぞ。ユミ、お前はもう帰れ」

　まだ俺にくっついていたユミは帰らせておく。

「分かりました」

「あの赤毛の子はなんなの？」

　星里奈がユミの事を聞いてきた。

「たまたま食事をここで奢ってもらった商人だ。

宝玉の取引を任せている」

「たまたま、ねえ？」

星里奈が勘ぐるが、今はそれはどうでもいい。

「しかし、あのエルヴィン、まだこの街にいたとはね」

ルカが言うが、確かに間抜けな奴だ。ＰＫが失敗した時点で行方をくらまさないと、復讐か告発されると予想できたはずだが。

「それもそうね……。あれはイオーネだわ！」

口笛が鳴り、偽者エルヴィンが表の入り口から出たようだ。

ルカが走り、俺達も後を追う。

「エルヴィン！」

表通りに出るなり、ルカが叫んだ。

まだ奴とは距離があるから、仕掛けるのは早すぎるし、場所が店の真ん前というのも頂けないが、とにかくここは店の外だ。ユミもこの場にはいない。


呼ばれたエルヴィンこと本名『アンドレ』はギョッとした顔でこちらを見た。

「ル、ルカ！　生きていたのですか」

「勝手に殺すんじゃないよ。冒険者の流儀だ、舐めた真似してくれた事、あの世で後悔させてやるよ！　どけっ！」

「うわ」「きゃあ！」

バスタードソードを振りかざすルカに、通行人も慌てて道を空ける。

騒ぎになったのはちょっとアレだが、偽エルヴィンは血相こそ変えているものの、まだ逃げていない。

これで、片が付いたな。

俺はそう思ったのだが。

星里奈やイオーネも同感だったようで途中で走るのをやめ、ルカを見守った。

ミーナはそのまま俺の真ん前に立ったが、これは俺の護衛のつもりだろう。

「誤解ですッ！」

偽エルヴィンが両手を上げて叫ぶ。

「はあ？　今更、何を言ってるんだか。アンタがその口で笑ってＰＫと抜かしたじゃないか」

「な、何の事やら。皆さん！　兵士を今すぐ、呼んで下さい！」

む、まずいな。

「ルカ、さっさとケリを付けろ」

「ああ、分かってるっての。あっ！」

ルカが剣を振り下ろしたが、横から別の剣が出てきて、それを防いでしまった。

「邪魔するなッ！」

「待て！　少し待って頂こう。事情はよく分からぬが、剣も抜いていない者を手に掛けるなど、道に背くというものではないか」

腕の立ちそうな白い鎧の女騎士が割って入ったが、さて——面倒な事になった。

往来の激しい場所での襲撃が間違いだったな。

いや、俺の作戦では初めからエルヴィンの後を尾行するという作戦だったのだが、その点をルカに徹底していなかった。そこがミスだ。

頭に血が上ったルカが場所を選ばないのはむしろ自然だった。

「その通りですよ！　私はオースティン王立魔法学院を首席で卒業した勇者エルヴィンと申します。この私の手に掛かれば、このような無法者、すぐにでも片が付きますが、このように通行人が多いところで、万が一にも巻き添えが出てはいけませんからね」

「いけしゃあしゃあと、悪者はお前だろうがッ！　死ね！」

ルカが構わず斬りかかるが、んー、白い鎧の女騎士は完全にこちらを悪と見なした様子。偽エルヴィンに背を向けると後ろに庇い、ルカに立ち塞がった。

「司祭殿、兵士が来るまで、それがしがお守り致す。女、事情くらいは話せないのか」

「必要ないッ！」

「待て待て、ルカ。説明はしないと。こいつはその自称エルヴィンに騙されて、帰らずの迷宮でPKされたんだ」

代わりに俺が事情を話す。

「ふむ？　こちらはそう言っているが？」

女騎士がアンドレに視線を向けて問いただす。

「まったくのデタラメです！　この人達が私をPKしてきたのですよッ！」
オ、オイオイ。
「ううむ、余計に話が見えなくなったぞ……とにかく、ルカとやら、少し落ち着け」

「落ち着けるかッ！　この嘘つきが！」

ルカが斬り込むが、白い鎧の女騎士は落ち着いてその攻撃をすべて受け止めている。こりゃ白騎士のほうがレベルが上だな。装備も圧倒的だ。

ただ、白騎士もルカに対して攻撃するつもりはないようで、これなら安心して見ていられる。

「なら、兵士が来るのを待つとしよう」

「そうね」

ルカはまだ攻撃中だが、星里奈や俺は剣を収めて待つ事にした。

兵士が来て事情を詳しく聞けば、アンドレのボロも出てくるだろう。色々と。

簡単な話だ。

第三話　グランソード国王

それにしても……この展開はちょっと俺も予想していなかった。

目の前には鉄格子。

牢屋の中に俺達はいる。

「なんだこれ？　なんだこれ？」

俺は思わずつぶやく。

「すまない……」

ルカが申し訳なさそうに言うが、もっと早く落ち着いて欲しかった。

彼女を騙し討ちにした嘘つきエルヴィンだが、アイツはやけに弁が立った。

しかも、ルカがいきり立って駆けつけた兵士にまで斬りかかってしまったせいで、今、俺達は牢獄にいる。

「でも、事情をきちんと話せば、きっと分かってくれると思うわ」

星里奈が言うが。

「いや、話しただろう。お前は話さなかったのか？」

「うーん、全部、正直に話したけど……」

「私も、知っている事は正直に話しましたけど、その……ルカさんが襲われたところは私も直接は見ていないんですよね……」

イオーネが言葉を選びながら言う。もちろん、イオーネはルカを疑っているわけではないだろうが、これも事実だ。

「アタシは！」

「落ち着け、ルカ。誰もお前を疑っちゃいない。あのクソアンドレが迷惑な嘘つき野郎ってだけだ。どうにかして、アイツの嘘の証拠を出したいもんだが」

考える。

まあ、元々あいつは結婚詐欺で指名手配中だから、本名のアンドレさえ確定してしまえば、後はすぐだろう。

【鑑定】さえできれば……。

いや、それだな。王城ならその手のスキル持ちだっているはずだ。

「看守！　あのエルヴィンの本名を【鑑定】するように伝えてくれ。星里奈、金貨を出せ、金貨」

ここは、ただ訴えるだけではダメだろう。買収だ、買収。

「ええ、分かったわ」

「待ってくれ、そういうのはここでは受け付けないぞ」

鉄格子の前に突っ立っている鎧姿の看守が言う。

「じゃ、金貨十枚でどう？」

「なにっ!?」

のけぞった看守だが、まあ、十万ゴールドともなれば、一生分の稼ぎとは行かなくとも、看守の年収は軽く超えるだろう。

「よし、心が揺らいでるぞ。星里奈、もう一声」

「アレックが出してよ。今、手持ちはそれだけよ」

「あ、私も五万なら出せますよ」

「ご主人様、私は二万です」

イオーネとミーナも金貨を出す。

俺の手持ち、今はちょっと少ないんだよな。分配したばっかりだし。

「よし、今は無いが、後で五万を出そう。上乗せだ」

「ええい、やめてくれ、金貨をちらつかせるな！」

「ホレホレ」

「ほらほら」

「見ない、オレは見ないぞ！　陛下は裏切れん」

堅物そうな看守はこちらに背を向けてしまった。

「じゃあ、音を出せ、音を」

せこく銅貨も混ぜて、じゃらじゃらと音を立ててやる。

「おい、兄ちゃん、そんなに持ってるなら、オレにも分けてくれや」

隣の房の奴らが反応し始めたが、お前らは関係ないから。

「そこまでだ」

「へ、陛下」

陛下だと？

看守が背筋を伸ばして姿勢を正したが、相手は格好だけならその辺の酒場にいそうな中年男だった。

きらびやかな服ではなく、普通の布の服を着ている。ただし、筋肉は結構なもので、戦士風の体つきだ。

ただ……、どっかで見たような気がするな、コイツ。この自信にあふれた笑みは――

「あ、神殿にいたな」

思い出した。

以前、ヤナータと奴隷の取引をしたときに、「オレも証人になるぞ！」と言ってくれた奴だ。

「ええ？」

星里奈が怪訝な顔で俺を見る。

「ハハ、まあ、今は神殿にいたのは他人のそら似という事にしておいてくれ」

戦士風の王様が軽く笑った。

それで証人の意味があるのかよ。

「そんな顔をするな、アレック。必要があれば私も身分を明かして証言するだろう。が、今は別件だ」

「ここからは出せないと？」

「おい、言葉遣いに気を付けないか。この御方はこのグランソードの国王であらせられるぞ」

看守が咎めてくるが、それを聞くなり国王のほうが素早く手を振って苦笑した。

「よせよせ、ここで堅苦しい話は無しだ。アレック、お前達の身元は現在、バーニア王国に照会中だ。早馬が戻ってくるまで……そうだな、一週間ほど待ってもらう事になる」

まあ、処刑されないだけ感謝しろという話なのだろう。ただ、一週間もここに閉じ込められるとなると、少しうんざりする。

「あの、国王様、アタシはそれで仕方ないですが、この人達は無関係です。出してもらえませんか」

ルカが頼むが。

「無関係という事はあるまい？『白銀のサソリ』

のルカは、『風の黒猫』に加入したと報告を聞いているぞ」

「はあ、それは……」

「ま、いいだろう。看守、出してやれ」

「よろしいのですか？」

「構わん。見たところ、レベルは30にもう少しと言ったところか。暴れるようなら、オレがすぐ片付けてやるから。武器も返してやれ」

「それはそれで問題なのですが、ええ、分かりました。陛下のご命令とあらば」

看守が鍵を取り出して開けてくれた。

「ふう、良かった。ありがとうございます、国王陛下」

星里奈が笑顔で頭を下げる。

「ありがとうございます」

俺も不承不承ではあるが、礼儀には気を遣っておく。この世界の勇者は、地位がやたら低い量産型だからな。


しかも、この相手は呼び出した張本人でもない。こっちは他国の勇者だ。

「人目も無いのだ、無礼講で構わんぞ。上で話そう」

この王様は話が分かるタイプらしい。


豪華な内装の部屋に――と思ったら、兵士の休憩室のような殺風景な部屋に通された。

部屋の外には兵士が二人いたが、中は王様一人だけ。そんな警備でいいのかね？　ま、別に襲うつもりは無いけども。

「相手が勇者となればそれなりの待遇をすべきところだが、悪く思わないでくれ。形式上はお前達は容疑者で、身元も確定していないからな」

「いえ、お気になさらず」

星里奈が返事をするが、まあ、こいつに任せておくか。人当たりはいいので、怒りを買って処刑という羽目にはならないだろう。

「ルカ、お前は口を閉じておけ」

俺はヤバそうな奴に釘を刺しておく。

ルカも分かったとばかりにうなずいたが。

「そうは行かんぞ。事情を聞くためにお前達をここに呼んだのだからな。と言ってもまあ、お前達の態度を見ていて、だいたいはもう分かったがな。自称エルヴィンのほうは身元確認をオースティンに送ったとオレが言ってやったら、神の啓示だの使命だのと、急ぎの用があるとぬかして泡を食っていたぞ、ふふ」

「ああ……自業自得ですね」

星里奈も少しあきれて肩をすくめている。

「そうだな。どうせエルヴィンという勇者の噂を聞いて、憧れでもしてその男になりすましただけの小者、といったところだろう。オースティン魔法学院を卒業しておきながら、神の使いである司祭を名乗っているのもおかしいからな」

国王が腕組みして言うが、この世界では魔法学校と神殿は別組織なのだから、そこはルカももっと早く疑うべきだったな。

「ええ」

「ルカよ、偽エルヴィンについてはオースティンからの早馬が戻り次第、身柄をお前の好きにして構わん。煮るなり焼くなり、国王として許可を出そう」

「ありがとうございますっ！」

ルカが感激したように言うが、国王のお墨付きとあれば、これでＰＫの復讐も果たしたも同然だろう。

「だが、条件がある」

訂正。話が分かるかもしれないが、厄介なタイプの国王だった。

「なんでしょうか……」

「なに、そう警戒せずとも、Ｂランクパーティーに所属していたお前なら簡単な事さ。一介の冒険者として、オレの出す依頼《クエスト》を受けてくれればそれで済む」

軽い調子で国王は言うが。

このままだとルカがホイホイ返事をしかねないので、俺が口を挟んでおく。

「陛下、そのクエストの中身を先に教えて頂きましょうか。冒険者としてなら、冒険者の流儀がありますので」

「おお、そうだな。別に隠すつもりは無いぞ。とあるパーティーの護衛というか、監視程度だな。それを『帰らずの迷宮』内で、やってもらいたいのだ」

「護衛？　なぜ兵士を使わないのですか？」

星里奈が当然の質問をする。

「それができない理由があるんだ。護衛対象は、ウーファ聖法国の神殿騎士《テンプルナイト》エリサ＝ミッシェルだ。できれば彼女のパーティー全員を護衛してもらいたいが、彼女が最優先だな」

「ウーファ聖法国……確か、かなり西の国でしたよね？」

星里奈が聞き返す。

俺は初耳の国だったが、星里奈はウーファの名を知っているようだ。

「そうだ。ここから片道でひと月はかかるような遠方でな。だが、あちらは大国の上にポルティアナ王国に大きな影響力を持っているのだ」

ポルティアナ王国は俺も知っている。ここグランソード王国の南西にある隣国だ。御者のニックの話では、グランソードとは仲が悪いらしい。

「その聖法国のテンプルナイトともなれば、そうだな、小国の王女くらいの地位がある、そう思ってくれ」

「ええ？　王女様みたいな人がダンジョンに潜るんですか？」

「来るんだ、そういう奴らが」

少し苛立《いらだ》った声の国王は好ましい事だとは思っていないようだ。まあ、他国のＶＩＰが国内で死んだら、トラブルの予感も有り有りだろう。

「お断りはできないのですか？」

「できん。もちろん、危険である事は重々説明するし、説得はするがな。だが、うちは各国と『協定』も結んでいる。さすがに軍隊は入れさせないが、他国の少人数の調査隊を『受け入れる義務』を負っているのだ。その『協定』はオレの祖父様《じい》の代よりもずっと前からのもので、オレの一存ではどうにもならん」

「それは……大変そうですね」

「事実、大変だ。仲の良い国なら腕の立つ兵士を付けてやったりもするんだが、今回はまた事情が別でな」

　聞けば聞くほど、引き受けたくない感じの話だが、まだ他にも複雑な事情があるようだ。

第四話　国王のクエスト

ウーファ聖法国のテンプルナイト、エリサ＝ミッシェル。

　彼女の地位は小国の王女に匹敵するという。

　その他国のＶＩＰパーティーが『帰らずの迷宮』にやってくるので護衛してね、という国王直々の頼み。

　俺達は牢屋に入れられていたところを、交換条件で釈放してやるという話だから、拒否権は事実上無いな。

　というか、この話、スゲえヤバイ予感がするんだが。

「その兵士を使えない理由というのは……」

　星里奈も慎重に事情を聞く。何しろ相手はグランソード国王だ。気さくそうな感じで、無礼講とは言ったが……この人物とは初対面だからな。

「聖法国内部の権力争いがあってな」

国王が理由を言う。

「うえ」

「うわあ……」

俺と星里奈が思わずうめき声を上げてしまう。

理由がなんとなく理解できた。

「法王派と枢密院派が争っているから、こちらとしてはどちらか一方に肩入れするわけにもいかんのだ。表向きはな」

厄介な国の厄介な権力争い、国王の代わりにそれに関われと？　しかも表沙汰にはできない話ときた。

こりゃ、マジでお断りの方向でネゴシエイトしないと、俺らの命が危ないぞ。

ここは、持ってて良かった【話術　レベル5】スキルだな。

「陛下、事情はよく分かりました。ですが、それほど重要で複雑な案件でしたら、信頼できる冒険者に依頼されるほうがよろしいかと」

キリッとした顔で俺は言う。

決まった。完璧な理由だ。

「そうもいかん。その手のAランクパーティーを動かすと、すぐにオレの差し金だと目星が付く。あくまでグランソード国王は中立、『知らぬ存ぜぬ』でなければならんのだ。もちろん、暗殺も阻止でな」

「「暗殺!?」」

今度は全員が驚きの声を上げる。

「そうだ。情報の出所は言えんが、これは確かな情報だ。しかも暗殺者の送り主は聖法国なのだ」

オイオイ。

また面倒な事を。こんな話を俺達に持ちかけてくるグランソードの国王もだが、やってる聖法国の連中も厄介だ。

他国で暗殺なんてやってりゃ、バレた時には関係悪化や信用失墜は確実だろうに、

『帰らずの迷宮』の中なら大チャンス！

などとそんな魅惑な事を思いついちゃった迷惑な策士がいるのだろう。

あるいは、最初からグランソードとの関係悪化を企んでいるのかもしれない。

「それはいつですか？」

星里奈が聞く。

「近日中だ。すでにミッシェル卿は第四層の攻略に進んでいるとも聞く。ダンジョンの中ならば、いつ暗殺者が動いてもおかしくはない」

作戦実行まで時間は無さそうだ。ひょっとしたら、もうサクッとやられてるかもな。その方が俺としてはクエスト消滅でありがたいけど。

護衛対象が第四層を攻略中というのも、また困った話だ。

「陛下、せっかくのお話ですが、我々はまだ第三層の攻略にも手間取っている状態でして」

「ほう？　門番兵士からの報告では、ゆっくりペースだが着実に攻略を進めていると聞いているぞ？　そろそろ第四層にも行けそうだとな」

ニヤニヤしてくる国王がホント、うぜぇ。あの門番共に進んでる階層や調子なんて言わなきゃ良かった。

「暗殺者のレベルはいくつなのでしょうか？」

星里奈が重要な事を聞いた。

「安心しろ、それについてはオレもかなり詳細な情報を握っているぞ。名はサーシャとミーシャ、踊り子の暗殺者で双子の少女、レベルは二人とも23だそうだ」

思ったよりレベルは低い。

だが、護衛というのは普通に戦闘するよりも難易度が高いからな。

馬車を守りつつ戦った事があるが、あの時は御者も自ら剣で戦っていた。だから護衛対象のレベルも重要だ。

レベル１のお姫様を守るとなると一気に難易度

は跳ね上がる。

「そのミッシェル卿のレベルは？」

「32だ」

「あ、余裕ね」

「馬鹿」

余計な事を口走った星里奈を俺は叱って睨み付ける。彼女は自分の失言に思った以上に動揺した様子でフリーズしてしまった。

「ほほう、余裕か。それは頼もしいな。是非とも引き受けてもらおう」

「陛下、彼女が言ったのはミッシェル卿が自力でどうにかできそうだという話であって、我々の作戦成功の事ではありませんが」

「だが、暗殺が自力で阻止できそうだという事なら、どのみち我々の成功だ。それなら引き受けても良いではないか」

考えろ。この話に穴や抜けはないか？　嵌《は》められても事だ。

「もちろん、タダでとは言わん。充分な報酬を用意するぞ。即時釈放と、偽エルヴィンの身柄、それにオレからの報酬だ。どうだ？　悪くない条件だろう」

「さて……知らぬ存ぜぬの立場なら、報酬も支払いの段階になって、そう言われるのでは？」

「お前、あまりオレを舐めるなよ？」

眼光を鋭くさせた国王が一瞬で剣を抜き、気づいた時にはすでに俺の首に刃が当たっていた。

う、動けん。

斬られてはいないが、首筋に冷たい金属が触れていると、生きた心地がしない。

「そんな約束破りを国王がやっていれば威信など丸つぶれだ。それに、オレの性に合わん」

国王はそれだけ言うと剣を収めてくれた。

気が抜ける。余計な事を言ってしまったな。

「ふう……、申し訳ございません」

「いや、こちらもすまん。今の言葉に気が立ったのもあるが、実を言うと、お前の腕を少し試させてもらった。剣の腕はまだまだだが、羽振りはいいそうだな。冒険者としての実力は充分にあると見たぞ？」

「買いかぶり過ぎでしょう。私のパーティーは公式ではFランクという事になっておりますが」

「いいや、知らんのか？　第三層に到達した時点で公式にEランクだ」

「そうですか」

「それと、うろ覚えだが累計で五万ゴールドを獲得していればDランクもクリアだったと思うぞ」

　詳しいな、この国王。剣の腕前も半端じゃないし、ダンジョンに潜った事がありそうな感じだ。

「はあ、陛下がおっしゃるなら、そうかもしれません。後で確認しておきます」

「そうしろ、そうしろ。ランクはそこそこあったほうがクエストも仲間も集めやすい。ミッシェル卿にも、Bランクパーティーのほうがウケがいいかもしれん。どうだ、ランクを上げたいなら、オレがギルドに口を利いてやるぞ？　さすがにAランクはオレの命令でも無理だが」

「いえ、仮にという事であればそれでも構いませんが、正攻法でランクを上げたいもので」

「ほう。うむ、気に入った！　近頃の冒険者は外道が増えていてな。他人の力を使い捨てで利用して楽をするようなやり方が流行っている。だが、お前達のような正道の者がいて欲しいものだ」

「はあ、冒険では、努力したいと思います」

「はっはっ、それは私生活では別という事か？　まあ、それはあくまでオレの希望だ。気にする事はない」

　笑った国王が懐から袋を出し、俺に手渡した。袋の中身は金貨だ。ズッシリ入っている。

「では、前金と支度金として二十五万ゴールドを出そう。成功報酬も二十五万。これに武器と女、各種通行証も付ける。どうだ？」

レベル23の暗殺者二人に対して報酬五十万ゴールドというのは、破格の報酬だろう。

レベル40オーバーのミツルギで賞金十万だったからな。

「陛下、恐れながら、それではもらいすぎです。合計十万ゴールドという事であれば、引き受けさせて頂こうかと」

俺は条件を付けて言う。仕事は金をもらいすぎても、もらえなさすぎても良くない。それが対等の関係だ。

「お前くらいの装備の者に、十万ではあまりメリットがあるまい。その剣、なかなかの業物と見たぞ？」

「これは私の剣の師から餞別《せんべつ》に頂いたもので、購入した物ではないので」

ウェルバード先生からもらった剣だ。戦うのに長すぎず短すぎずでしっくりくる。

「そうか。だが、手に入れているのだ。冒険者の力量は買ったかどうかではあるまい。持っているかどうかだ。それに、こちらも依頼を半ば無理矢理に押しつけるのだからな、あまり恨まれたくはないのだが」

「心苦しいとおっしゃるなら、他の当てを探して頂けると」

「残念ながらその時間も当ても無い。ちょうどお前達を捕まえたというのも僥倖《ぎょうこう》、引き受けてくれぬか」

「アレック、気が進まないなら、アタシが一人で引き受けてもいいよ」

ルカが小声で言う。

偽エルヴィンの身柄も欲しいだろうから、どのみちこいつは引き受けてしまうだろうな。

「分かりました。二十万で引き受けます」

「ダメだ、五十万で引き受けてもらうぞ。このオレに値切り交渉で勝てると思ったら大間違いだ。レアスキル持ちだぞ？」

国王が笑って言うが、そりゃ敵わないな。

「いいでしょう。合計五十万に武器と女と通行証、その報酬で引き受けます」

「よし。ではすまないが、さっそく取りかかって欲しい。もちろん、オレの差し金という事は内緒で頼むぞ。期間は一週間、それ以降は別の冒険者を雇うので心配しなくていい」

「あ、あの、陛下、ミッシェル卿の居場所は教えてもらえるのですよね？」

星里奈が少し慌てたように聞くが、この国王がそこに抜かりがあるとも思えない。

顔も居場所も分からない奴をあの広いダンジョンで探し出せなんて、無理筋の話だ。

「失礼だぞ、星里奈」

「まったくだな。オレがそんな意地悪に見えたか？」

「はあ、すみません……そうですよね、あはは……」

「では、下で麗しの騎士殿がお待ちだ。まずは顔合わせと行くが良い」

「ん？」

無関係を装いたいはずのグランソード国王が、ミッシェル卿を城に呼びつけるとは思えないのだが。

ニヤニヤしている国王は、まだ何か隠している事がありそうだ。

勘弁してくれ。

第五話　神殿騎士エリサ＝ミッシェル

兵士に案内され、俺達は下の階の部屋に行くが……。

「おお、お前達、無事で何よりだ」

白い鎧の騎士が椅子から立ち上がると歩み寄ってくる。

往来で「まずは事情を説明しろ」と言ってルカ

の復讐を止めたあの女騎士だ。

なるほど、コイツがウーファ聖法国の騎士様か。道理であの国王がニヤニヤするわけだ。

綺麗な艶のある金髪に、整った顔立ち、透き通る空色の瞳だ。歳はまだ若い。二十歳そこそこだろう。

「そちらもご無事のようで、良かった」

星里奈が思ったままを言うが、白騎士は困った顔をした。

「皮肉か？　それがしも悪気があってお前達を止めたわけではないのだ。あの場では事情も分からず、無抵抗の司祭を襲っているように見えてしまったのだ、許せ」

「あー、いえいえ、それは、ね？　ルカ」

「ええ、アタシも頭に血が上って上手く説明できなくて、悪うございました」

ルカが頭を下げるが。

「居たたまれないな……」

白騎士が力ない表情で顔をそらす。彼女もすでに偽エルヴィンの件については事情を聞かされたか、察したらしい。ま、俺達が無罪放免となった以上、偽エルヴィンが『黒』だと分かるわな。

「そいつは皮肉を言ってるんじゃなくて、目上に対する言葉遣いに慣れていないだけです」

俺が誤解を解いておく。

「ならば、普通に話してもらって構わんぞ。私はとある国の騎士ではあるが、生まれは平民でな。身分についてとやかくは言わんぞ」

「その割には堅苦しい言葉よね……」

さっきの国王とのやりとりで警戒したのか、小声で俺達に言う星里奈。

「これは、聖法国の喋り方がそうなのだ――私も喋ろうと思えば普通に喋れるから、気にしないで。……それより、そこの娘、体調は大丈夫か？　牢に入れられたと聞いているが……」

エリサが気にするので俺も振り返ったが、ミーナがうつむいて元気無さそうにしている。

ステータスを確認したがＨＰには問題なし。ただし、状態が意気消沈となっていた。

「どうした、ミーナ」

「さっき、ご主人様をお守りできませんでした……」

「んん？　ああ、さっき、首に剣を突きつけられた時の事か」

俺が「報酬も知らぬ存ぜぬで通すんじゃないのぉ？」みたいな皮肉めいた事を言って、国王を怒らせちゃった件だ。

まあ、俺を守ると言っても、突然のことだったし、なによりあの国王は剣の腕も段違いだったから仕方ない。

奴隷のミーナが下手に抵抗していたら、無礼講なんて話も吹っ飛ぶだろうし。

「なに！　ぬぬぬ」

ところがエリサのほうは、イー感じで良心が痛むらしい。

ここは【話術　レベル５】で便乗だな。任務遂行のためにエリサの弱みにつけいるとしよう。ヒヒヒ。

「ふう、ま、ちょっとここでは言えないような拷問も受けてしまったからなぁ」

「なんと！」

「あー、まあ、あれも一種の拷問よねぇ。私、ちょっと精神的に疲れたわ」

星里奈も苦笑して便乗。

「す、すまなかった！　ＰＫされた上に冤罪で牢に入れられてしまうなど、私の責任だ。私にできる事があれば、何でも言って欲しい。何でもするぞ」

何でもか。

「じゃあ、セック——ふごっ！」

軽い冗談を飛ばそうと思ったら、腹に星里奈のグーパンチを食らってしまった。胸当てでみぞおちは防護されているはずだが、今、どうやった？

「こんな時に、何考えてるの！　何考えてるの！」

星里奈もキレッキレだな。

「分かった分かった、真面目に行くから。俺はこのパーティーのリーダー、冒険者のアレックだが、アンタは？」

まだ自己紹介をお互いしてないからな。しかしこちらは名前をすでに知っている状態なので早めに済ませておくべきだ。

この女、頭の回転は速そうだから、ボロが出てもまずい。

「ああ、私は聖法国のテンプルナイト、エリサ＝ミッシェルだ」

「ふうん。その、お偉そうな騎士様がなんでこの国に？」

「皮肉はもう勘弁してくれ。私は別に偉くなどない。本国から任務を拝命してな。『帰らずの迷宮』の調査を行っている」

「へえ。ちなみに、その調査というのは、テンプルナイトがやるのは普通なのか？」

「かなり昔に前例があるそうだが、最近はまったくやってなかったらしいな。ま、名誉な事だ」

前向きな姿勢は結構だが、それ絶対、左遷とか嫌がらせだろう。

俺と星里奈は軽く肩をすくめる。

「じゃ、ちょうどいい。俺達も今はその迷宮の攻略をやっている。一週間くらい、こちらの攻略を手伝うというのはどうだ？」

「ふむ、階層は？」

「第三層だが」

「ううむ、そこはすでに調査を終えたのでな。第四層なら都合が良いのだが」

「分かった。じゃあ、第四層でいいぞ」

「かたじけない。では……今日はゆっくり休んでもらう事にして、明日からという事でいいか？

私は『白き水鳥亭《すいちょうてい》』という宿に泊まっている」

「今日、外に出かける予定はあるのか？」

「いや、特には無いが……なぜだ？」

怪訝な顔になるエリサ。警戒されてしまった。

「いや、用事があるのかちょっと聞いただけだ。こちらも明日からで構わない」

エリサが宿に泊まっている間の警備に不安が残るが、おそらく上等な宿に宿泊しているはずで、それなら宿屋の警備も期待できるだろう。

俺達が今日一日中エリサに張り付いているというのも不自然なので、そこは諦める事にする。

敵はどうせ、ダンジョンの中で事を運ぼうとするはずだ。事故死を装うために。

「そうか」

「あ、これも何かの縁だし、食事を一緒にどうかしら」

星里奈が提案した。

「もちろん、いいとも。それくらいならお安いご用だ。奢ってやろう」

「じゃ、星里奈、俺は腹が減っていないから、お前達だけで頼むぞ」

「ええ、分かったわ」

星里奈とイオーネ、ミーナ、ルカ、この面子《メンツ》なら、暗殺者が来ても対応できるだろう。

「俺は他のメンバーに話を通しておく」

「うん」

俺は『竜の宿り木邸』に戻り、他のパーティーメンバーにエリサのパーティーが一時加わるという話だけしておいた。

ジュウガなんて嘘がつけるタイプじゃないからな。仲間が増えるという情報だけにしておいたほうが良い。

「それと、最近はＰＫが流行っているようだからな。エリサは身元が確かだから心配いらないが、他の見かけない冒険者には警戒しとけ」

「分かったぜ、アニキ！」

さて……ついでに下準備をもうちょっとしておくか。

俺は道具屋に行き、ポーションを買い足した上で、酒場に向かった。

まだ昼下がりとあって客はまばらだが、それでも構わない。

まずはカウンターに座り、エールとパンを頼む。

「お、奴隷持ちのアレックじゃねえか。調子はどうだい」

隣の男が話しかけてきた。

俺はあまり酒場に顔を出していないが、ダンジョンで顔を覚えられたようで他の冒険者も俺を小馬鹿にしなくなっている。

『帰らずの迷宮』の第三層を何度も攻略する冒険者というのは、それなりの敬意を持って迎えられるほどの難易度という事だろう。

「順調だ。そっちはどうだ？」

「良くねえなあ。第四層で前衛が一人、大怪我をしちまって、それで今日はオレもお休みだ」

「そりゃ災難だったな。ちなみに、どういう状況だったんだ？　俺も明日から第四層の攻略に移るつもりだから、参考までに聞かせてくれ」

「いいとも。吊り橋で強風に煽《あお》られて足を滑らせちまってよ」

「なに？」

「ふふ、そういう顔をすると思ったぜ。ま、第四層に行ってみな、ちょいと度肝を抜かれるぜ？」

ニヤニヤする男だが、知った風な顔をしやがって。

「アレック、第四層に行くなら、必ずマントを持って行けよ。あそこは真冬だぜ？　真冬」

「手袋も必須だな」

「おう、それそれ。オレも初めて行ったとき、盾に手がくっついちまって往生したぜ」

他の冒険者達が第四層の話で盛り上がり始めた

が、冗談で俺を担いでいるというわけでもなさそうだ。

　こりゃ、準備には念を入れたほうがいいな。

「最近のルーキーで、面白い話はないのか」

　第四層の話が一段落したところで、俺は暗殺者について探りを入れてみる。

「ねえなあ。ポルティアナから来たっていう貴族様御一行がたった一日で全滅してたが、珍しくもねえ話だ」

「よそから来る貴族はすぐ死ぬな」

「ああ、分かってねえんだよ、あいつら。あのダンジョンはよ、しゃれにならない性悪女だぜ」

　性悪女という点には同意だが、一日だと、スムーズに行っても第三層か第四層がいいところだろう。

　蜘蛛で貴族のパーティーが死ぬかね？　魔法使いくらいは用意していると思うのだが。

「違《ちげ》ぇねえ。なまじ、できる奴ほど、死ぬよな。第四層で」

「ああ、あそこは死の層だ」

「アレック、お前は大人しく第三層で遊んでたほうがいいかもだぜ？　別に馬鹿にしてるわけじゃねえぞ。そういう奴は他にも大勢いる」

「余計なお世話だ。俺は下に行く」

「ケッ、格好付けやがって、馬鹿野郎が」

　暗殺者の話は聞けそうにない。まあ、目立つ暗殺者なんてその方が珍しいか。

「親父、勘定はここに置いておくぞ」

「ああ」

　カウンターに銅貨を置いて、俺は酒場を出た。

第六話　エリサのパーティー

　翌日、俺はいつもの面子を引き連れ、護衛対象が泊まっている『白き水鳥亭』に出向き、エリサのパーティーと合流した。

「では、私から紹介するぞ。彼がアベル」

エリサがそう言って、右にいる青年を指し示した。

「……よろしくお願いします」

背筋を伸ばして一礼してきたが、にこりともしない。生真面目そうな青年だ。装備は鋼の鎧とロングソード、前衛だな。

「その横がハウエル。うちの回復役《ヒーラー》で神官だが、炎の呪文なども使えるぞ」

「まあ、攻撃魔術のほうは期待しないで下さい」

苦笑するローブ姿の男。三十代くらいの地味な野郎だ。今の言い方だと回復魔法の方は期待できるという事だろうから、こき使ってやろう。

「この子はマリン。回復魔法も使えるが、まあ、前衛だな」

「はい、よろしくお願いしますっ！」

水色の髪のショートカットで、小柄な少女。主力ではなさそうだが、まあ、やる気はありそうだ。


レイピアを装備している。

「で後ろの彼が――おい、エドガー、それは酒か？」

「いやいや、タダの水ですよ、隊長殿。ういぃー」

なんだコイツ。

「なら、貸せ！」

エリサが酒瓶をさっと取り上げて匂いを嗅いだが、顔をしかめた。

「酒ではないか」

「ああ、きっと神の祝福で酒になっちまったんでしょうなあ」

「ふざけるな。これは没収しておく」

パッと消えたが、彼女の【アイテムストレージ】に入ったようだ。

「へいへい」

「……オホン、失礼した。彼はエドガー、前衛だ」

髭面の中年男がまた後ろでこっそり別の瓶を取り出しているが、アル中か？　アル中なのか？

「エリサ、そいつは問題がある。今日は外してもらえないか」

よそのパーティーの編成に首を突っ込むのはタブーだが、さすがに俺も言わずにはいられない。

「ううむ、すまないが、そうもいかないのでな。エドガー、それも渡せ」

「やれやれ、今日の神様はよほど不機嫌と見える」

「不敬だぞ、エドガー。今のは聞かなかった事にしてやる。頼むから他国の人間の前で聖法国騎士団の評判を落としてくれるな」

「了解」

前途多難だな。

こちらのメンバーも紹介を済ませ、二つのパーティーがくっついて行動する方針に決まった。

ちなみに、こちらのパーティーは俺、星里奈、ミーナ、リリィ、イオーネ、ネネ、ジュウガ、フィアナ、レティ、それにルカと、ちょっと過剰な人数だ。

もう少し人数が増えたら、パーティーを二つに分けるかな。

ま、それは先の話だ。今はこれで行くとしよう。

「では、第四層までは最短ルートで行く。それでいいな？」

エリサが言い、こちらもうなずく。第三層のマップには空白がまだ少し残っているが、後回しだ。下への階段の位置はエリサが知っているので問題ない。

「出発だ！」

ひとまずエリサのパーティーを先に行かせ、様子を見る事にする。

「なんだ、アレック、聖法国の連中と一緒に潜るのか？」

　ダンジョン入り口の門番が小声で聞いてくる。この様子だと、国王から護衛の件の話は聞いていないようだ。ま、下手に知らないほうがいいのか。

「成り行きでな。少しの間だけだ」

「ふうん。ま、来て一週間で第四層まで行って、ちゃんと帰ってくる連中だ。腕は確かだろうよ」

「ああ、そのようだ」

　それより兵士に双子の踊り子を見張っていろと言いたくなったが、グランソード王国が表向き不干渉の中立を貫く立場なら、暗殺者もそのまま通すかもしれず、黙って先を行く。

　ここから先は俺達の任務だ。

「前方二十メートル先、ゴブリン、四！」

　距離なんて見れば誰でも分かる事だが、小柄な騎士マリンが律儀に報告した。

　ま、悪くない。

　よそ見をしている奴がいたりしたら、戦闘に遅れたり、陣形に乱れが出るからな。

「我々が片付ける。アレックのパーティーは休憩していてくれ」

　そう言うとエリサが率先して斬り込み、ほとんど一人でやっつけてしまった。

「うわ、凄いわね。腕が確かなのはもう分かってたけど、太刀筋がかなり速いわ」

　星里奈が素直な感想を述べた。

「今のうちに、よく観察して太刀筋と間合いを見切っておいてくれ」

「ええ？　それって、どうして？」

「ま、上達のため？」

　強い奴は仮想敵として全員警戒するつもりだが、それを星里奈に言ったところで面倒な言い争いになるだけだ。ここは適当に俺も答えておく。

「そうね。分かったわ」

　そのまま進み、第二層ではエリサが神聖魔法を使ってみせた。

「――聖なる裁きの光をもって闇を打ち砕かん！

【ディヴァイン・パニッシュメント！】」

　白い光がエリサの左手から飛び出し、雷のように敵を打ち据えた。痙攣したゾンビが一瞬で消え去る。

「か……カッコイイ！　私もアレ、取れないかしら」

　星里奈が立ち止まってスキルリストを確認しているようだ。

　戦闘こそ終わっているが、お前、俺達が何の任務に就いてるか覚えてるのかね。

「キャンプ要請！　周辺警戒！」

　俺は大きな声で言う。

「了承！　周辺警戒！」

「あ、ごめんなさい」

「いや、それで、あの呪文はあったか？」

「いえ、ダメね。エリサさん、テンプルナイトのクラスチェンジ条件って……」

「エリサで構わないぞ。テンプルナイトのクラスチェンジのためには、聖法国大司祭の聖別を受ける必要がある」

「聖別……」

「祈りのようなものです」

　マリンが補足してくれた。

「そう。んー、残念、じゃあ、すぐには使えないか」

「星里奈殿なら、素質は充分にあると思うぞ。気が向いたら聖法国へ来ると良い。私が大司祭に話を通してやろう」

「わ、ありがとうございます！」

「だが、それって聖法国の騎士団に加入するって事だよな？」

　俺はそこを確認する。

「ああ……まあ、そうなるな」

「あらら」

　それでは任務に縛られ、自由には行動できそうもない。

「なぁに、聖別を受けた後でとんずらすれば、称号は剥奪されるが術は習得したままだと思うぜ？」

俺の後ろにいるエドガーが言うが。

「ええ？」

「エドガー、おかしな事を吹き込まないでくれ。それでは紹介した私もどんな顔をされるやら」

「そうですよ！　これだから枢密院の方々は」

不機嫌そうに腕を組むマリンだが、今の言い方、このエドガーが枢密院派で、マリンは法王派って事なのか？

「よせ、マリン」

「でも、エリサ様」

それを見てエドガーが軽く謝った。

「いや、余計な事を言った。そういうつもりじゃ無かったが、まあ、忘れてくれ。そっちの嬢ちゃんは術だけ欲しいだろうと思ったまでだ」


「冒険者とすればそうかもしれませんね。さて、皆さんの呼吸も整った事ですし、そろそろ先に進みませんか」

ローブ姿のハウエルが場を取り持つように言う。

「ああ、そうだな。アレック？」

「ああ、行こう」

戦闘はエリサ達が強いのであっさりと片が付き、問題なく進める。もう第三層に到達だ。思ったよりも早い。

「楽なのはいいけどよぉ、暇だなぁ。アニキ、オレらが前に行かねえか？」

ジュウガが少し退屈そうに聞いてくる。このままおんぶにだっこでは気も緩んでしまいかねない、か。

「そうだな。エリサ、少し交替してくれ」

「分かった」

「ふむ、他人につけいる、怠け者のパーティーかと思いましたが、少しはやる気があるようですね」

向こうの青年騎士が皮肉を言うが、こりゃ交替しておいて良かったな。護衛する対象に嫌われると守りにくくなってしまう。

「アベル、言い過ぎだぞ。今回の件は私に非がある。それを一週間の協力ですべて水に流してくれるというのだから、寛大な話だ。不満はあるだろうが、私に力を貸して欲しい」

「も、もちろんです。エリサ様に不満があるわけではありませんので」

「まあ、一緒の冒険という事なら、こちらにもメリットはあります。こうして我々も休憩ができますからね」

神官のハウエルが協力的で助かる。大人だな。

「よし、じゃお前ら、周辺警戒は怠るなよ。モンスターだけでなく、通りがかりのパーティーも見つけたらすぐ言え」

俺もパーティーに指示を出しておく。

まだ暗殺者は現れていないし、尾行も今のところは無い。

「その道をまっすぐ行けば、第四層だ」

エリサがそう言った直後、何かの咆哮が通路の向こうから響いてきた。

第七話　第四層

階段を抜けると、そこは雪国だった。

「はっ!?」

「ええっ？」

「はわわ」

防寒具を各自購入しておけと通達していた俺も、目の前の光景に唖然としてしまった。

そこは一面、真っ白な空間が広がっており、かなり広い。

空――のようなものも見える。

さきほど通路から聞こえてきた咆哮の音は、風が響いていたらしい。

「……私達、地下にいるのよね？」

「そのはずだが……」

「別にどこだっていいだろう。びっくりするのは分かるが、ヒック、敵は待っちゃくれねえぜ？」

俺の後ろにいるエドガーが言う。確かにな。あと、お前は酒を飲むな。

「ミーナ、イオーネ、周辺警戒！　他のメンバーは手袋をはめろ」

手早く指示して、俺は【アイテムストレージ】から買っておいた毛糸の手袋を出す。ウール百パーセント、こう言えば聞こえが良いが、濡れたりする事を考えると本当はポリエステル製が欲しかった。

「こちらも手袋だ。先に私が警戒する」

「いえ、エリサ様、私が見張りますので、お先に」

「そうか、ではアベル、そうさせてもらおう」

「薄い手袋だねえ。そんなんで持つかね」

モフモフした手袋をはめたエドガーが俺達を見て言うが。

「問題ない。対策済みだ」

濡れた時点で予備と取り替える予定だ。このほうが剣をしっかり握れる。

「そりゃ結構な事で」

「では、出発だ。アレック、行き先はそちらに任せる。我々もこのエリアはほとんど進んでいないのだ」

「分かった。まずは手前の吊り橋を渡るぞ」

壁際をぐるっと回ってもいいのだが、ここから眺めた限りでは何も無さそうだからな。

積もった雪を踏みしめながら、先に進む。

「うへー、こいつは動きづらいかもな、戦闘の時によ」

ジュウガが言うが、まったくだ。ブーツがまるまる埋まるくらいの高さまで雪が積もっているので歩きにくい。

「全員、移動に良さそうなスキルがあれば、取っておけ」

俺はそう言って、【かんじきの足　レベル5】【冷気耐性　レベル5】を合計126ポイントで取得した。

「取れって言われても、ポイントが足りねーよ」

「仕方ないな。これを使え」

まだ俺は1万ポイントくらい持っているので、気前よくジュウガに贈与してやった。100ポイントだけど。

「使えって何を――おおっ!?　ポイントが増えてやがる。マジか！」

「ご、ご主人様ぁ、私も、私もお願いしますぅ～」

「レティ、お前は俺の奴隷じゃないだろ」

「今日からもう奴隷で良いです。ずびっ、耳が凍る……寒い……」

とんがり帽子では、防寒具としてはいまいちだったか。

ついでに俺はフィアナを見たが、彼女はニットキャップにマフラー、それにイヤーマッフルにマスクと、完璧な防寒をしていやがった。チッ。

「じゃ、左腕を出せ」

「えっ！　ホントに？」

自分で言ったんだろ。

「待ってよ！　そんな事で奴隷落ちさせるなんて、酷いでしょ、アレック。少しくらい分けてあげれば良いのに」

「星里奈、貴重なポイントをタダで他人に出せというお前は何様だ？」

「うっ、じゃあ、代わりに私が一回だけ何でもするから」

ふむ、何でも命令権か。生意気な女子校生勇者にどんな屈辱を味合わせてやるか、あとでじっくり考えるとしよう。なかなか楽しみだ。

「よし。レティ、くれてやったぞ。星里奈に感謝するんだな」

「ありがとうごぜえますだ、星里奈ご主人様ぁ」

プライドの欠片も無い奴だな。天才魔導師はどこ行った。

「アレック殿、貴殿は奴隷商人なのか？」

エリサが軽蔑と嫌悪のこもった視線で聞いてくる。

「いいや。その手のスキルを持っているだけだ。俺は無理矢理に奴隷にしたり、そいつが望まぬ所に売ったりするような商売はしてないぞ」

「そうか、ううん……」

「エリサ様、このような輩《やから》、やはり付き合うのはいかがなものかと」

生真面目なアベルがそんな事を言い出すが。

「いいじゃねえか。奴隷商人じゃ無いって言うんだし、見たところ、奴隷を手荒に扱ってるわけでもない。獣人を奴隷としてこき使うポルティアナと仲良くしてるオレ達にとっちゃ、些細な事だろ？」

「エドガー殿、彼女は獣人ではありません！」

アベルが反論するが、その理屈か？

「アベル、とにかく約束は約束だ。これは私の謝罪でもある。気に入らぬところもあろうが、こらえてくれ」

「いえ、エリサ様が筋を通されるのでしたら、不満などありません」

なんというか、アベルの心酔っぷりには疑問を感じるが、他人の生き方だしな。好きにしてくれ。

「モンスターです！」

騎士マリンが告げた。鼻が利くミーナよりあちらが早く気づいたのはなぜなのかと思って俺は敵を見たが、なるほど、幽体か。

それなら臭いもすまい。

ふわふわと浮く半透明の姿をしたゴーストが複数、近づいてくる。それぞれ杖とローブを装備しているが、魔法使い系で間違いないだろう。

「スペクターか！　全員、散開！」

エリサが剣を抜き、指示を出す。

「こちらも散開しろ！」

どうしてエリサ達が散開したのかまでは俺も知らないが、そのほうが良さそうだ。

「%■λ●☆Λ□◆◇……！」

スペクターが早口で何かを唱えると、ファイアボールが弾丸のようなスピードで飛んできた。

「くっ、こいつら呪文を使うのね！」

星里奈が炎の玉を避けようとして食らったが、この炎を避けるのはちょっと無理そうだ。

俺も一撃食らったが、ダメージは20ポイント前後。これなら五発くらい連続で当たっても平気だな。

ただ、雪が積もった足場の悪いフィールドで、相手が浮遊移動での遠距離攻撃を仕掛けてくるとなると、それだけで面倒だ。

「なぬっ!?　消えた!?　なンだぁ?!」

ジュウガが思い切り空振りしたが、スペクターはそのすぐ背後に出てきた。

「後ろだ！　ジュウガ！」

「ええっ？」

「気を付けろ！　スペクターは短い距離だが、瞬間移動する時があるぞ」

「聞いてねえぞ、コラぁ！」

「あ、いや、すまない、言うのが遅れたな」

「ああいや、いいって。気にしないでくれよ、騎士様よぅ。オレ様はこいつらに文句言っただけだっての」

「ごめん、アタシも知ってたけど、言うの忘れてた」

ルカも言うが、これくらいなら戦えばすぐに分かる事だ。

「――聖なる裁きの光をもって闇を打ち砕かん！　【ディヴァイン・パニッシュメント！】」

アンデッド系なので、聖属性攻撃に長けたエリサのパーティーはこの敵に相性が良い。

あっという間に片付けてくれた。

「クリア！」

「こちらもクリアです」

「よし、では今のうちに橋を渡るとしよう。風も吹いていないしな」

「今日は吹雪にならないといいですね……」

マリンが言ったが、まんま外のフィールドだな、こりゃ。

吊り橋から下を覗いてみたが、暗黒の谷がぱっくりと下から口を開けている。底は真っ暗で何も見えないときた。

怖え。

「レティ、この下はどうなっているか、知っているか」

「うん、浮遊魔法で下まで降りて確かめた事があるけど、雪の積もらない黒い石床よ。結構な高さがあるから、何も対策無しで落ちたら、死ぬわね」

その辺はあくまで迷宮内部という事か。

「早めに渡りましょう。ここで戦闘なんてしたくはありませんしね」

ハウエルが言うがその通りだな。

「はう、お、落ちそう」

ネネがへっぴり腰のまま、ロープを掴んでなかなか先に進まないので、俺が担ぎ上げてやる。

もちろんスキル【高所耐性　レベル5】を取得しての事だ。

「ほれ、行くぞ」

「あ、どうも……」

「ご、ご主人様、アタシもだっこだっこ」

とんがり帽子二号がへっぴり腰で言う。

「レティ、お前は浮遊魔法が使えるだろ」

「あ、そうだった」

すぐに呪文を唱えて向こう岸へ渡ったレティは、天才魔導師のアピールなのか無駄な決めポーズをやっていて、うぜぇ。

「行くぞ」

全員が無事渡り終わったのを確認し、先を進む。と、今度は向こうに小屋が見えた。

「アレは何だ？」

俺はエリサ達に聞く。

「休憩所のようなものです。暖炉も付いてますよ」

ハウエルが教えてくれたが、よく分からないダンジョンだな。

「誰かが作ったのか？」

「さあ……どうでしょう？　そうかもしれないですね」

「いいえ、尽きない薪《まき》があるのだから、人の手ではないと思うわ」

レティが言うが、ま、どっちでもいい。

「入って、使えるかどうか、見てみよう」

「分かった」

小屋はさすがに十五人も入ると、その場に座るのがやっとで、寝転がったりはできない広さだ。暖炉にはすでに火が点いており、充分な暖かさとは言えないが、一息付けた。

「この中は安全地帯だ。扉を閉めておけば、スペクターも入って来ないぞ」

エリサが言うが、それはありがたい。

「よし、じゃあ、ここで休憩と行こう」

「了解だ」

皆がくつろいだところで、誰かの腹の虫が盛大に鳴った。

「あー、腹、減ったぁー。アニキ！　そろそろ夕飯の時間だぜ？」

「そうか。じゃあ、食事にしよう。ミーナ」

「はいっ、例のアレですね。お任せ下さいっ、ご主人様！」

気合いが入っているミーナだが、今日はこのフィールドにぴったりの良い夕飯になりそうだ。

第八話　鍋

第四層の小屋で俺達は夕食を取る事にした。

ネネやリリィもアイテムストレージから土鍋や材料を出していく。

出汁《だし》は昆布、鰹節代わりの干し魚、干し椎茸の三種。

そこにレティに作らせた鶏ガラ粉末スープと豆腐を入れ、野菜もふんだんに突っ込む。豚肉、鱈《たら》、牡蠣《かき》、蟹《かに》も用意した豪華版だ。

「おお、鍋か。オレも食わせろ」

「エドガー！」

エリサが強い口調で叱るが。

「いや、そのつもりで材料は多めに持って来たから、エリサ達も呼ばれてくれ」

「かたじけない」

【アイテムストレージ】もある世界だから、食料の携帯はそれほど希少価値は無いが、ストレージも無限というわけではない。

それに戦闘に備えて簡単な物しか食べられないのが普通だから、この鍋はそれだけ贅沢とも言える。

『へへ、肉は全部、頂くぜー』

「ネネ、黙ってろ。ジュウガも独り占めは良くないぞ」

どうせジュウガの心の内を【共感力】でネネが読んで声をアテレコしたのだろうと俺は思ったのだが。

「いや、オレは肉が旨そうだとは思ったけど、独り占めなんて思ってねえよ」

「じゃあ、誰が？」

自然とエドガーに視線が集まる。

「オレも違うぞ。この歳になると、胃がもたれるから肉より魚でなぁ」

ならばとアベルを見るが、彼はとんでもないと言うように素早く首を横に振った。

じゃあ、レティか？

「あぁ私は、一人二人この場でサクッと片付けたら取り分が増えるかなぁと思ってたから違うわよ」

それもどうかと思うが、違ったか。

「……ぁ、いや、申し訳ない……そう思ったのは私だ」

エリサが真っ赤な顔で、恥ずかしそうに手を上げる。

「エリサ様っ!?」

「「えぇっ!?」」

「まあ、多めに食わせてやるが」

「いやっ！　平等に頼むぞ、平等に！　ほんのちょっと、ほんのちょっと心の中で思っただけなのだ」

「エリサ様……私の分は差し上げますので、食べて下さいね」

「自分のも、どうぞ」

「だから、お前達、いやっ、それより、ネネ殿は他人の心が読めるのか？」

「ああいや、【共感力】のスキルだから、そのものズバリを読んでいるわけじゃないよな？」

「はい、時々、そういう気分になるだけで」

「そうか……空恐ろしいスキルだな」

「そいつは、狙った相手の心に共感できるのか？」

エドガーも気にするが。

「いえ、狙っては無理です」

「そうか。なら安心だ。色々となる能力となると、役には立つが、トラブルの元だ。

エドガーがニヤリと笑う。

そうだな。狙った相手の心をきっちり読み取れる能力となると、役には立つが、トラブルの元だ。

「ネネ、そのスキルは育てないようにしろ」

俺は指示を出しておく。

「はい、ポイントも高めで、役に立つかどうかよく分からないので、上げてません」

「ご主人様、どうぞ」

「おう」

ミーナからお椀を受け取り、箸でつつく。まずは豆腐だ。フーフーしてよく冷ましてから口に運ぶと、出汁の利いた柔らかな豆腐が口の中でとろけるように崩れる。次に汁を少しすすり、牡蠣をつまむ。

「アレック、それを食うなら、コイツも行っとけ」

そう言ってエドガーがニヤリと笑って怪しげな瓶を俺に渡してくる。飲めということなのだろうが……まあ、酔っ払いでもエリサの部下だ、毒という事はあるまい。それに俺は【毒耐性】もあった。

「ご主人様、私が味を見ましょうか？」

「いや、大丈夫だ、ミーナ。お前も鍋奉行は適当でいいから、自分のを取っておけよ」

「はい」

まず牡蠣をかじる。すると濃厚な潮の香りと昆布と鰹の風味が合わさり、口の中に広がっていく。わずかに弾力のある歯ごたえが堪らない。間をおかず、エドガーが渡してきた瓶の蓋を開け、中の透明な液体を飲んでみるが……おお、これは日本酒か。どうせなら熱燗が良かったのだが、牡蠣には冷酒でも合うな。

「旨い酒だ」

ミーナが心配そうにこちらを見ていたので俺は安心させるために言う。

「だろう？　鍋には酒が付きものだ」

「だが、今はダンジョン内だ。二人ともほどほどにしておいてもらおう」

エリサが言うが、真面目だな。

「肉、うめぇー！」

「ハフハフ、蟹、んまー！」

　ジュウガとリリィも夢中になって食べている。

「二人とも、野菜も食べないとダメよ」

　星里奈が言うが、ま、鍋は白菜が主役だからな。

ほどよく煮込まれた白菜を箸で掬《すく》い、口に放り込むと、少し熱かった。だが出汁がよく染みて、これまた良い食感の美味しさだ。

「ふう。ごちそうさまでした」

「ごちそうさま」

「美味しかった！」

「はい、お粗末さまでした」

　俺達は鍋を堪能し、箸を置いた。

　ミーナやイオーネ達に後片付けを任せ、俺は念のため、外に暗殺者がいないかと思って一足先に見回りに出る。

　小屋の外は静けさに包まれており、真っ白な雪の他には何もなかった。大丈夫そうだ。

　と、中からエリサの部下マリンが出てきた。

「あの、アレックさん」

「なんだ？」

「エドガーが差し出すものは今後、口にしないようにしてください」

「あん？　ふん、差し出がましいぞ、マリン。いいか、俺はお前達の神は信じていないし、そんな義務もない。だから俺がいつどこで酒を飲もうとそれは自由だ」

「いえ、そういうことでは……あっ」

「ふぅ、食った食った」

　エドガーが腹をさすりながら出てきた。それを見てマリンが押し黙る。

「アレック、ダンジョンで鍋たぁ、なかなか粋な事を考えるじゃねえか」

「まあな。寒さ対策になるかと思ったまでだが、旨いに越したことはない」

「まったくだ。一度きりの人生、楽しまなきゃ損だぜ」

そう言ってエドガーはその場で盛大に立ちションをやり始めた。

「きゃっ、もう！　信じられません」

小さく悲鳴を上げたマリンが慌てて後ろを向く。自由な振る舞いのエドガーも聖法騎士団の一員らしいが、マリンやアベル達とはどうやら毛並みが違う感じだ。だが、戦闘ではそれなりにまともに動くようで、それなら気にするほどでもない。

それからしばらく俺達は第四層を探索し、頃合いを見ていったん地上に戻る事にした。

「よし、そろそろ日が暮れる時間だ。上に戻るとしよう」

「「了解！」」

結局、その日は暗殺者に出くわす事もなく、無事にエリサを宿まで送り届ける事ができた。国王には面倒事を押しつけられたと思ったが、尾行さえ注意しておけば、この任務は意外と簡単かもしれない。

✧エピローグ　予定変更

第四層の攻略二日目、俺達『風の黒猫』の一軍メンバーは国王から密かに与えられた任務を遂行するため、エリサ達が泊まっている『白き水鳥亭』に向かった。

エリサは当初、俺達の迎えはいらないと固辞していたが、それではこちらの任務にならないので、レディファーストだのなんだのと色々歯の浮くような事を言って条件を飲ませている。

「あ、おはようございます、皆さん」

近くまで来ると騎士マリンが見張りをやっていたようで、すぐに宿から出てきた。

この笑顔だと、彼女達は何事もなく一夜を過ごせたようだ。

護衛対象であるエリサ自身もレベルが高いのだ

し、彼女のパーティーは回復魔法も使える神官まで揃えているのだ。これは護衛が本当に必要なのか疑問になってきたな。

「お待たせしましたっ！　ああ、なんだ、あなた方でしたか……」

急いで出てきた青年騎士アベルは俺を見るなり当てが外れたという態度をしたが、こっちはナンパでもないし、今日来ることは約束済みだろうに、感じの悪い奴だ。

「おはよう、アレック」

エリサも出てきた。こちらは随分と人の良さそうな笑顔だ。

「ああ、おはよう」

「実は、今朝方、王城から兵士がやってきてな、今日から三日ほど、聖法国から表敬に訪れている貴族の接待に同席してくれと頼まれたのだ」

「こっちはそんな話は聞いていないが……」

星里奈を見やるが、彼女も知らないという顔で首を横に振った。

「当たり前ですよ。あなた方はまったく関係がない。お門違いもいいところだ」

「アベル、失礼だぞ。申し訳ない、こちらも準備でバタバタしていて、報せを送るのを失念していた。ああ、もう迎えの馬車が来たようだ」

やってきた二台の箱馬車は貴賓客用なのだろう。豪華な装飾が施され、綺麗に磨かれている。他にも馬に乗った騎士と歩きの兵士も何人も連れ立っていて、相当に厳重な警備のようだ。これは暗殺者の手先のなりすましなどではなく、本物の王城関係者で間違いないな。

念のため、俺は騎士の一人を【鑑定】してみたが、やはりグランソード王国の騎士だった。

「むむ、随分と大袈裟だな……これではまるで王族を出迎えるようではないか。私は一介の騎士に過ぎぬというのに……」

エリサが戸惑いを見せるが、その後ろでマリンとアベルがいやいや、ないないといった感じで首と手を横に振る。国王も「小国の王女」と同等の地位だと言っていたしな。

「なら、そう言って断わりゃいい話だ。くぁ……あふ」

エドガーも大きなあくびをしながら出てきた。

「バカな。グランソード国王からの直々の頼み、それも本国からはるばる参られた貴族の接待だぞ？　断れるはずもない。オホン、引き受けたからには礼儀正しくするのだぞ、エドガー」

「へいへい、了解であります」

「まったく……顔くらい洗って、いや、もういい、そこにいろ。お前は動くな」

「了解」

「エドガーさん、相手は他国といえども国王陛下ですから。礼は尽くしませんと」

そう窘《たしな》める神官ハウエルも正装でお出ましだ。

「分かっている、王様の前じゃ、まともにするから安心しろ」

「お出迎えに上がりました、テンプルナイト殿」

グランソードの騎士がエリサに挨拶したあと、こちらを見て言う。

「そちらは『風の黒猫』のアレックだな？」

「そうだが……」

「ちょうどいい、ランドルという冒険者からお前に言伝がある。『三日の間はこちらで受け持つから、それまでは好きに遊んでいろ』だそうだ。確かに伝えたぞ」

「了解だ」

ランドルなんて名前の奴は知らないが、騎士が言付けるからには国王のお忍び用の偽名だろう。しかし、三日の間か。どうせならこのままお役御免にしてもらいたかったが、国王にとってもおそらく聖法国からの表敬訪問は予定外だったという事か。知っていれば、先に俺達に話していたはずだからな。先触れもない突然の訪問というのは、どうにも妙だが。

こういう急な予定変更は護衛任務としては良くない傾向に思える。ま、相手は国王で依頼主だ。なら、言われたとおり好きにさせてもらうか。

「じゃ、エリサ、話は分かった。俺達は四日後の朝にまた迎えに来るから、その時に手伝いをよろしく頼むぞ」

「うむ、承知した。アレック、こちらの都合で色々と申し訳ない」

「いや、気にするな」

「そうですよ、こんな一介の冒険者風情に」

「アベル、これは地位の問題ではない、私の信義の問題だ」

「はあ、申し訳ありません。……ふぅ」

地位に囚われている様子のアベルには、エリサの高潔さや義理堅さというものは、分かりづらいかもしれないな。だが、エリサに対する忠義は人一倍強そうだ。

「アベル、エリサをしっかり守ってやれよ」

俺はそう声をかけておく。王城に他国の暗殺者が入り込めるとは考えにくいが、表敬訪問の貴族が偽者という可能性も考えられるのだ。油断はしないほうが良い。

「当たり前だ！　お前に言われるまでもない、聖法騎士団はテンプルナイトを守るのが務めだ！」

気色ばんだアベルは青臭いというか、なんというか。

「アベル、アレック殿は騎士の務めを果たせと言って軽く励ましただけだろう。どうしてそう突っかかるのだ」

「はあ……いえ、なんでもありません。失礼いたしました」

不満そうな顔で頭を下げ、エリサに向かって謝るアベルだが、まあいい。笑顔でこちらに手を振るマリンやエドガー、ハウエルもいるのだ、あちらの護衛は充分揃っている。

幕間　温泉めぐり

✧プロローグ　温泉の街

「温泉なんてどうかしら？」

星里奈がそんな提案をした。

エリサの護衛ミッションが中断し、俺達はそのまま宿に戻ってきた。第四層もいずれ攻略を進めるつもりだが、またエリサ達が戻ってきてからでいいだろう。

「そうだな。少しのんびりするか」

「ええ。湯浴みだけだとあんまりリラックスできないのよね」

からかってやろうかとも思ったが、俺も星里奈の気持ちは分かる。湯船でゆっくりお湯に浸かって「うぃいー」と喉の奥から声を出す、それが久しぶりにやりたくなってきた。

「よし、星里奈、そう言い出すからには近くに温泉があるんだな？」

「もちろん。王都の北、馬車で半日足らずの所にノースベップという温泉街があるんですって。今から出発したら、今日のお昼過ぎには着くと思う」

「ほう」

「温泉ですか。お肌が綺麗になるって聞きますよね」

イオーネがいつもより弾んだ声で言う。

「うんうん」

「いいですね」

ミーナも乗り気のようで力強くうなずく。

「あ、『温泉卵』、食べてみたい！」

リリィも興味を示した。

「卵もいいけど、冷やした『魔術士殺し』をクイッと一杯やるのもいいわね！」

レティが酒を飲む手つきで言うが、料理や酒も温泉旅行の醍醐味だろうな。

「ふえぇっ！　レティ先生、そんなものを飲んで大丈夫なのですか!?」

「平気よぉ、ネネちゃん。まあ、飲んだ日と翌朝は頭痛ガンガンで魔法が全然使えなくなるんだけどね」

「はえぇー……なぜ魔法使いがそんなものを……」

「これも修行よ、修行」

「ふむ、温泉かぁ。アタシは一回行っただけだな。怪我の治りがいいって聞かされてさ。効きはよく分かんなかったけどさ」

と肩をすくめるルカ。湯治というヤツか。

「父も酷い怪我をした時に湯治に行っていましたね」

イオーネが言うと、フィアナがうなずいた。

「湯治と言えば、神殿で老司祭様が『ノースベップはいいぞぉ』、とよく話されていましたね。私も一度行ってみたいです」

他の女性陣も興味津々のようだ。

「これはやっぱり行く必要がありそうね。『温泉卵』の他にも美味しい料理があるそうよ」

星里奈がニッコリ笑って言う。

「『温泉卵』は気になるけどよぉ、料理なんてどこで食べても同じじゃねえか？」

「ええっ、分かってないわね、ジュウガ」

星里奈が信じられないという顔で言うが、まあ、観光地で飲み食いする料理というのも格別だからな。

「あン？　何がだよ。まあいいや、アニキが行くって言うなら、オレ様も付いていくぜ！」

あんまり男がぞろぞろ付いてきても嬉しくないが、ジュウガ一人くらいならいいだろう。

「決まりだな。なら、すぐに出発するか」

「ええ」

一軍メンバーで馬車二台に分乗してノースベップの街に向かう。途中、雑魚モンスターが何体か出てきたが、余裕で倒せた。

「着いたわ。ここが『温泉の街ノースベップ』よ」

星里奈が言うので馬車の外を覗いてみたが、土産物屋が並んでおり、その向こうには山の坂道に沿って温泉宿らしき建物がぽつぽつと点在している。街と言うには小さな規模だが……ま、そこは観光地だからな。野暮な事は言うまい。

「なんだかパッとしない街ねぇ」

レティが微妙な顔をして言う。

「そんな事はないわよ。ほら、観光客で賑わってるじゃない。温泉に入りにやってきたんだし、温泉が良ければいいの」

「ふふっ、そうですね。ところで、星里奈さん、宿はどれにするんですか？　ここにはたくさんあるようですけど……」

ミーナが聞くと、星里奈はよくぞ聞いてくれましたという顔で答える。

「もちろん、ここで最上級の宿よ。やっぱりお風呂は豪華な感じが良いし。でしょ？」

「なるほど」

俺達も金はある。いつもは奴隷女の購入に文句をつけるケチな星里奈が言い出しっぺなので、今回は誰も反対する者がいなかった。

星里奈が聞き込みで見つけた、最上級の宿は――貴族や王族も利用するという『絶景』という宿だ。山の頂上付近にあり、木と漆喰《しっくい》の立派な建物で、和風の赴きになっている。

中に入ると、等身大のタヌキの像が脇に置いてあった。お腹と下半身の一部が、やけにふっくらと強調された縁起物だ。ゴールデンボールのお袋様だ。

「星里奈、アレを見てみろ、アレを」

俺はニヤニヤと笑いながらＪＫ勇者をからかってやった。

「くっ、なんであんなバカっぽい置物なんて作るのかしら」

頬をピクつかせて星里奈が怒りをあらわにする。

「ほえ、バカっぽいですか？」

ネネは気づかなかったが、星里奈がそれだけイヤらしいという事だな。

「いらっしゃいませ」

淡藤色の着物を着た女将が奥から顔を見せた。

「こんにちは。十名なんですけど、良いですか？」

星里奈は予約なしの飛び入りで言う。まあ、この世界だと手紙は時間もかかるだろうし、携帯電話やネットなんて無いからな。仕方ない。

「ええ、大丈夫ですよ。それではお部屋にご案内いたします」

女将は気の良さそうな笑顔を見せると、きびすを返して廊下を進んでいく。なかなかいいケツだ。惜しいな。

「アレック、美人だからって手を出さないでよ」

星里奈が小声でそんな事を言ってきた。

「それはお前が決める事じゃないが、安心しろ、俺は若い女しか興味がない」

「それもどうかと思うけど」

うるさい奴だ。人の好みにケチを付けやがって。

四人部屋が二つと、俺とジュウガは個室にしてもらい、用意されていた浴衣に着替えた。

「アニキ、下の土産物屋を見に行こうぜ。食い物もあったしよ」

ジュウガが俺の部屋に来るなりそんな事を言い

出したが。

「食い物はここで出てくるぞ？」

「いや、気になる食べ物があったし、今すぐ食いてえんだ」

「なら、好きにしろ。俺は行かないぞ。それと、あんまり食いすぎるなよ、ジュウガ」

「おう。よっしゃ！　食うぜ〜！」

若いな。やはり温泉というものは、ある程度落ち着いた年齢にならないと楽しめないか。ま、次はジュウガの行きたい所も聞いてやるかな。

「さて、まずはひとっ風呂浴びてくるか」

「お供します、ご主人様」

部屋を出るとミーナが付いてくる。

「それはいいが、まあいい、途中までは一緒だ」

「はい」

板張りの廊下をミーナと二人で歩く。ただそれだけの事なのだが、二人とも浴衣だとなかなかに風情があって良い。


「ああ、アレック、もうお風呂なの？」

星里奈もやってきたが、ま、こいつも速攻だろうな。

「そうだ」

「そう。ねえ、さっき女将さんに聞いたんだけど、ここって今日は私達だけしかお客さんがいないみたいなの」

「ふうん？　まあ、立派な宿だし、値段のせいだろう」

客が少ないのは少し気になるが、見た目は綺麗だし、今のところはサービスも問題ない。なら、貸し切り状態のほうが良いに決まってる。

「それもそうね、下に他にも宿がたくさんあったから、みんなそっちで済ませるのかも。じゃ、ここでいったんお別れね、アレック。ほらミーナ、あなたはこっちよ」

「はぁ」

星里奈が気乗りしない感じのミーナの手を引き、

女湯の看板が掲げられた入り口をくぐってしまう。ま、いくらミーナが俺と一緒にいたいと言っても、そこは宿のルールもあるからな。ミーナとイチャイチャするのは部屋に戻ってからで良い。

大人の余裕だ。

第一話　混浴

天然の温泉に石畳を敷き詰めて手が加えられた露天風呂は、見事という他なかった。

大きな石を囲いのように並べ、その後ろには青々とした竹と艶やかな紅葉が生《お》い茂《しげ》り、風光明媚な彩りを添えている。水面からは乳白色の湯けむりが奥ゆかしい情緒を漂わせ、まるで秘境に入り込んだような雰囲気だ。

「さて――」

俺はまず端へ行き、小さな台に腰掛けると桶を掴んで掛け湯をする。

いきなりドボンなど、温泉のマナーが分かっていない奴のする事だからな。

上等な石鹸も備え付けられていたので、手ぬぐいに擦りつけて泡立たせ、体を洗っていく。

「ひゃっほーい！　おんせーん！」

「ちょっと、リリィ！　ダメでしょ！」

女湯のほうでは賑やかにやっているようだ。ま、貸し切り状態なら他の客から文句も来ないだろう。好きに楽しめ。

「んん？」

さっぱりと体を洗い流したあとで、さあ行くかと思ったら、立てられた木札が目についた。

『奥の温泉は効能が違いますので、くれぐれも注意書きをお確かめの上、お入り下さい』

と書いてある。

まあ、温泉の効能など、どこも似たようなものだろう。腰痛や肩こりに効く、美肌効果、そんなところだ。それをわざわざ脅かすように書いたのはアレだ、ちょっと効能に興味をもたせようという演出だろう。「あそこは色々な効能がある温泉だったよ」と口コミして欲しいのだ。

俺は気にもとめずに手ぬぐいを絞って頭に載せ、うっすらと青白い湯に足を踏み入れる。

やや熱めのお湯だったが、入れないというほどでもない。大きな岩場まで歩き、そこに背をもたれて座り、肩まで浸かる。

「うぃい〜……」

良い――。

心地よいお湯が穏やかに全身を包み、重力から解き放たれ、体が浮遊する感覚。目を閉じれば、そのまま寝入ってしまいそうだ。

久々のリラクゼーションタイムである。

迷宮《ダンジョン》内の張り詰めた空気、一瞬も気を抜けない魔物達との戦い、ＰＫを狙う冒険者の存在など、こちらの世界に来て緊張を強いられる事が多かった。

人間、気を張ってばかりではいられない。いや、気を張っていたからこそ、この瞬間が素晴らしい休息となるのだ。

甘美なまどろみが俺をくつろぎの天国へと誘う。じわじわと体が温まり、体の悪いモノが外に吸い出されていくようだった。

注ぎ込むお湯のせせらぎと、時折、かぽーんと響き渡る桶の音。

どれくらいそうしていただろうか――。

ふと、目を開けると、白い湯けむりの向こうに複数の人影があるのが見えた。

「むっ！」

俺は全身を強ばらせ、息を呑む。

先ほど、星里奈がここには他に客がいないと言ったばかりではないか。

では、誰がそこにいるのか？

星里奈達ではないことは明らかだ。彼女達ならすぐに声をかけてくるに決まっている。

俺はとっさに【アイテムストレージ】に収納していた剣を取り出したが、相手は動かない。

「どういうつもりだ……？」

少なくとも俺を狙った暗殺者というわけではなさそうだ。第一、俺達が狙われる理由が無い。テンプルナイトの護衛にしても、その事を知っているのは王城の国王とごく一部の人間だけだろう。

俺は相手の出方を窺いつつ、そちらを注意深く観察したが、さあっと風が吹き込み、白い湯けむりが取り払われた。

「なんだ、猿か」

日本人である俺は温泉に動物が入り込んでいたところで驚きはしない。大自然とは人間だけが支配する領域ではないのだ。

ただ、猿と一緒の湯は嫌だな。

ここは広い温泉のようなので、俺は別の湯を探しにいく事にした。


少し歩くと、別の石に囲まれた温泉があった。先ほどとは違い、湯の色も黄色で香りもレモンのような香りがする。柑橘系の香りは動物が嫌がると聞いた事があるし、ここなら猿も来ないだろう。

そう思って奥へ行くと、バシャバシャと何かがお湯を撒き散らしてまっすぐこちらへと向かってくる。再び俺は剣を構えたが、相手は見知った顔だった。

艶のあるピンク髪のロリっ娘も俺に気づいて止まる。

「あれぇー、エロ親父だ」

「アレックだ。というか、リリィ、お前、いったいどこから男湯に入り込んできたんだ？」

「どこって、ここは女湯だよ」

「なに？」

となると俺が間違って女湯に入り込んだという事か？　そんな看板は無かったはずだが、この状況はまずいな。なんせ、【スターライトアタック】

持ちのあいつがいるのだ。

「アレック……、見損なったわ。今時、中学生でもそんな事はしないわよ？」

　案の定、すでに剣を構えた星里奈が身構えていた。

「待て、猿が邪魔で他の湯を探しに来ただけだ。覗くつもりはなかったぞ」

「お待ち下さい、お客様」

　おっと、着物姿の女将までやってきたか。これは出入り禁止など、面倒な事になりそうだが。

「あっ、ごめんなさい、連れにはきちんと注意して言い聞かせますから」

　星里奈もまずいと思ったか、女将に言い訳する。

「いえ、申し遅れたようで心苦しいのですが、当温泉は混浴でございます」

「「「ええっ！」」」

「ほう」

　混浴か。良い響きだ。

　女性陣の何人かが驚いたようだが、混浴という文化は何も日本だけのものではない。あのフリーセックスの国も混浴なのだ。ならばグランソード王国にこのような場所があっても何ら不思議はないのだ。

「ああ、それで奥に行くときには、看板を見て下さいって……ええ？　混浴じゃないお風呂ってないんですか？」

「あいにくですが、当温泉はすべて混浴となっております」

「だそうだぞ、星里奈。あまりワガママを言うな。これも郷に入れば郷に従え、だぞ」

「むう、納得行かないし悔しいけど、反論できない……」

「幸い、親しい間柄とお見受けましたので。ところで、お飲み物はいかがですか」

「もらおう」

　女将は徳利《とっくり》も持ってきていたので、それをもらう事にする。

湯の上に盆を浮かべ、徳利の酒をお猪口《ちょこ》に注いでもらい、それをくいっと呷る。

弛緩した体を冷酒がキュッと引き締め、いい味だ。五臓六腑に染み渡るとはこの事か。

「星里奈、旨いぞ。飲んでみろ」

「私はお水でいいわ」

「私はもらいますね」

布で隠しきれない立派な胸を揺らして、イオーネが側にやってくる。

「ほれ、注いでやろう」

「どうも」

微笑んで両手でお猪口を受け取り、軽く口をつけるイオーネはどこまでも上品だ。

「では、ごゆっくり」

女将がいなくなったところで、俺はニヤリと笑い、イオーネの乳房を覆う布を剥ぎ取る。

「あっ」

「アレック！」

「騒ぐな、星里奈。お前達は温泉のマナーが分かってないから俺が教えてやろう。手ぬぐいはお湯には浸《つ》けない、これがマナーだ」

「それは、男湯の話でしょ」

「どちらも同じ湯だ」

そう言いつつ、俺はお湯に半分浮かんでいるイオーネの乳を揉む。

「あんっ」

「ちょっと。それはどう見てもマナーじゃないでしょ」

「まあ、貸し切りなんだ、そううるさく言うな。美人に手を出さないというのも男のマナー違反だからな」

「もう、いい加減な事ばっかり」

「いえ、星里奈さん、やはり、女としては好きな人に振り向いてもらえないよりは振り向いてもらえるほうがいいですよ」

イオーネが良い事を言う。

「それは……でも、ここは温泉なんだから、ダメよ」

「ダメなものか。軽いスキンシップだ」

「んっ、ふふ、そうですね」

「ええ……？」

「わ、私、向こうの湯に入ってきますね」「お、おう、アタシもだ」

困ったようにフィアナやルカ達が向こうに行ってしまったが、ま、そこは彼女達の自由だ。俺達がヤってる事はとうの昔に星里奈から聞いているだろうし、その上でここにいるからには、同意しているも同然だ。いつか美味しく頂くとしよう。

イオーネの体をまさぐり、豊満な胸をこねくり回してディープキスをしていると、甘い喘ぎ声がさらに色っぽさを増した。

「……あっ、んんっ、あんっ、んうっ」

「ね、ねえ、アレック、私も……」

こちらをじっと見ていた星里奈が甘えた声を出しておねだりしてきた。

「順番を待てないのか。まあいい。じゃ、お前も来い、星里奈」

「うん、ごめんね、イオーネ」

「いいえ、構いませんよ、ふふ」

星里奈のつんと尖ったおっぱいに指を食い込ませて揉んでやると、すぐに彼女は気持ち良さそうに喘いだ。

「ああっ、くうっ、それ、いいのぉ！」

やれやれ、はしたない奴だ。

「またイオーネも揉んでやろう」

「はい。んっ、ああっ、くっ、んっ、ああんっ、はぁんっ」

イオーネのたわわな二つの果実はとても柔らかく指が中に沈むように奥まで入り、こちらの指が逆に包み込まれていく。良い肌触りだ。

「アレックさん、こちらだけ気持ち良くなっても申し訳ないので、私もご奉仕しますね」

イオーネが屈み込むと、自分の胸で俺のそそり立つ物を包み込んだ。

「あ、じゃあ、私も」

星里奈が反対側から胸を押しつけ、ふむ、これはダブルパイズリというヤツだな。男の理想ではあるが、なかなかに実現難易度は高そうだ。

二人の美女が俺のためにおっぱいを器用に扱い、柔らかな肌を擦りつけてくる。そしてイオーネが小さな口をイヤらしく開け、舌で俺の先端を舐めてきた。

「おお」

その気持ち良さに思わずこちらも声が漏れる。

「私も」

なんだか競争をしているつもりなのか、星里奈も同じように反対側からペロペロと舐めてくる。

おっぱいとベロを使い、二人がかりで責め立てられると、俺もついに耐えきれなくなり、白濁色の本能を勢いよく飛ばした。

「あっ」

「きゃっ」

二人の顔にねっとりとかかり、妖艶さが増す。

「アレックさん、私、もう……」

顔を赤らめたイオーネが潤んだ瞳でこちらを見上げる。

「いいぞ、イオーネ。そこの岩に手をついて、背中を向けてみろ」

どちらも裸なので、体勢を整えるだけで簡単にするりと入る。

「んんっ！　ああっ！」

俺は後ろからイオーネにのしかかり、荒々しく動く。その度に湯がパシャパシャと波打った。湯の中の踊りは、互いに快楽を求め合う情熱とともに激しさを増していく。

「くうっ、ああ――――っ！」

水面のうねりが最高潮に達した時、絞り出すような嬌声を上げて、イオーネは果てた。

「あ……」

次は星里奈だ。不安げに戸惑う彼女を仰向けで岩に押しつける。そして中へ、するっと入れてやった。

「ああっ、くうっ、温泉の中も気持ちいいっ！」

大きな声を上げる星里奈。

「やれやれ、お前、さっきまで温泉ではダメと言ってただろう」

そのくせ、もう周囲の目より自分の快楽を追求している。どこでヤっても気持ちいいとは、とんだ変態ＪＫじゃないか。

「それは、だって、んんっ、こんなコトされたら、ああんっ」

「お前、混浴で見知らぬおっさんに襲われても気持ちいいとか言いそうだな？」

「そ、そんなわけないもん。これはあなただから、くうっ！」

俺だけは特別か。

ま、それもいいだろう。俺は星里奈をもっと悦ばせてやろうと、腰をゆっくりグラインドさせ、内側の敏感な粘膜を擦りつけていく。そのぬるりとした柔らかで滑りの良い部分を刺激してやる。

「んんっ、ああんっ、そこぉ、そこがいいのぉ！」

星里奈の弱点を突いてやると、堪らないといった表情で彼女が髪を左右に振り乱す。

俺はさらに容赦なく星里奈の体を攻め、時々わざとタイミングをずらしたり、場所を外したりして彼女を焦らしてやった。

「くうっ、あんっ、もう意地悪、は、はやく突いて、もっと奥まで！」

息も絶え絶えといった様子の星里奈が懇願するが、そろそろ限界が近いようだ。

「よし、望み通りにしてやろう」

彼女の腰を両手で掴み、ぐいと一番奥まで挿入

してやった。

「んあああっ♥」

あられもない表情で悦びの声を上げた星里奈は、すっかり男好きになってしまったようだ。いや、元からコイツはこうだったな。

湯のしぶきを激しく飛ばしながら、彼女の内部を激しく突き上げる。すると、星里奈もこちらに両手を回して懸命に抱きついてきた。よし、これならすっぽ抜けるということもない。俺は遠慮無く彼女の中で暴れ回る。

「あうっ、それ、凄いい！　凄いのっ♥　もっと突いて！」

目をキュッと閉じた星里奈は一心不乱にそう叫ぶ。そろそろこいつも限界か。

「はぁん、アレックぅ、好き、しゅき、だいしゅきぃ――――！」

ろれつが回らなくなった星里奈が俺にしがみついたまま、下腹部を大きく痙攣させて中を凄い力で締め付けてくる。

「おおっ」

俺もその強烈な快楽に驚きながら、彼女の中に思い切り愛情を出してやった。

「ふぅ」

「ご主人様、一度、洗い流したほうが」

ミーナが言うが、そうだな、温泉は綺麗に使わないとな。ここはいったん出て洗い流しておくか。

俺は一度湯から上がり、小さな台座に腰掛ける。

「では、お背中を流しますね」

ミーナがそう言うと、柔らかなものを二つ俺の背中に押しつけてきた。ほう、泡風呂式か。

「んっ、はっ」

わずかな喘ぎ声を漏らしながら、健気にミーナが俺の背中を洗ってくれる。泡で滑りがよくなった二つの膨らみはなかなか良い肌触りだ。

「アレック様、私もお手伝いするです」

ネネが俺の太ももに胸を押しつける。わずかな膨らみではあるが、ピクピクと震えながら可愛らしい体を健気に擦りつける姿はグッとくるものがある。

「んんっ、はぁん、くぅ……」

「んっ、んっ、んんっ」

二人の少女が俺の体にぬるぬると密着し泡立てていく。ミーナの透き通るような白い柔肌に、ネネの健康的な薄桃色の肌。喘ぎながら寄り添う二人に俺の血がたぎり、股間がまた大きくなった。

「よし、二人とも今度は俺が洗ってやろう」

「「は、はい」」

まずはネネの小ぶりなお尻に手を滑らせる。

「ひゃうっ！」

良い反応だ。俺はそのまま内ももに指を這わせ、ネネの未成熟な部分をなぞっていく。

「ふぁっ、はぁん」

気持ち良さそうに喘ぎ声を漏らすネネ。

指を入れてやると、ネネが小さく悲鳴を上げた。

「あうっ、くうっ」

「痛いか？」

「い、いえ、大丈夫です」

ぷるぷると震えながら言うネネ。嘘ではないだろう。だが、締め付けてくる中で指を出し入れしてやると、彼女は我慢できなくなったようで身をよじった。

「はうっ、あんっ」

「ほら、ネネちゃん、しっかり立って。ご主人様がお望みなのですから」

ミーナが後ろからネネの体を支える。

「は、はい、でも、はわっ、ネネは、そこはダメですぅ！」

ビクンと痙攣したネネは耐えきれずに腰を引いて指を抜いてしまう。

「なら、こっちだな」

俺はネネを抱え上げ、指よりも大きなものを入れてやった。

「はうっ」

ネネが華奢な肩を縮めるが、その表情には密かに期待感が滲み出ている。

「行くぞ、ネネ」

「は、はい、いつでも」

抱えたネネを俺の腰の上で動かす。彼女は軽いので楽々だ。

「ひゃっ、んんっ、んふぅ、あんっ、やぁっ、アレック様、あうぅっ！」

ネネがとろけるような甘えた声を出し、顔を真っ赤にしながら快楽の責め苦に耐える。だが、それもほんのわずかの間で、すぐに崩壊し、快楽の奔流に呑み込まれた彼女は悲鳴を上げた。

「きゃううううっ――――！」

ビクビクと俺の腕の中で数回痙攣した彼女が恍惚とした表情で意識を手放す。俺は彼女をその場に寝かせてやり、今度はミーナを呼んだ。

「よし、ミーナ、待たせたな」

「いえ」

はにかむ彼女はそれでも嬉しそうにパタパタと白いしっぽを振り、俺に抱きついてくる。軽くキスをして前戯を済ませたあと、その場に寝かせてやり、俺はミーナを組み敷いた。

「んっ、ああっ、ご主人様ぁ♥」

ミーナが待ちわびたように悦びの声を上げる。

俺は荒々しく腰を打ち付けてやったが、すっかり準備ができていたミーナの腰はしなやかに俺の衝動を受け止めてくれる。

「いいぞ、ミーナ」

「はい、んっ、んんっ、ああっ！」

互いの粘膜を絶妙なタイミングで滑らせ、突き、締め付ける。これまで幾度も繰り返して相手の好みを掴んでいるからこそできることだ。さらにそこから未知の快楽と愛情を求め、俺とミーナは重なり合う。

「ご主人様ぁ、ご主人様ぁ！」

ミーナの声が激しさを増し、そろそろ頃合いのようだ。

「よし、行くぞ、ミーナ」

「はい、いつでも。んっ、んっ、んあっ、くふぅっ、やんっ、ああっ♥　ああああ――――！」

大きな嬌声を上げたミーナを抱きしめ、俺は彼女の中に愛情をこれでもかと注いでやった。

ふぅ。

エピローグ　恐るべき効能

一通り女達とヤって満足した俺は、一休みしようと思い、奥の温泉へと一人で向かった。

「ん？　あれは……」

綺麗な翡翠色をしたお湯が目についた。ここは幅三メートルくらいしかない小さな温泉だ。木札が立てられているので、それを読んでみる。


『アーガ毛神の泉』

【効能】

みるみる毛が生える。

ただし、湯に触れた所すべてから毛が生えるので、柄杓を使い、顔にかからないよう布で上手く調整してください。個人によっては勃起しなくなったり、呼吸困難の恐れもあります。


「ううむ、これは、罠だな」

毛が生えるというのは魅力的だ。だが、触れた所すべてというのは厄介すぎる。体にお湯がかかったらゴリラみたいになってしまうではないか。それでは触れるものすべてが黄金に変わり、食べ物さえ口にできなくなったという、ミダス王の伝説に似ている。しかも勃起しなくなったらそれこそ一大事だ。

そこまで効果があるのかどうか、試してみたい気持ちもあるが、ここは魔法やモンスターが当たり前に存在する異世界だからな。やめておこう。

石畳を少し歩くと、今度は桜色の温泉があった。

もちろん、俺はすぐに入ったりせず、木札を確かめる。


『乙女の泉』

【効能】

うら若き乙女のように○が美しくなります。

シワ、シミなどもバッチリ。

一度入れば効果は永続します。

副作用はありません。

覚悟のない○○はご遠慮下さい。


ふむ……。よくある美肌効果というヤツだろうな。所々文字がかすれていてよく読めないが、名称に神と付いてないので、そこまで強力なものでもないだろう。

ただ、一番最後の行が曲者だ。禁止とまではいかないようだが、推奨しない行為があるというのは気になる。覚悟とはいったい何の覚悟なのか。

……やめておくか。

口元のシワが少し気にはなっているが、あの眼鏡っ娘女神からもらったスキルのおかげもあって、今の俺はモテモテなのだ。なら、危ない橋を渡る必要も無い。

「アレック、入らないの？」

後ろからリリィが話しかけてきたので、俺は振り向いたが、彼女を見てぎょっとしてしまった。

そこにはピンクの大きな毛玉人間がいるではないか。色の薄いガチャ○ン、いや、ムッ○だ。

「馬鹿、お前、さっきの毛生えの泉に入ったのか」

「うん！　見て、凄いでしょ。にひー」

アホだな。面白がっているうちはいいが、一生そのままだったらどうするのかと。

「リリィ、待ちなさい！」

ミーナが追いかけてきたが、彼女もリリィにあのお湯をかけられてしまったようで、ロングヘアになっている。おそらくお湯を浴びて数分と経っていないはずだが、強力すぎだろ。普通に怖いわ。

「ヤダー！　アハハ！」

リリィはタタタッと俺の後ろに隠れたかと思うと、今度は手前の泉にドボンと飛び込んだ。俺は慌ててその飛沫を避けようとするが、少し腕にかかってしまった。くそっ。

だが、腕に特に変化はない。肌の水捌《みずは》けが良くなったくらいか。どうやらこの桜色の温泉は大丈夫そうだ。

「あっ、また！　酷いことになったらどうするの。申し訳ありません、ご主人様」

ミーナがリリィを追いかけていたようで、こちらにやってきた。

「いや、別に謝らなくてもいい。この泉は安全そうだからな。リリィ、体の調子はどうだ？」

「別になんともー。あれ？」

リリィのピンクの毛がごっそり抜けて、元に戻ったようだ。

「うわ！　つまんなーい。失敗した！」

なるほど、毛深いのも治るみたいだ。

「ミーナ、お前も入ってみるか？　ここは美肌効果のようだぞ」

「ああ、なるほど。では、失礼して……」

ミーナが桜色のお湯に肩まで浸かり、注ぎ込んでいるお湯で顔を洗う。

「えっと、いかがでしょうか、ご主人様」

「うむ、そんなに変わっていないが、少し顔の肌がつるつるになった感じだな」

「ふふ、良かったです。あとで他のみんなにも教えておきますね」

そこで彼女のしっぽの事を思い出したが、幸いそっちの毛は特に問題なさそうだ。

「ああ。どれ、俺もちょっと入ってみるか」

「どうぞ。リリィ、あなたはちょっとここでじっとしてなさい」

「エー。別のに入りたい」

「【効能】を見てからね」

俺は桜色のお湯にとぷんと頭のてっぺんまで浸かる。

肌が綺麗に若返り、ムダ毛以外は抜けないとなれば、むしろ育毛効果も期待できようというものだ。天才だな。

「プハー。ふう、どうだ、ミーナ」

「あっ、は、はい、とても、なんというか、こう……お綺麗です」

両手で口元を押さえ頬を赤らめたミーナは、ふむ、成功のようだな。俺はついにうら若き美男子へと生まれ変わったのだ。

「あれー、アレックの髪が伸びてる」

「今までが薄毛だったからな。これでボリュームも……んん？」

声がなんだか高くなっている。俺は自分の体を確かめたが、さっきよりも胸が膨らみ、お腹がへこんで、筋肉も少なくなった気がする。

「……お、おいおい……くそ、まさか」

股間に手をやってみたが、つるつるだ。あるべきものが無い。

……つまりは、あの木札、『うら若き乙女のように体が美しくなります』『覚悟のない男性はご遠慮下さい』と書いてあったようだ。やられたな。

「ミーナ、リリィは、ああ、上手く捕まえたみたいね。ダメでしょ、あんな変なお湯に入ったら――あれ？　そっちの人は誰？」

やれやれ、星里奈がやってきたが、すでに俺を認識できないほど人相が女になってしまったようだ。

「ミーナ、お前はちょっと元通りになる温泉を探してこい」

「分かりました。でも、そのままでもいいような……」

「ダメだ。下も無いんだぞ」

「えっ！　ああ。わ、分かりました。すぐに」

「あっ、ミーナってば」

「にひー、この人はねえ、アリーナだよ！」

リリィが面白がって俺を別人に仕立て上げた。

「そう。初めまして。でも、お客は私達だけだって聞いたような気がするけど……あっ、それより、アリーナさん、ここで黒髪のスケベ親父を見かけたらすぐに逃げてね。そいつ、凄く危険な男なのよ」

まったく、人を犯罪者みたいに言いやがって。

「ふふ、そうですか。ご親切にどーも。私はさっきチェックインしたばかりなんですよ」

「ああ、それで」

「ところで、星里奈さん、あなたもここに入ってみたらどうですか。お肌がとーっても綺麗になりますよ」

「へえ。美肌効果ね。じゃあ」

星里奈は初対面の相手にもかかわらず気にせず隣りに座ってきた。彼女が顔を洗うのを見計らい、肩を揉んでやる。

「私、別に肩は凝ってないんだけど。それより、アリーナさん、私の肌、どうかしら？」

「ええ、とーっても綺麗になったわ」

「やった」

「じゃ、もっと綺麗になれるようにマッサージをしてあげましょう」

「えっ、きゃっ、ちょ、ちょっと、どこを」

「まあまあ、任せて任せて」

後ろに回り込んで胸を揉んでやると、星里奈はすぐに感じ入ってへろへろになってきた。

「やっ、あんっ、ちょ、そんな所、ダメ……んっ、はぁん」

「なあに、あなた、女が相手でもその気になっちゃうんだ」

「そ、それは、だって、あなたが、こんな事を――ああんっ！」

さっきヤったばかりという事もあるだろうが、星里奈は恥ずかしがってかそれを言わない。

「さて、女同士ってのはどんなものかしらね」

俺は前側に回り、すっかりできあがった星里奈に体の一番敏感な所を擦りつけていく。

「んんっ、あんっ」

「おおっ、んっ、これはこれで」

なかなか気持ちがいい。すぐに星里奈も自分から腰の動きを合わせてきたが、イヤらしい奴だ。

「んっ、ああんっ、ダメ、もう、私、イクぅ！」

「くっ」

腰から背中、そして乳首へと電撃がほとばしるような感覚。腹の中もきゅんきゅんする。なるほど、これが女の快楽か。悪くないが、やはり俺は男のほうが良いな。

「ご主人様、見つけました」

「よし」

「や、やっぱり、アレックだったのね……もう、何をやってるのよ、あなたは」

「不可抗力だ。狙ってやったわけじゃないぞ。それより、どうして俺だと分かった」

「そりゃあ、エロいし、触り方で分かるわよ」

「ふむ、だろうな。じゃ、ミーナ、元に戻る泉に案内してくれ」

「はい」

ミーナが見つけてきた温泉は『一日前の体に戻る泉』と『若い美男子に身も心も変化する温泉』の二つだった。

少し考えたあと、俺は『一日前の体に戻る泉』を選んでおいた。

俺の恋人達は今の俺が好きみたいだからな。なら、今のままで良い。

第八章　双極

プロローグ　清めの酒

　グランソード王国に戻った俺達は、旅の疲れを抜いた翌朝、再びエリサの護衛に付くべく、『白き水鳥亭』へと向かった。

「よう、色男、ヒック」

　一晩中飲み明かしたのか、こちらも冴えない中年男のエドガーが赤ら顔で宿の外からやってきた。

「体調が悪そうだな。お前は今日は寝てていいぞ、エドガー」

　役に立ちそうにない護衛など、いないほうがマシだ。

「おお、そりゃありがたい。さすがにこの歳になると徹夜はなぁ。じゃ、そういうことでひとつよろしく」

　片手を上げて宿に入っていくエドガーは気楽なもんだ。観光気分でやってるんじゃないだろうな？

　お前のところの隊長さんが暗殺者に命を狙われてるってのに。

　いっそのこと、エリサに情報を流して警戒を促してやろうかとも思ったが、このミッションが秘密裏なのは依頼主である国王の要望でもある。それに、どこから暗殺の情報を掴んだのか、と問われても面倒だからな。当てにはすまい。

「アレック、一人、宿を見張ってる男がいるわ」

「なに？　どこだ」

「あそこ」

星里奈が指さしたが、ローブを身にまとった男はこちらに気づくと、すぐ立ち上がり足早に向かってきた。俺達は一斉に剣を抜いたが、男のほうは手を振って武器が無いことを示すと、顔も見せた。

「待て、お前は『風の黒猫』のリーダー、アレックだな？」

「そうだが、お前は何者だ」

「俺はランドルに雇われた者だ。奴から伝言を頼まれた。『小国の姫君は今日からそちらに任せる、ただし、何者も信用するな』だとさ」

「ふん、了解だ」

そんなもの、兵士に言付けさせればいいだろうに、あの国王、冒険者気取りで雰囲気を楽しみやがって。

「じゃ、確かに伝えたぞ。じゃあな」

「ああ」

「もう、あの陛下にも困ったものね」

ほっとした表情で剣を収める星里奈もさすがに今のは緊張を強いられたようだ。

「陛下？　うン？　何の話だ？」

ジュウガが聞いてくるが、そういえばジュウガ達には暗殺者の件を話してなかったな。知っているのは俺とミーナ、星里奈、イオーネ、それからルカの五人だけだ。

「ああ、ううん、なんでもないわ、ジュウガ。気にしないで」

「そうか。ま、難しい話はアニキ達に任せるぜ。今日はあのテンプルナイトさんのパーティーと第四層に潜ればいいいんだよな？」

「そうだ」

「おっし！　今日はあのふよふよした浮いてるモンスターを一撃でやっつけてやるぜ！」

ジュウガが気合いを入れているが、そうだな、難しく考えずに普通に冒険して期限を迎えればいい。何も俺達が暗殺者を見つけ出す必要は無いのだ。

「あっ、お待たせしました！」

小柄な少女が姿を見せた。騎士マリンだ。エリサのお付きの一人で、割と俺達には好意的だが、同僚の騎士エドガーを嫌っている様子だ。ま、任務もそっちのけで酒を飲んだくれてる中年親父が仲間にいたら、文句の一つも言いたくなるわな。

「いや、こちらも今来たばかりだ」

「すぐにエリサ様を呼んできますね」

「ああ。急がなくていいぞ」

「はい」

「ふう、どうも、おはようございます。遅刻はしなかったようですね」

青年騎士アベルがため息交じりに出てきて挨拶するが、俺だって別に来たくて来たわけじゃないぞ。

「ええ、おはよう。今日はいい天気だし、冒険日和ね」

星里奈が笑顔で挨拶を返したが。

「どうせダンジョンの中、第四層は吹雪ですけどね」

などとアベルは小憎らしい事を言ってくる。

「まあ、そうね」

「うわー、アレック、私、ああいう理屈っぽい奴は無理なんだけど」

レティが嫌そうな顔をしながらも、一応小声で言ってきた。

「気にするな、レティ。どうせあと三日の事だ」

最初は一週間という話だったが、王城での貴族の接待で三日が過ぎた。国王も行きあたりばったりの俺達ではなく、正規の護衛をそろそろ見繕ってくれているはずだ。今日を入れてあと三日。それ以上は引き受けない。

「結構あるじゃない、三日って」

「おはようございます、皆さん。今、隊長は着替えておりますので、しばしお待ちを」

ローブを着た神官ハウエルが笑顔で出てきた。

「ええ、おはようございます、ハウエルさん。そちらの用事はどうでしたか？　本国から貴族がやってきたそうですけど」

エリサを待つ間に、星里奈が話を向ける。

「やあ、それがなかなか癖のある御方でしてね、間を取り持つのに苦労しましたよ。隊長は隊長で剣の腕は立ちますが、接待は得意というほどではないですから」

ハウエルが苦笑する。ま、エリサは生真面目を絵に描いたような性格だからな。お世辞もろくに言えなかった事だろう。

「あの男……エリサ様に服を脱いで踊ってみせろなどと、テンプルナイトに対する無礼の数々、いっそのこと斬って捨ててやれば良かったんです」

アベルが握り拳を震わせて言う。

「いけませんよ、アベル。腹が立つのは分かりますが、隊長にもお立場があるのです。他国の外交の場でそのようなことをすれば、かえって隊長を困らせる事になるでしょう。あなたは審問の場に隊長を立たせたいのですか？」

「い、いいえ、そんな事は。すみません、僕が浅はかでした」

反省して謝るアベルに対してニコニコと笑って軽くうなずいたハウエルは、なかなか調整の上手い男だ。顔は少しふっくらとしていて年齢はよくわからないが、態度からして年季の入った苦労人だろう。

「お待たせしたようで申し訳ない」

隊長のエリサが顔を見せたが、少し顔色が悪い。

「それはいいが、何かあったのか？　エリサ」

俺は気になったので彼女に問う。この宿『白き水鳥亭』は高級宿だから安全だと判断しているが、毒でも盛られていたら厄介だ。

「ああ、いや、実を言うと昨晩はあまり眠れなくてな。例の本国から来た伯爵を出迎えたのだが、どうも怒らせてしまったようで……」

「済んだ事だ。どうせ向こうも次に会う頃には忘れているだろう」

そんな事を悔やんで集中を欠き、ダンジョンで命を落とされた日には『風の黒猫』の名折れだ。なので、俺は適当に【話術　レベル5】で慰めておく。

「そうだろうか？」

「そうですとも」「ええ」

その場の皆もウンウンとうなずく。

「そうだな、いつまでも引きずっていても仕方ない。また顔を合わせた時に謝るとしよう。では、出発――んん？　エドガーはどうした」

「僕が呼んできますよ。どうせ酔っ払って寝てるんでしょう。聖法騎士団の面汚しだ。あんなのが幹部候補だなんて」

「待て。あいつはさっき体調が悪そうだったから、休ませたほうがいいぞ」

アベルが呼びに行こうとするので俺はそう提案したのだが。

「いえ、怠けているだけですよ」

「よし！　アベル、叩き起こしてこい！　エドガーが血反吐を吐いていても構わん、連れてくるのだ！」

「了解です！　エリサ様！　引きずってでも連れて参ります！」

やれやれ、白い鎧を着ていてもブラックな職場だな。社員にはなりたくない。

「アレック、話が違うぞ」

恨めしそうな目をしてエドガーがやってきた。

「俺に言うな。休ませろと言ったのに、隊長様のご命令だ」

「病人をこき使うとは隊長もお人が悪い」

「何を言う、エドガー、体調管理も騎士の務め。反省してしっかり付いてこい。それと酒は没収だ。

全部出せ、【アイテムストレージ】の分も」

「やれやれ。オレは【アイテムストレージ】なんて都合の良いものは持ってませんよ。持ってたらこんなちっぽけな小瓶じゃなくて、大瓶や樽で飲んでるところだ」

「やかましい。いいから、さっさと隠している瓶を出せ」

「へいへい。今日はツイてない。そこの黒髪男が疫病神だな、きっと」

「アレック殿を悪く言うな。お前自身のその弱い心が疫病神を引き寄せているのだ。まず生活を改めるのだな」

「酒は清めのアイテムですがね」

「清めるにしても、赤ら顔になるまで飲むものではない。貸せ！」

　前途多難だな。

第一話　不審者の噂

「スペクター、三！」

「こちらの二体は我らが引き受ける！」

「なら俺達は北側の一体だ」

　第四層の積雪フィールドを進むが、これだけの人数がいると、戦闘もすぐに片がついて遊ぶ者が出る。エドガーなどはどこからか手品のように酒瓶を出しては戦闘中に飲んでいる始末だ。

「「クリア！」」

「エリサ様、ちょっとよろしいですか」

「なんだ、アベル」

「アレックさん達も見たところ、ここでの戦闘は楽にこなしています。我々が同行して手伝う意味はあまりないのでは？」

「む……」

　確かにアベルの言う事は正論だが、それだと暗殺者からの護衛もできなくなってしまうんだよな。

「いいじゃねえか。敵を半分こしてそれだけ楽ができるんだ」

「そうですねぇ。元々アレックさんと隊長がそういう約束をされたのです。我々は部下としてあと三日ほど、お手伝いすればいいではないですか。かの偉大なる聖人ネコスキーも『苦難の時のみ人の助けを求める者は助けを得難いものなり。まず平時から他人を助けよ』と仰せです」

エドガーとハウエルがやんわりとアベルの考えに反対した。

「そうよ、アベル。あなたはどうも個人的にアレックさん達が気に入らない様子だけどね」

マリンもからかうように言う。

「別に、そんなつもりは。ただ、我々はあくまで聖法国の調査任務のためここにいるんだ。それを忘れてはいけない。僕らは騎士で彼らとは目的も使命も違う。私利私欲で動く冒険者の手助けのために、本業の任務が妨げられなければいいけどな」

「ふむ、アベルが心配している事は分かった」

「おお、エリサ様、分かっていただけましたか！」

「うむ。だが、我々もまだ第四層の調査を始めたばかりだ。第三層まではマップを購入して簡単に済ませたが、ここは地下なのに風が吹き雪まで降る不思議な場所だ。アレック達も第四層は初めてだったな？」

「そうだ」

俺は力強くうなずく。

「ならば、我々が同行するのは利害が一致している。違うか？　アベル」

「いえ……何を利害とするかにもよるかと思いますが」

「決まっている。ここの調査だ。だがもし、聖法国の教えに背くような事があれば、約束を違《たが》えてでも私はテンプルナイトとしての任務を優先する。それで納得してくれるか」

エリサが俺とアベルを見て言う。

「問題ない」

「分かりました」

『やれやれ、良かった良かった。ここで別々では任務に支障が出るからな』

ネネが笑顔でうちのメンバーの誰かの思考を読んだようだが、ま、円満に話がまとまったのだ。国王や暗殺の話を持ち出さない限り、注意するまでもない。

エリサ達がネネを胡散臭そうな目で見たが、誰だって心の内を読まれると知れば、気分も落ち着かないだろう。

「よし、そろそろ日暮れの時間だ。一度地上に戻るぞ」

「「了解」」

今日も何事もなく、任務が終わった。

残り二日だ。

「ではまた明日」

「ああ」

エリサが宿に入っていくのを確認し、俺達はほっと息をついてその場をあとにする。

「あの、待って下さい」

大通りに入ったところで、騎士マリンが追いかけてきた。

「なんだ？」

「少し、アレックさん達にお話ししておきたいことが。そこの茶屋で話しましょう」

「ふむ、いいだろう。ジュウガ、リリィ、お前達は先に帰ってもいいぞ」

「おう、分かったぜ！」「うん！」

「あ、できればアレックさんとだけで……」

「待って、まさかマリン、あなたこんなエロ親父が気に入ったとか言うつもりじゃないでしょうね？」

　星里奈がこんな呼ばわりしてくるが、そういうお前も俺のセクロスが気に入ってるんだろうに。

「ええ？　いえいえ、プフッ、まさかぁ。私の父より歳も上っぽいですし」

　マリンはおかしそうに吹き出すと手のひらを振った。こっちは割とウェルカムなんだがな。まあいい。

「あの、正直に言うと、ネネちゃんに心を読まれるの、ちょっと落ち着かないので……」

「ああ、なぁんだ」「はう、ごめんなさいです」

「分かった。ネネ、気にしなくていいから、お前も先に帰ってろ」

「はい。じゃ、行くよ、松風」

「グエッ」

　ネネが松風に乗って宿に向かう。

「それで、何を伝えておきたいんだ？」

　茶屋で椅子に腰掛け、俺はマリンに話を聞いた。

「実は、こちらに来てから、ずっと誰かに見張られているような気がして……。アベルとも話したんですが、彼もローブの不審な男を目撃したと言っていました」

「ああ、その事か」

「え？　何か、ご存じなのですか？」

　国王の伝言を俺に伝えた男の事だろう。どう話すかな。

　星里奈は渋い顔をしてダメだというように首を横に振ったが、マリンに怪しまれても困る。ここは下手に隠さないほうが良さそうだ。

「王城に呼ばれる前の、身元調査みたいなものだ。三日前あたりに、国王と謁見したんだよな？」

　俺はその話を持ち出した。

「ええ、そうです。ああ、なるほど、グランソードの関係者でしたか」

「王城に呼ぶ人間を調べるのは、兵士として当たり前の仕事だろうからな、それは心配しなくていいぞ」

「ありがとうございます。ふふ、アベルが大袈裟に心配するから、私もつられちゃいましたね。あとでからかってやらなきゃ」

マリンは安心したのか、出てきたお団子をぺろりと平らげると笑顔で手を振って帰っていった。


「ねえ、アレック。私、暗殺者について調べてみようと思うのだけれど」

星里奈が言う。

「そうだな。確か、踊り子の双子だったか。そこまで分かっていれば、何か掴めるかもしれん」

「うん。それに、さっきは上手くごまかしたみたいだけど、五日前からグランソードの関係者が見張るにしても、もっと上手くやれると思うわよ。ここの宿の主人に話を通しておけば、協力してくれるでしょうし」

「む。それもそうだな」

俺への伝言係は温泉街に出ていた俺が戻ってくるのを見張っている必要があったが、エリサ達の周囲を見張るなら、『白き水鳥亭』の主人に任せたほうが確実だ。

「だが、それだとエリサが襲われた時にすぐに対処できないだろう」

「ああ、それもそうね……」

「本当に暗殺者がいるのでしょうか？」

ミーナがそんな疑問を抱いたようだが、まさかあの国王がここまで大袈裟な話にして俺を担ぐとも思えない。約束破りは威信に関わると言い切った男だ。冒険者のクエストも契約だから、嘘や冗談ではないだろう。

「いるものとして動くぞ。油断は無しだ」

「「了解！」」

第二話　暗殺者と若人の恋

翌日、星里奈が夜遅くまで聞き回っていたのか、あくびをこらえながら言う
「ダメ。非合法の依頼を受ける組織があるって聞いたけど、アサシンギルドの場所は分からなかったわ、ふぅ」

ま、非合法の組織の場所がすぐ分かったら、王城の兵士が真っ先に潰しているだろうな。

「俺も商人から非合法の奴隷を扱うところがあるとは聞いた。とにかく双子――いや、双子に限らず、見知らぬ人間がエリサに近づこうとしたなら、阻止しろ」

「了解。私の【エネミーカウンター】も役に立つと思う。使ったときしか分からないけど」

「ああ。時々、怪しいと思ったら使えばいい」

「そうね」

「それより、星里奈、今日の冒険は大丈夫なのか？」

「あら、へぇ、私を気遣ってくれるんだ？」

「勘違いするな。メンバーがヘマをして、俺や仲間の命が危険に晒されるのは御免だから聞いたまでだ」

「むぅ、何よそれ、私だけ仲間じゃないっての？」

「ふふ、違いますよ。星里奈さん。あなたを含めてみんなを気遣っての事ですよ」

イオーネが優しく言うが。

「絶対、そんなニュアンスじゃなかったわ」

やや不機嫌になった星里奈が、つんと顔を背けたが、ま、それくらいのやりとりができるなら体調も大丈夫そうだ。


「今日もよろしく頼む」

エリサが律儀に握手で挨拶してくる。なかなか

柔らかくて可愛らしい手だ。これで手コキしてもらうのもいいな。

「エリサ様、初対面じゃないんですから。さ、行きましょう」

アベルが俺を押しやるように割り込んできたが、邪魔な野郎だ。

「失礼だぞ、アベル。まあいい、行くぞ」

「「はい！」」「へいへい」「参りましょう」

二つのパーティーが連れ立って『帰らずの迷宮』の入り口に向かった。

「よう、アレック。今日も一緒か」

すっかり顔なじみとなった兵士がこちらを見て言う。

「そうだ。変わった新人は見たか？」

俺は暗殺者が出入りしていないかを、それとなく確認してみた。

「ああ、一人いたぜ」

「なに？　詳しく話せ」

「ふふ、黒髪の中年男で潜る度に女を増やす奴かな。確かアレックという名前だったぞ」

「くだらない冗談はやめろ」

「はは、そんなにマジになるなよ。だいたいお前は最初から金回りも良さそうだし、今まで他の新人なんて興味も示さなかったくせに、どういう風の吹き回しだ？」

チッ、面倒な聞き方をしてきやがる。

「別に。たまには新しい女もいいかと思ってな」

「けっ、こいつめ、そんなに金が儲かるなら、オレも冒険者になろうかな」

「やめとけやめとけ、お前なんてすぐに死んじまうのがオチだ。地上のほうがよっぽど気楽だぞ」

兵士達が軽口を言い合い始めたが、これでエリサ達には気付かれないだろう。

階段を下りる。

「ご主人様、左から冒険者、知らない匂いです」

ミーナが報告した。

「よし、なら、少し遠回りになるが、今日は右の通路から行こう。それでいいな、エリサ」

「分かった。そのほうがこちらも調査になるのでな」

エリサはすぐに同意してくれた。問題ない。

「アレック、お前、随分と周りの冒険者を警戒してるようだな。何か理由があるのか？」

エドガーがそんな事を聞いてくる。

「当たり前だ。俺達はここに来る前にＰＫで冒険者にやられかけた。ついこの間もルカが仲間だと思っていた奴に騙されて襲われたからな。油断はできないぞ」

「やれやれ、そりゃあ、金目当ての冒険者同士なら、そうなるかもな」

エドガーが自分達には関係ないという態度で肩をすくめた。

「エリサ様、やはりこいつらは危険では？」

「アベル、今日まで一緒に行動しておいて、どうしてアレック達が我々を襲うというのだ。それにさっきも兵士達が言っていただろう。金回りの良いパーティーなのに、金目当てでおかしな真似をするはずもない」

「その金をどこで手に入れたかも問題だと思いますけどね」

「冒険だ。モンスターや宝箱だぞ」

アベルにこれ以上は誤解させないよう、俺は言っておく。

「だと良いですが」

「ご主人様、前方からゴブリンの群れです」

「よし、くだらないお喋りはここまでだ」

それから何度か戦闘をこなし、俺達は第四層へと足を踏み入れた。

「アベル、話が違うじゃない」

歩いていると、マリンが小声で彼を窘めていた。

「僕のせいじゃない。彼らが悪いんだ」

そう言って意味ありげに俺を睨み付けるアベル。

「もう、子供みたいね。任務を忘れないでよ」

「当たり前だ。君に言われるまでもない。んん？　エドガーはどこだ？」

アベルが気付いたが、その場にエドガーがいない。

「あ、ホントだ。またいなくなってる。エリサ様」

「うむ。まったく……エドガー！　さっさと出てこい。サボっているとお前だけ任務を増やすぞ！」

「勘弁してくださいよ。別にサボってたわけじゃない。索敵をやっていただけだ」

走って戻ってきたエドガーだが、本当にこいつは集団行動に向いていないな。言い訳もこなれているようで面倒くさい奴だ。

「なら一言、声をかけてからにしろ」

「了解、次からはそうしますよ、隊長」

「ふん、枢密院の騎士は随分と勝手が違うようです。エリサ様、次からはメンバーを入れ替えて、法王派の我々だけでやったほうが効率がいいですよ」

「そう言うな、アベル。テンプルナイトに同行するメンバーの構成は私の権限ではないし、そこは派閥争いなど面倒な事もあるのだ」

「ああ……そうでしたね、余計な事を言いました」

しばらく歩くと、風が強くなり、雪もそれに混じり始めた。視界が一気に狭くなる。

「吹雪《ふぶ》いてきましたね」

「そうだな。全員、警戒を怠るな！」

「「はい！」」

当然、こちらも警戒だ。俺達は近づく冒険者がいないか、周囲に目をこらした。

「スペクターよ！　数が多い！」

レティが報告したが、通常は四体ずつくらいしか出ない亡霊が、十体近くも周りを取り囲んでいた。くそ、視界が利かない吹雪の時は、これがあるから怖い。ミーナの鼻も利かない相手だ。

「ちぃっ、さっさと片付けるぞ。レティ！　ここは魔法も惜しまず使え」

長引くのは良くないと判断し、俺は指示を出す。

「了解！　――我は贖うなり。主従にあらざる盟約において求めん。憤怒の魔神イフリートよ、鋭き劫火で敵を滅せよ！　【フレイムスピアー!!!】」

レティがお得意の炎魔法を使う。そのロッドの先から放たれた炎の槍が次々と浮遊するモンスターを貫いた。だが、彼女の力をもってしても、敵の数が多いため一息で全滅とはいかない。

「%■λ●☆Λ□◆◇……！」

スペクターはこちらには解読不能の呪文を唱え、炎の玉も飛ばしてくるので厄介だ。

「アチチ、くそっ、いちいち消えるンじゃねえ！　観念しやがれ！」

「おい、ジュウガ、無理に深追いするな。他の奴に任せろ」

俺は声をかけたが、モンスターが瞬間移動してくるため、どうしても乱戦気味になる。

「アレックの言う通りだよ、ジュウガ。ここで下手に追いかけると、剣が仲間に当たっちまう。周りをよく見て！」

ルカも注意を促す。

「なあに、そんなもの、さっさと片付ければそれでいいんだよ！」

「いけません、エドガー！」

ハウエルの制止を無視してエドガーが走り込んで勢いを付けて剣を叩き込んだが、その前にスペクターは瞬間移動で消えている。

「むっ」

剣の振り下ろされた先にはこちらに背を向けていたエリサがいた。

「「危ない！　エリサ様！」」

こちらもヒヤリとしたが、彼女は素早く反応して身を翻し、危なげなく自分の剣で受けきった。

「おっと、こりゃすまねえ、隊長殿」

「いや。だが、気をつけろ」

「『何をしているんですか、エドガー！』」

マリンとアベルがおかんむりだが、確かにエドガーの腕前にしては迂闊だったな。酔っ払いでも剣の腕はまともだと思っていたが。

「そう怒るな、わざとじゃないんだ」

「当たり前です！」

「クリア！」

「全員、怪我はないな？」

エリサのパーティーがエドガーに気を取られているので、俺はなおさら周囲を注意深く確認して言う。

「大丈夫よ」「問題ない」「平気です、ご主人様」

「よし」

「『まったく、隙の無い女だ』……はわ」

ネネが誰かの心を読んだようだが……今のは、どういう意味だ？

全員、そう思ったようで、お互いの顔を見ながら、微妙な空気になった。

「はは、アベル、こいつめ」

するといきなりエドガーが笑いながらアベルの髪をくしゃくしゃにする。

「な、何を。ちょっ、やめてください、エドガー」

「エドガー、何をしている」

「いや、叶わぬ恋に生きる若人をちょっと慰めてやろうかと思ってな」

「なっ……！　何を、訳の分からない事を！」

顔を真っ赤にして慌てたアベルは、なんだ、エリサの事が好きなのか。道理で俺に突っかかってくるはずだ。

「アベル……格好良くヒーローになりたい気持ちは分かりますけどねー。あなたの腕でエリサ様のピンチを救うのはちょっと、ふふ」

「だ、だから、違うと言ってるだろう、マリン！　今のは僕じゃない！」

「「「はいはい」」」

俺達は苦笑しながら、剣を納めた。

「……よく分からんが、今のはどういう意味なのだ？」

一人、状況を理解していないエリサが首を傾げた。

第三話　踊り子来たりて

「今日はクエストの最終日ね」

翌朝、準備を整えた星里奈が笑顔で言う。ま、色々とあったが、暗殺者は姿さえ見せていないし、ここまでは危なげなかった。護衛ミッションを国王に頼まれたときはどうなる事かと思ったが、割と楽勝だったな。

「ああ。あとは、延長なしだ。そこはきっぱり断る。相手が国王だろうとな」

「ええ、そうね。まあ、大丈夫じゃないかしら。暗殺者も出てきてないし」

「いいえ、アサシンギルドは執念深いとも言います。最後まで気を抜かないほうがいいですよ」

イオーネが珍しく真顔で言った。

「そうだな。もちろん、気は抜かないぞ」

「ええ」

「それに……」

「それに？」

「いえ、なんでもありません。グランソード国王のお言葉が少し気になっただけです」

「ああ、国王の情報だと暗殺者は双子の踊り子だったわね。派閥争いで自分の国の騎士を暗殺だなんて、困ったものだわ」

星里奈が腰に手を当てて言うが、まったくだな。

「いえ、そちらではなく――『何者も信用するな』。この言葉のほうです。暗殺者は変装して姿を変えるとも言いますから、すでに私達の身近な所にいるのかもしれません」

「ええ？　ないない」

星里奈は笑って手を振ったが、ふむ、変装も気をつけたほうがいいだろうな。

「星里奈」

俺は彼女の胸の先端を指で押す。

「ん？　あんっ♪」

星里奈は目を閉じて気持ち良さそうに色っぽい嬌声を上げた。

「うん、本物だ」

「アレック……！　それ、どういう意味よ！」

「気にするな」

お前はとびきり感度が良いからな。

「あ、あの、ご主人様、私も本物かどうか、確認して下さい……」

ミーナがモジモジしながら、申し出た。

「いいだろう」


「しなくていいわよ、バカ！　さっさと行くわよ！」

プリプリした星里奈に先導され、俺達はエリサの待つ『白き水鳥亭』に向かった。

いよいよ、今日で最後だ。


「お話があります、アレックさん」

宿に行くと、待ち構えていたようにアベルが出てきて言う。

「俺には無いぞ」

「いえ、真面目な話です。別に、あなた方に付いてくるなとか、そういう話でもありません。エドガーについてです」

「んん？　あの酔っ払いがどうかしたか？　あいつの酒好きは俺にもどうにもならんぞ」

「いえ、その事でもなく。どうしてあんなのが騎士団にいられるのか、それも不思議ですけどね。とにかく、昨日のエリサ様に斬りかかった件、僕はあれはわざとだと睨んでいます」

「その話か。あのな、アベル。そーゆーのは蒸し返さなければ誰も思い出したりしないもんだぞ。下手に言い訳するとかえって目立つだけだ」

「でっ、ですから、ネネさんが読んだ心は僕じゃないんです！　ああもう、認めますよ、僕がエリサ様に憧れていることは事実です。でも、あれは違う」

「ふむ……なに？」

もしもあの時のネネの【共感力☆】が読んだ心がアベルのものではないとしたら――『隙の無い女だ』というのは、まるで意味が変わってくる気がした。

「アベル、その話を詳しく聞かせろ」

「ええ。あっ……」

「よう、お二人さん。なんだ、珍しいな、お前らが仲良く話し込んでるなんて」

「エドガー……」

「そう嫌な顔をしなさんなって、アベル。オレが気に入らないのは分かるが、これも仕事だ。同じ騎士団として仲良くやろうや、な？」

「はあ……チッ」

「やれやれ。そこは嘘でもハイと言うところだぞ。青二才め」

「なんだと！」

「よさないか、二人とも。客人の前で騎士団の評判を貶めるような行動をするなと昨日言ったばかりではないか」

「も、申し訳ありません、エリサ様」

「さて、隊長。ちょうどいいところに。見ての通り全員揃った事だ。さっさと行こう。暇を持て余してるから喧嘩になるんだ」

「エドガーめ、お前が言う事か。出発だ」

アベルの話を聞きそびれたが、まあいい。探索の休憩時間に続きを聞くとしよう。

第四層に赴いた俺達は、モンスターを倒しつつ、新しい場所を歩き回る。

「ふう、そろそろ休憩にしよう」

エリサが少し疲れた様子で言う。

「そうだな。あの小屋で一休みするか。ついでに、飯にするぞ」

「やった！」「「「了解」」」

この階層にはモンスターが入ってこない安全地帯がいくつか存在している。吹雪も凌げるので俺達はその小屋の中で休む事にした。中は誰もいないのに火の入った暖炉もあり、暖かい。

「アベル」

俺はアベルの隣に座ろうとしたが、星里奈がその手を掴んで止めた。

「アレック、あなたはエリサ達に近づかないで」

「なに？　いいから放せ、エリサじゃないぞ、俺はアベルに用があるんだ」

「またアベルと喧嘩したの？　放っておけばいいのよ、あんなの」

また勘違いをしているな。どう説明してやろうかと思った時、ネネが声を上げた。

「あっ！」

「どうした？　ネネ」

「それが、外に、『死ぬ〜、凍える〜』と思ってる人たちが」

「ああ、通りすがりの冒険者か」

さっきのスペクターは寒がってる風でもなかったので、相手は人間だろう。

「なにっ！　それは、ちょっと見てくる」

「エリサ様、では、自分も行きます」「私も行きます」

アベルとマリンも立ち上がる。

「おい、よせよせ、ここに初めて来た奴なら、たいていの奴がそう思うだろう。人間、死ぬ死ぬと思ってるうちは死にゃしねえよ。ああ…こりゃ死んだなって納得したときが本当にヤバいんだ」

エドガーが止めたが、結局、エリサ達は外に出て行った。

「私も様子を見てくるわね」

「ああ、頼む、星里奈」

ミーナ達が作っている鍋の良い匂いが漂ってきたし、暖かいこの場に一度座ってしまうと外に出るのが億劫なので、俺も護衛の任務は星里奈に任せる事にする。ま、あの面子なら死にゃしないだろ。

「さ、ここならもう大丈夫だ」

エリサが戻ってきた。

早くドア閉めろよ。風が入ってきて寒いぞ。

「あでぃがとうございまずぅ、ずるっ！」

「じ、死ぬかと思ったぁー、ずびっ！」

お前ら、そりゃ死ぬだろうと思うような二人組が小屋に入ってきた。

鼻水を垂らしガタガタ震えているが、このエリアに、ヘソ出し踊り子ルックで来るとは。

寒けりゃ入り口で引き返せば良いだろうに、アホだな。

ん？　踊り子ルックだと？

俺はまじまじとそいつらを観察する。

二人とも小柄で、ＪＳくらいの体つきだ。髪の毛は銀髪で二人ともポニーテールにしている。

瞳の色は緋色。

二人とも顔つきがソックリだが、肌の色は小麦色と白で色違いだ。

まあ、双子と言って良いだろう。

「名はサーシャとミーシャ、踊り子の暗殺者で双子、レベルは二人とも23だそうだ」

と、グランソード国王から聞かされた暗殺者の特徴に合致している。

ここは当然、【鑑定】だな。

「むむっ？」

『レアスキルにより、閲覧が妨害されました』

と出た。

レベルはともかく、名前すら見えないとはかなりの妨害スキルだな。

となると、どうやって名前を聞き出すかだが……。聞いたところで、暗殺者が本名を名乗るわけが無いし。

この際だから、誤爆覚悟でサクッとやってしまうか？

いや、何も殺さなくても、ふん縛って無力化すればいいか。

「アレック、この二人にも食べさせてやってくれないか。暖まるには温かい料理が一番だ」

何も知らないエリサがのんきに言っているが。

「まあいいだろう。お前らはここに座れ」

俺の真ん前を指定する。エリサとは暖炉の鍋を挟んで反対側だ。

「うわ、妊娠させる気だ」

リリィが余計な茶化しを入れるが。

「リリィ、変な事は言わないの」

「そうですよ」

すでに察している星里奈とイオーネは、便乗せずに窘めた。

「ええ？」

怪訝な顔をするリリィを放置し、俺は双子の武装を確認する。

腰にナイフが一本だけ。こいつら、よくこんな装備でここまで辿り着けたな。

レベルは23前後のはずだが。

まあいい、これを取ってしまえば、体格も小柄だから楽勝だろう。

ミーナとアイコンタクトを取り、双子の背後からそれぞれ近づく。

「良い匂い！」

「うんうん、鍋だねえ」

よし、気づいてもいない。

楽勝だ、と俺が思った瞬間――

「そこまでだ。二人とも動かないでもらおう」

エリサが抜剣して俺の首筋に剣を突きつけてきた。

相手が違うのだが。くそっ。

どうする？

こいつらの正体を告げるか？

いや、それはダメだな。

どうしてこの双子が暗殺者だと分かったのか、そこを説明するのが難しい。

この双子も否定してくるだろうから、『ルカvs偽エルヴィン』の時の二の舞になりかねない。

ここは仕方ない、仕切り直しだ。


「なんのつもりだ？　エリサ」

俺はすっとぼけて澄まし顔で聞く。

イオーネや星里奈、アベル達も剣を抜いているので、一触即発の緊迫した状況になっているが……。

「アレック、貴殿は奴隷商人のスキルを持っているとも聞いた。私の目の前では、いや、とにかく目の届かぬところでも、おかしな真似はしないで頂きたい。それは騎士として見過ごせぬ」

エリサが硬い声で言う。目が据わってるんだよな。

「勘違いするな。こいつらを特等席に座らせてやろうと思ったまでだ」

「………」

疑ってるなぁ。まあ、当然か。

✧第四話　双子の暗殺者

　第四層の小屋で、俺達は双子の暗殺者に出くわしている。

　国王の情報通りだ。

　ただ、エリサには情報を全部話すわけにもいかない。込み入った事情があるからな。

　何にせよ、暗殺を阻止すればクエストは完了だ。

「とにかく、もう煮えただろう。みんなで食べるとしよう。話は食べた後だ」

　この双子に今ここで暗殺ができるほどの力量は無いと見て、俺は言う。

「いいだろう。さ、食べなさい」

　エリサも剣を収めて促す。

「「頂きまーす！」」

　当の双子は凄腕なのか能天気なのか、暗殺そっちのけで我先にと鍋料理をつつき始める。

「ミーナ、他の者にも渡してやれ」

「はい」

　ミーナがお椀に入れて、皆に手渡しで配っていく。

「はふはふ、美味しー！」

「うん、美味しい！」

　笑顔の双子はお芝居ではなく、本心だろう。身もだえまでしている。

「どうした、アレック、食べないのか？」

　お椀に手を付けない俺を見て、エリサが聞いてくる。

「いや、食べるが、俺は猫舌でな」

「そうか」

　双子は食べるのに夢中といった感じで、おかしな動きは見せていない。

　この分だと、今は何もしてこないだろうな。寝静まったときか踊りを見せるなどして、相手が油断している隙を狙うタイプだろう。

鍋に毒を入れさせないよう、鍋奉行はミーナに一任してある。

位置的にも鍋を挟んでこちら側にミーナ、その後ろに双子だ。鍋の向こう、反対側にはエドガーが座っており、彼の後ろがエリサなので、危険度は低い。

問題なさそうだ。


なら、今は俺も食べる事に専念するか。


「やっぱり冬は鍋だな」

「うん、この味付け、いいわね」

少し和んで、みんなで鍋料理をつつく。

結構な量を用意したはずだが、人数が多いせいかあっという間に無くなってしまった。

「あー、美味しかった。これで『こたつ』でもあればねえ」

「そーそー」

双子が言うが。

「ん？　お前ら、こたつを知ってるのか？」

「ハッ！　んー、オニーサン、ナンノコト？　アタシ、ソレ、ワカラナイ」

「ココナッツと聞き間違えたアルか？」

いきなり片言になったこいつらは、見た目は違うが、中身は日本人っぽいな。

ひょっとして、勇者か？

異世界勇者となると、強烈なスキルを持っている可能性がある。

ここは国王には悪いが、四の五の言ってられないな。

「全員、戦闘態勢！　聞け、エリサ！　こいつらは暗殺者だ！」

「なにっ!?」

「「なぬっ!?」」

「どういう事だ！」

「説明している暇は無い。レベルは23だが、油断するな。スキルは強力なのを持ってる可能性がある。ひとまず、縛り上げるぞ」

「ううむ……縛るだけだな？　事情は後で詳しく話してもらうぞ」

エリサも半信半疑ながら、同意した。これでよし。

「くっ、なんでいきなりバレてんのよ！」

「知らないわよ！」

双子が開き直ったが、白《シラ》を切ればどうなっていたか分からないのにチョロいな。

俺は先手を取り、双子の色白の方が腰に差しているナイフを剣で鞘ごと落としてやった。

「あっ！　こうなったら、サーシャ！」

「ええ、ミーシャ！　童貞キラーの私達の凄腕、見せてやるわ。まずは後ろ、童貞丸出しのおっさんからよ！」

誰が童貞だ、誰が。

だが、双子が二人とも振り返り揃ってこちらに体を向けた。

――何か、してくるな。スキルか!?

その前に一気に斬り込みたいところだが、俺が縛り上げると言ってしまった以上、いきなり殺すとエリサが暴走しかねない。

腹に蹴り込むかと考え直し俺が一歩踏み出したとき、双子が動いた。

「必殺！　ツイン、ミラクル、くぱぁー！」

――ほう。

俺は思わず、感心した。

仁王立ちの姿勢からミニスカートを一気に下にずらし、さらに両手でソコを引っ張って少女の神秘を見せつけてくるとは。

しかも二人同時に、だ。

その幼く見える体型と言い、まさにミラクルである。

童貞の頃の俺だったら、確実にヤバかった。

だが、今は違う。

リリィやネネで鍛えているからな。

ロリくぱぁの一つや二つで俺を魅了状態にできると思ったら大間違いだ。

だが、なかなか良い技を見せてもらった。

桜色のそれは、どこまでも美しかった。

良いものを見た。

当然、こちらも相応の技で応じなければ、失礼というものだ。

見せてやろうではないか、異世界勇者の実力ってヤツを！

そのためには、アレしかない。

この場にうってつけの大技があった。

「【亀甲縛り！】」

俺はレベル5Ｍａｘのエロいスキルを使う。

普通に結んでいたら相当な時間が掛かり、素人には結び方すら分からないそれを、俺は一瞬で完成させてやった。

「ええっ？　何これ!?」

「う、動けない!?」

後ろ手に縛られたまま天井から蓑虫《みのむし》のようにぶら下がった双子の少女。

そのぷにぷにした体に容赦なく食い込むロープは、あどけない神秘を一ミリも穢《けが》す事なく、見事に絡め取っている。

全裸よりもエロい。

「『ツイン・ミラクル・くぱぁ』……破れたり！」

俺は格好付けて言ってやった。

ミッション、コンプリート！

しかも芸術的なこの光景。

――Ｗｅｌｃｏｍｅ　ｔｏ　ｔｈｅ　Ｕｎｄｅｒｇｒｏｕｎｄ．

「きっ……」

ん？

「貴様ぁーっ！　この外道がッ！」

「くっ!?　よ、よせ、エリサ！　ぅわ何をする!?」

いきなり斬りかかってきたエリサに俺は動揺した。

彼女は守るべき護衛対象であり、初めから敵ではないのだ。

しかし、彼女が激高した理由もなんとなくだが、分かってしまった。

幼い双子の少女を、奴隷商人が有無を言わさず縛り上げた。

しかも、見るからに破廉恥な縛り方で。

これはやはり、何をどう説明しようとも、彼女にとっての悪、外道であろう。

「マリンッ！　双子を降ろしてやれ」

「はいっ！　エリサ様！」

「アベルとエドガーは双子の前に出て護衛ッ！　決して後ろを見るな！」

「はいっ！」「了解」

「ハウエルは目を閉じて支援魔法！」

「難易度、高いんですけどねぇ、それ。分かりました。私も同い年くらいの娘がいますので」

「後は私が片付けるッ！　いぇえええい！」

エリサの飛び込み大上段からの斬り込み。

レベルも技量も上の相手が、本気を出しているのだ。

こちらも本気で対応せざるを得ない。

激しく打ち合う剣。

押されている。

「ご主人様っ！　助太刀します！」

ミーナが飛び込んできた。だが、彼女が振るお

うとした剣は横から防がれる。

「おっと、そいつはさせねえぜ？　嬢ちゃん」

エドガーの剣だ。

「くっ、邪魔しないで下さい！」

「そうも行きません。自分は女性を斬りたくありませんが、アレに荷担するなら他に仕方ありません、お覚悟を！」

アベルもミーナを狙ってきた。まずいな。

「もう、なんでこんな事に……こっちは私が引き受けるわ。イオーネはアレックを」

「ええ、分かりました」

星里奈がアベルを止め、イオーネが俺の援護に加わった。

「仕方ないね、後ろの魔法使いはアタシが牽制する」

ルカが奥側に飛び込んでいく。

「お、おいおい、よせって！　なんなンだよ！　こりゃあ」

「落ち着いて下さい！　皆さん」

「はわわ」

「やっちゃっていいの!?　やっちゃっていいの!?　いいならサクッと行くけど」

他の人間は対応できていないが、まあ、仕方ないな。

「「よしっ、動けるようになった！」」

サーシャとミーシャ、双子の暗殺者が次に取った行動は――

「それっ！」

「えいっ！」

髪に挿していたかんざしを俺に向かって投げてきた。

そこで素直にエリサを襲ってくれれば、エリサもどちらが敵か分かっただろうに、くそっ！

「くっ」

俺は回避したが、そこにエリサの剣も同時に襲ってくるので、しゃれにならない。

「まだまだあるよ！」

「こんどはチャクラム！」

腰に付けていた円形の飾り、それを二つに割って投げつけてくる。アレが武器だったたか。

チッ、邪魔くさい。

もう先にこいつらを片付けるか。

「させんッ！」

サーシャとミーシャに斬り込もうとしたが、エリサが前に立ち塞がってくる。

この小屋は狭いので、迂回しようがない。こうなると剣の技量が物を言う。

「くそっ、仕方ない、一時撤退だ！」

劣勢の俺は撤退を決断した。エリサを倒すわけにはいかないし、他に手が無い。

「「了解！」」

「逃がすか！　アベル、回り込んでドアを固めろ」

「はいっ！」

エリサは撤退も許してくれない様子。

どうしたものやら。

第五話　裏切り

なぜか護衛対象であるエリサのパーティーとやり合う羽目になった俺達。

最悪の事態だ。

……。

【亀甲縛り】。

あの状況では良いスキルだと思ったのだが、完全に裏目に出ている。

「落ち着け、エリサ。その双子は暗殺者だ」

俺は事情を話して説得を再度試みる事にする。

「どうして分かる。彼女達に何かされたのか？」

剣を握ったまま対峙しているエリサが聞き返す。

「いや、だが、確かな筋の情報だ」

「その情報元が間違っているのではないか？　綺

麗な目だぞ、二人とも」

「だが、勇者のはずだ」

「「なんの事か、わかりませーん。ねえねえ騎士様、あんな奴、やっつけちゃいましょう」」

　しらばっくれやがって。

「そうですよ、エリサ様、迷う事はありません。奴隷商人の言う事など！」

　アベルめ。

　しかし、困ったな、国王の依頼だと正直に言ったところで、俺の言葉が信用できないというなら、この場は収まらないか。

　あー、面倒くせえな、もういいや。

「依頼は破棄だ！　この場は戦ってでも生き残るぞ」

「「了解！」」

　そうと決まれば、まずは一番弱そうなマリンからだな。ちょうどイオーネと対峙していて隙もある。

「ミーナ、時間を稼げ」

「はいっ、ご主人様！」

　エリサの相手を任せ、俺はマリンに背後から近づいた。

「【亀甲縛り！】」

「きゃあっ!?」

　一丁あがり。

「マリンッ！　おのれ！」

　さすがに動きの良い他のメンバーを縛るのは無理だ。

　だが一人を戦闘不能にしてやったから、これで少しは有利になるはず――

　そう思ったとき、エリサのスキルが炸裂した。

「【聖印《ホーリー》・悪破連斬《デストロイ》！】」

「あぐっ！」

「「ミーナ!?」」

「も、申し訳ございません、ご主人様……かはっ」

まずい、瀕死の状態だ。

「くそっ！　降参だ。フィアナ、ハウエル、治療を頼む」

俺は剣を捨て降伏を申し出た。エリサの性格なら、命までは取らないだろう。

「いいだろう、降伏を受け入れよう。治療してやれ」

「おい、奴隷が一人やられたからって諦めが早すぎるだろう。エリサもそう簡単に降伏を受け入れてもらっちゃぁ困るんだよ」

「何？　エドガー、何を言って……くっ！」

エドガーがエリサを後ろから斬りつけたが、それに素早く反応したエリサが自分の剣で受け止め斬り返した。

「やはり大した腕だ。隙も無いときた。よせ、ハウエル、こっちも降参するぞ」

「そうなりますか」

ロッドをアベルに向けていたハウエルが構えを解くが、こいつも枢密院派だったのかよ。危ねぇな。

ミーナをフィアナに治療してもらい、マリンの縄も解いて一息ついた。

「どういう事だ。話がまるで見えないぞ」

「「エリサ様……」」

マリンとアベルが困った表情をするが、この二人は法王派だな。

「つまりだな、オレとハウエルは枢密院派の上司ヴェルゾン伯爵から、アンタを失脚させろという密命を受けていたんだよ。場合によっては暗殺でもいいが、枢密院の仕業とバレたら都合が悪いからな。そこは表向き従者として振る舞ってた」

降伏したエドガーが洗いざらい説明した。

「な、なんだと……」

「だが、どうにもヴェルゾンのやる事は雑だ。暗殺者にしてももっと腕の良い奴じゃないと無理だろって話だ。そこ、お前ら、この状況でとんずらできると思うなよ？　顔も名前もバレてるんだからな」

不満げに言ったエドガーが鋭く後ろを睨む。

「そうですね、逃げてもらっては困ります、うふふ」

「『ひゃっ！　あうあう』」

抜き足差し足で小屋をこっそり出ようとしていた双子がイオーネに遮られて立ち止まった。

「むむ、その双子が暗殺者というのも本当の話だったか……」

エリサも納得できたようだ。やれやれ。

「で、エドガー、アンタは法王派に寝返ったって事でいいんだな？」

俺は確認する。

「ああ、ま、法王派がすんなりオレを受け入れてくれるならそれでもいいんだが、まず無理だろう。うちの家柄は枢密院派のど真ん中にあるからな。だからオレはここで死んだ事にしてもらって、冒険者でもやるさ」

「エドガーさんには申し訳ないですが、私のほうは家柄も大丈夫ですから法王派に寝返るという事で、よろしくお願いしますね、エリサ様」

ハウエルはニコニコ顔で頼む。

「ああ、だが頼まれても私はどうしていいか……」

「なに、簡単ですよ。事情を書いた手紙を一通、あなたの上司であるカブラー大司祭に送ってもらえば済みます。元々、大司祭からお誘いは受けてましたし」

「そうか。では、二人とも今後はおかしな真似はしないと誓ってくれるな」

「もちろんですよ」

ハウエルがうなずく。

「ま、誓えと言われれば誓うが、そこの暗殺者ともどもここでスッパリ首を切られても文句は言えんな」

エドガーは双子を見やった。

「「ひぃ、お助け！　私達はお金で雇われただけなんですぅ」」

「では、神に懺悔し、生き方を改めてもらおう」

「「はいっ、敬虔なファルバスの信徒になりますぅ」」

「あとは……」

エリサが俺達を見る。

ここは攻め所だな。

【話術　レベル5】でエグく行くぜ？

「オホン、ゲホッ、ウフン！　カーッ、ペッ！　エリサ殿、貴殿は暗殺者の魔の手から救って差し上げようとしたバーニア王国救国の勇者を事もあろうに根拠も無く襲い、再三の説明に耳も貸さず外道の奴隷商人と誹謗《ひぼう》し、さらにはこの俺の最愛の恋人を手に掛ける暴挙に出られた。ここまでは相違無いですな？」

「いや、済まなかった、私の誤解だ。一度ならず、二度までも……」

「謝って済むなら異端審問も牢屋も要らねーんだよッ！　無実の罪で牢獄に入れられた俺達の気持ちが分かるか？」

「うぐぐ」

「ねえ、そこまで居丈高に行かなくても、エリサの誤解も仕方ないところがあるでしょ。何も蒸し返さなくたって」

星里奈が擁護に回ってしまうが、まだ早すぎる。

「例の約束があったな、ここで使うぞ、星里奈。全力で俺を擁護しろ。命令だ」

「ええっ!?　くっ、なんだろう、この嫌悪感、悪魔に心も魂も全部売り渡せと迫られてる気分だわ……ごめん、それはできないわ」

「チッ、ええい、なら、ミーナ」

「はい、ご主人様、ご主人様は何も悪くもないのにこれは酷い扱いです」

さすがだ、ミーナ、お前は一生大切にしてやるぞ。怪我も治って良かった。

「……あの、気の毒だとは思いますが、エリサ様も何も悪気があったわけでは……」

「マリン、そりゃ一度目なら笑って水に流せるだろう。だが、お前は二回もエリサ様を無実の罪で牢獄に入れ、斬りつけて重傷を負わせるような奴を無罪放免にできるのか？　イエスと言うのなら、今から俺がそれをエリサにやってやるぞ？」

「えっ！　そ、それは……」

「お待ちを、罰はこの私が。奴隷商人と馬鹿にしたのも、あらぬ疑いを仕向けたのも自分です。エリサ様ではありません」

「殊勝だな、アベル。では、お前はこの場で沈黙を守るという罰だけで許してやる」

「いや、それは……」

「「あのおっさん、感じ悪ーい」」

双子が口を揃えて言うが。

「お前ら、エリサが許しても、俺に対する罪は別口だぞ？　王城とギルドに暗殺未遂で告発してやろうか。なんなら俺がお前らの首に賞金を掛けてやるぞ」

「「うっ、ははぁー！　それだけはご勘弁を」」

「よし。だがまあ、俺も鬼ではない。凄く大損で身の危険も感じたが、海より広い心があるからな」

そう言って俺はエリサのほうを見る。

「エリサ、お前には俺が勇者だという情報を秘密にする事と、あとは前回の謝罪分である一週間の協力の約束、これを誠実に守ってもらうだけで良しとしよう。それで後は全部水に流そうじゃないか」

「おお、かたじけない、アレック殿」

「「「え？」」」

鳩が豆鉄砲を食ったような顔をしてる奴らがい

るが、エリサに処女を寄越せと迫ってもアベルやマリンが必死の抵抗をしそうだからな。そこは俺も成算を考えての事だ。

「ただし、そこの双子の暗殺者については更生教育のため身柄を預からせてもらう。俺は、ＰＫなんてする奴は絶対に許せなくてな……。俺と気の合う冒険者もそれで命を落とした。良い奴だったのに」

俺は首を振り振り悲しみのポーズを取る。

「え？　誰それ？」

「そんなのいたっけ？」

星里奈やリリィが首を傾げてるが、ディルなんとかの事だ。いいぞ、フィアナがハッとした顔でうつむいた。これで俺に好印象を持つに違いない。

「ああ……分かった。ご友人に関してはお悔やみ申し上げる」

これでほぼ、国王のクエストは完了だな。

エドガーに確認しておかなければならないが、奴も諦めて寝返ったからには、他に暗殺者はもういないはずだ。

エピローグ　ルカの買収

一週間後、俺達はエリサのパーティーと握手して円満に別れた。

エリサは終始申し訳なさそうにしていたので、これは脈があるかもしれない。

国王からは約束通り五十万ゴールドと、ミスリルのショートソード一本、プラチナ通行証、それに『早希《さき》』という名の奴隷女を報酬として受け取った。

さらに一週間後、王城から呼び出しがあったので、再びルカと俺は城に向かった。

この前と同じ殺風景な応接室で国王と面会する。

偽エルヴィン、本名アンドレの身元確認が取れたそうだ。

「ふむ、ルカよ、アンドレの身柄はもう良いと言うか」

国王が言うと、ルカがうなずいた。

「はい、他の国で指名手配になっているという事でしたら、他にも恨んでる者がいるでしょうし、そちらに引き渡してやって下さい。どうせ牢獄入りなら、アタシはそれでいいです」

罪が明確になり、牢屋にぶち込んだおかげで、ルカの気も晴れたらしい。ルカが良いと言うのなら、俺も別に偽エルヴィンに何かされたわけでもなし、それで構わない。

「そうか、ま、ＰＫをやった奴だからな。一味ともども死罪でいいだろう。こちらのほうが罪が重いのでな、他国に引き渡しはせん」

国王が気さくな感じで笑って言ったが、言っている中身は結構苛烈だ。

「そうですか。それでいいです」

ルカもあっさりとうなずく。身分詐称や国王に対する偽証など他にもあるだろうし、まあ、これも身から出たサビだ。

偽名で勇者を騙ったりＰＫなんてしていれば、いつかは捕まる。

「決まりだな。アレック、早希のほうはどうだ？」

早希は国王から報酬の一つとしてもらった女奴隷の名前だ。名前を聞いたとき、もしやと思ったが、やはり早希は異世界から来た人間、日本の女子校生だった。

「ええ、会って一週間ですが、すっかりなじんでます」

「それは良かった。明るい性格で同じ黒髪だから気は合うだろうとは思ったが、アイツを選んで正解だったな」

「そうですね」

「さて、これで用件は済んだな。二人とも他に何かあるか？」

「いえ、何も」

「ありません」

「なら、これから酒場でオレが飯を奢ってやろう」

王様に酒場で飯を奢ってもらうというのは、微妙だな。どうせなら王宮料理が食いたいところだ。

「なりませんぞ、陛下。これから貴族との昼食会がございます」

気むずかしそうな白髪の大臣が言う。

「ゼノン、少し延期にするなり、キャンセルなり、できないのか」

「できませんな。これも国王としての立派な務めですぞ」

「仕方ない。というわけだ、お前達は下がって良いぞ。飯はまた今度にしよう。ご苦労だった」

「はい」

城を出ようとして城門に向かうと、黒髪の女の子が俺に走り寄ってきて抱きついてきた。

早希だ。

ショートカットで、やや小柄だが、元気は有り余ってる感じの元女子校生。

彼女はこの世界で一年前に勇者として呼び出されたが、賭け事で負けて奴隷となっていたそうだ。

「ダーリン！　会いたかった！」

「お前、さっき見送りに来たばっかりだろう」

「そうだけどぉ」

早希は出会った直後から俺に対する好感度はＭａｘだ。なぜかは知らんが。

「陛下は？　一緒じゃないん？」

「いや、貴族との昼食会があるんだと」

「あー、残念！　タダ飯、食いそびれたわー。どうせ、ゼノンのジジイが邪魔したんやろ？　あのジジイ、堅物のフリして相当な腹黒スケベやで？　ウチに向かって開口一番、真顔で『舐めろ』とか言いよってん」

「まあ……奴隷だったからだろ」

「まあ、そやけど、そこは普通、名前を聞いてからやん」

「そうだな」

「ルカも、そう思うやろ」

「えっ……あぁ、いや」

軽く話を振られたルカだが、顔を赤くすると困った顔で目を背けてしまった。

「なんや、いきなり舐めるのありなんか？　まあええわ。じゃ、宿でお昼、食べる？　ウチ、カツ丼がええな」

この世界では異世界人――地球から呼ばれて来ている奴も多いので、割と日本食も食える。

「ふむ、そうするか」

「決まり！　んで、食べた後は、そのままいちゃラブセックスね！」

「声がデカいぞ。あと、パーティーメンバーの前でセックスを連呼するなと言っただろう」

ウインクしてくる早希に俺は言う。

「ああ、ごめんごめん、でも、ルカはタダの傭兵やろ？　アレックを狙ってるん？」

「い、いや、そうじゃないが……先に行く！」

ルカが走って行ってしまった。ここは俺もきちんと注意しておく事にする。

「早希、今のはなんか感じ悪いぞ。アイツは傭兵と言っても黒猫軍団よりワンランク上、ほとんど正規メンバーみたいなものだからな」

「うん、知ってる。だから、ちょっと煽ったってん。アレックに脈があるから、落とすなら今やで？」

「ええ？　仲は悪くないが……」

脈なんてあったか？

「そこは押していかんと。向こうも声を掛けられるの待ってるし、掛けてやらんと、女としての自信も無くして男嫌いになってまうで？」

「それはいかんな。後で、声は掛けとこう。軽くな」

「うん」

カツ丼を食べ、早希といちゃラブセックスをしたあと、ミーナにルカを部屋に呼んでもらった。

「アレック、何か用か？　うっ！」

俺が裸なのを見て、凍り付くルカ。

「ああ、こんな格好で悪いな、ルカ」

「そ、それは別にいいが」

回れ右して後ろを向く奴。

どーなんだろうなー。分からん。

「ルカ、これは断っても別に問題ないんだが、暇なら俺と遊んでみるか？」

「あ、遊ぶって……何をするんだ？」

「そりゃ、ベッドの上で男と女が遊ぶと言ったらやる事は一つに決まってるだろう。ナニだ」

「ええ？　アタシとか？」

「ああ。別に無理にじゃないぞ。ここで断っても今まで通り、普通にパーティーに入れてやるから。まあ、別にしつこく言い寄ったりしないから安心しろ」

「うっ……」

断らないという事は、セックスに興味があるんだろう。もう一押しか。

俺は使えそうなナンパ用スキルのリストを見てみるが。

「んん？」

【買収　レベル5】　New!

今朝見たときは無かったスキルが一つ、増えていた。

グランソードの国王からは【カリスマ　レベル4】もコピーさせてもらったが、いや、あの大臣のほうかもな。

早希の話だと、相当な腹黒らしいし。

どんな感じか、ちょっと使ってみるか。

「ま、タダでやらせろと言うのも、良い女のお前からしたら不満だろうからな。百ゴールドでどうだ？」

「む、金を出すのか……わ、分かった。アタシも傭兵だからな。金を稼がないといけないし、装備も良いヤツが欲しいんだ。別にお前が好きだから抱かれるとかじゃないぞ？」

「分かった分かった。じゃ、今日は百ゴールドな」

次から十ゴールドにして、それでも乗ってくるかどうか試してみよう。

「ああ」

「じゃ、来い」

「うっ……あのさ、実を言うと、アタシ、男とやった事が無くて……」

ワイルドな体つきのくせに、恥じらうルカ。ナイスだ。

「大丈夫だ、リードしてやるから、俺に任せておけ。男好きにしてやろう」

「いや、それはしなくていいけど、普通に頼む」

「分かった」

側に寄ってきたルカを抱き寄せ、まずは優しくキスからしてやる事にする。

ライオンのような黒髪のコイツが、目を閉じてぷるぷる細かく震えているのを見ると、なんだか吹き出しそうになってしまうが、どうせファーストキスもまだだろうしな。真面目にやっておく。

「んっ……」

「嫌な事があれば、少し変えてやるから、すぐ言えよ」

「だ、大丈夫だ」

「じゃ、遠慮無く」

ディープキスで口を開けさせ、舌を吸い取る。

初めはやられっぱなしだったルカも、自分から応じてきた。

たわわに揺れている乳房を揉む。

「ひゃっ！」

「痛かったか？」

「い、いや、ちょっとびっくりしただけだ」

「なら、もっとしてやろう」

「ええ？　いや、別に、あっ！　んっ」

「しないと、先に進めないぞ。胸が嫌なら、こっちのお尻でも良いが」

「ああっ！」

元々露出度が高い服を着ているルカだったが、これは誘っているのではなく、単に男を知らないだけだったか。

湿った汗で小麦色に輝く健康的なお腹を撫でてやると、ビクビクと筋肉を痙攣させ、可愛らしい声を出してくれる。

「お前、思ったよりもいいな。エロいぞ」

服を脱がす。

「なっ、へ、変な事を言うな、あんっ！　あっ！　こ、こら、く、くすぐったい、ああんっ！」

「こら、逃げるな。足を開け」

「ちょっ、何を、ああっ！　そんなところ、舐めるな、あっ、ああっ！」

逃げようとするルカを捕まえ、舐め上げて責め立てる。

「くうっ！　な、なんだこれ、凄い！　アレック、ああっ！　あーっ！」

快楽の表情で固まったルカは軽くイったようだ。

今のうちに入れてしまおう。

処女のくせに、だらだらとよだれを垂らして待ち構えていたルカの下の口はスムーズに俺の物を飲み込んだ。

動く。

「んっ!?　あっ、ああっ、あんっ、や、やめろ」

「痛いのか？」

「そうじゃないけど、こ、こんなのは、んっ、あんっ！」

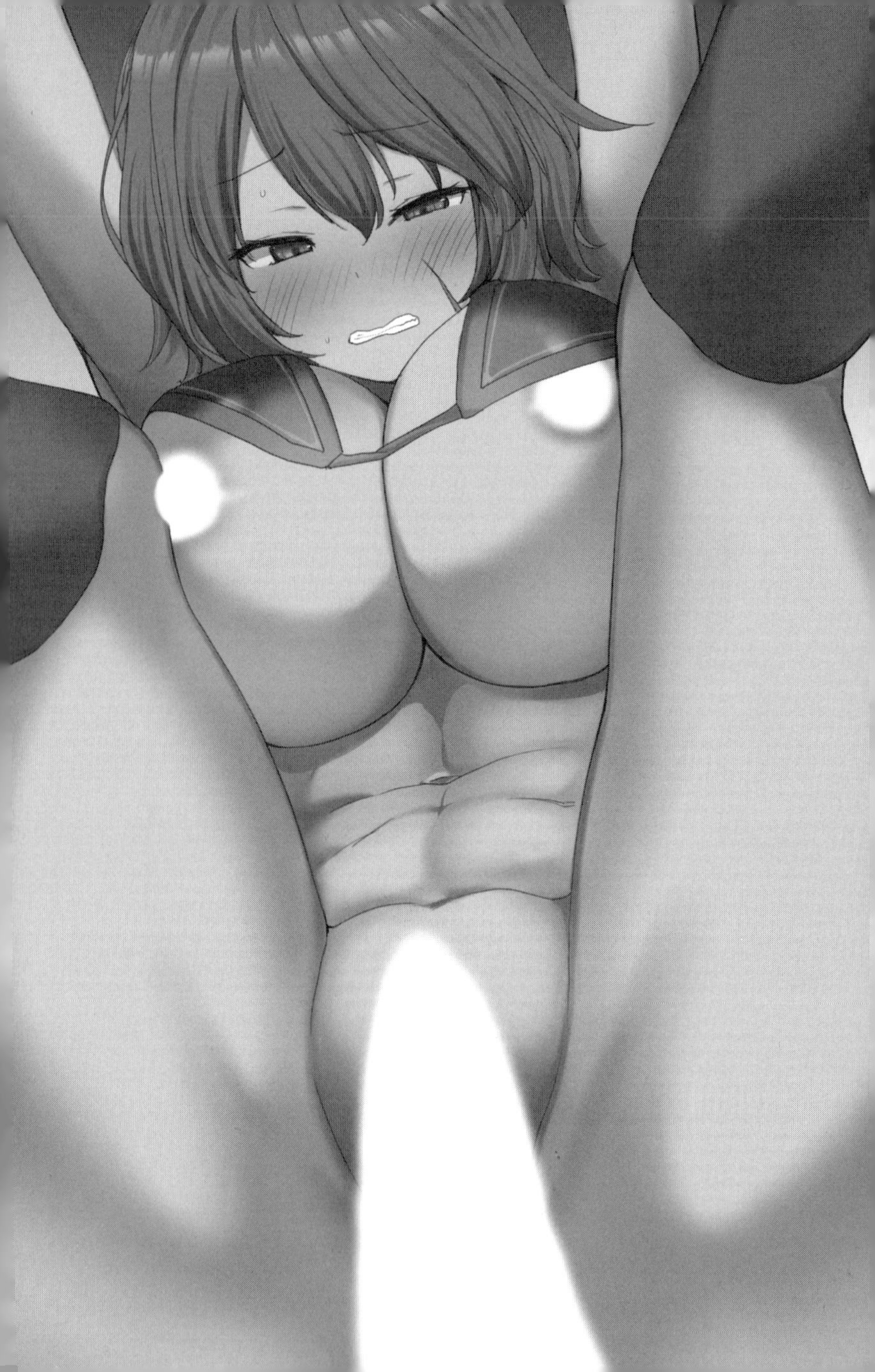

「もうちょっとで終わるから、任せておけ。もっと気持ち良くしてやるぞ」

「だ、ダメっ、これ以上、気持ち良くなんてなったら、ア、アタシは、ああああーっ！」

うん、良い声だ。こりゃ、確実に男好きになったな。

良い事だ。


一週間後、星里奈が怖い顔で俺の部屋にやってきた。

「ちょっと。ルカに、たった十ゴールドで売春させてるって聞いたけど、どういう事？」

「売春と言っても俺だけが買ってるんだぞ？」

「いやいや、そこじゃなくて、十ゴールドってところが大問題なのよ」

「それを言うなら、お前はタダだろうが」

「ええ？　まあ、そうなっちゃうけど……」

「一回の冒険で千ゴールド以上稼ぐ奴が、金欲しさに売春すると思うか？　セックスしたいからお前達の手前、口実にしてるだけだろ」

「んー、それもそうね」

納得したようだ。怒る前に、よく考えろと。

「ねえ、私も、十ゴールドで買わない？　今」

「そうだな、一ゴールドなら買ってやろう」

「くっ、なんでルカより下なのよ」

「なんとなくな。さあ、どうするんだ？」

「うう、じゃ、今日だけ大サービスで」

星里奈が服を脱ぎ、見事なバストを出してくれた。

第八章(裏)ルート　雷の道

✧プロローグ　見てはならないモノ

少女が俺の目の前で自慢げに話している。黒髪ショートの彼女は軽装で、胸元を大胆に開いたシーフ風の服を着ている。彼女が手を動かす度に、その柔らかそうな谷間が忙しなく揺れ動いた。

「――でな、ウチがもっとええ商売がありますよっちゅうて、グランソードの王様に言うたったら金貨百枚をポンと出してくれてな。面白い、やってみろ早希、こう来たわけや」

「そ、それで早希さん、そのお金はどうしたんですか？」

金貨百枚と聞いて緊張したミーナが問う。

「決まっとるやろ。大臣は反対しとったけど、全額突っ込んでの焼きそばと海の家が見事大当たり！　もう今頃は元手もバッチリ回収できたはずや」

「あぁ、それは良かったですね。あ、ご主人様、お注ぎしますね」

「うむ」

ミーナが甲斐甲斐しく酒瓶を傾け、木のコップにワインを注いでくれる。

「待ち、ミーナ。もうダーリンは酒が回り過ぎや。さっきから目が据わってろくに話も聞いてない感じやん」

「いぃや、俺はぁ酔ってないぞ」

ちょっとろれつが怪しいだけだ。あと気分が良いだけ。

「そうだそうだ、男ならそんな小せえコップでチビチビやらずに、顔色が青くなってひっくり返るまで風呂桶で飲め」

「おう、ひっくり返らない内は酔った内に入らねえからな！　親父、レモンサワーお代わり！　不凍液と防腐剤入りで！」

隣のテーブルにいた赤ら顔のドワーフ達が桶を景気よく振り回す。よし俺もと思ったが、注文しようとした手を早希がそっと押さえる。

「あかんよ。酔っ払いはみーんなそう言うんや。そろそろ遅くなったし、今夜はもうお開きにしよか」

「そうですね。さ、ご主人様」

「酔ってないとぉ言ってるだろう。俺を酔っ払い扱いするのはやめろ」

ミーナの手を振り払おうとしたが、彼女はさっと俺の腕を組んでしまった。

「じゃ、マスター、金はここに置いとくでー」

「あいよ」

二人に連れられ酒場の外に出る。涼しい夜風が火照った頬に当たって気持ちが良い。

「早希さんは色々、商売もできて凄いですね」

「いやいや、褒めてもなーんも出んよ？　ウチも何度か失敗してるしな。奴隷落ちしたんもそれが原因やし」

「ああ、そうだったんですか……」

「ウチもまだまだ青かったわ。んん？　あいつら、あそこで何してんのやろ？」

早希が気にした方向を見ると、数人が水路を囲んで何かやっていた。

全員、茶色のローブを着込み、フードで顔を隠している。その者達が二人がかりで持った大きな袋は、中で何かが暴れていた。一瞬人間でも入っているのかとぎょっとしたが、出てきたのは体長一メートルくらいで魚のようだった。

ドボンと水路に飛び込んだ魚はすぐに見えなくなり、苦労していた奴らもほっとした様子を見せた。

「上手くいきました、スカーレット様」

「ビークワイエット！　私の名前を迂闊に出さないで下さいな。誰かに見られていたら事ですわ」

一人だけ気取った言い方で叱ったのは女の声だった。声は美人の気がするが、残念ながら離れていて顔はよく見えない。

「も、申し訳ありません。では、すぐに戻りましょう。ここに長居は無用です」

「ええ、ザッツライト、行きますわよ。これでギルド長も私達をAランクに昇進させるしかなくなるでしょう。レジェンドなロードマップの始まりです。フフフ」

ローブ姿の数人は向こうの路地の暗闇へと消えていった。

「なんや、気になる話やったなぁ、今の」

「ええ。何か見られてマズい事をしていたみたいですけど」

「マズい事っちゅうてもなぁ。魚を水路に放しただけやん。誰かのペットでも勝手に放流したんかもな。高い観賞魚っておるやん」

「観賞魚ですか。変わり者の貴族の方がそういうことをしているという話も聞いたことはありますけど……」

「ま、こっちの世界じゃあんまり熱帯魚を飼ったりはせんか」

「しないですね。普通、お魚は食用ですから」

「せやなぁ。ま、貴族が魚探しのクエストでも出したら、教えたるかな」

「はい」

早希の言う通り、もしも魚を盗まれて探している貴族でもいれば情報提供してやればいいだろう。スカーレットという名前も聞いたし、連れを叱っている彼女がリーダーのようだった。

ま、割とどうでもいい。

「くぁ……ふぅ」

「ふふっ、ダーリンがあくびしてるし、さっさと帰ろ」

「はい、そうですね」

不可解な出来事だったが、俺達は何が王都に起きようとしているかを理解できていなかった。

――まだその時は。

第一話　襲われた子供

朝は地獄だ。

凝り固まった全身の筋肉と関節、それに干からびそうなほどの喉の渇き。ひょっとして糖尿病かなと思うのだが、転移前に受けていた健康診断ではシロだったし、前からこうなので俺の体質なのだろう。

「うう……」

それにこのだるさ、二日酔いだな。先週も酒場で飲みすぎたのだが、酒を飲むときにはすっかり忘れていた。次は気をつけるとしよう。

「おはようございます、ご主人様。お水を」

ミーナが陶器のコップをすっと手渡してくれた。

ひとまずグビッと飲み干し、水分を体に補給する。その途端、全身一つ一つの細胞が一斉に生き返ったような心地になった。

「ふう……。ミーナ、このコップは新しく買ったのか？」

「はい、市場で良いのを売っていましたから」

「そうか。高かったんじゃないのか？」

「いえ、それほどでも」

「ならいいが」

ここは中世風異世界だからな。どの程度の技術レベルなのか、俺も詳しく把握していないので、物の値段も曖昧だ。しっかり者のミーナが高くないと言うのなら無駄遣いではないだろう。

それに国王から褒美をもらったばかりだ。少しくらい奮発してもいいではないか。

ミーナに着替えを手伝ってもらい、俺は気分良く階下に降りる。

『竜の宿り木邸』の食堂は誰もおらず、がらんとしていた。椅子に座ってぼーっとしていると、ミーナがスープの入った皿を持ってきてくれた。

「どうぞ、ご主人様」

「おう」

ミーナと二人で静かにスープをすする。

俺と目が合うと、彼女はニコっとはにかんだ。

昨晩はベッドの上で激しくヤってミーナも色々な表情を見せてくれたが、それを思い出した俺は口元が自然と緩む。

窓から差し込む朝の爽やかな陽光が二人を明るく照らし、祝福してくれているようだった。

俺はスプーンを皿の上に置き、ミーナの柔らかな唇にそっと手を伸ばす。すると――

「おう、アレック、ちょうどいい、起きてきたなら、カードに付き合え」

唐突に横から無粋な男が空気も読まずにダミ声を投げ入れてきた。

「マーフィー、お前は少しは遠慮というものを覚えたらどうだ。今、この二人だけの雰囲気が分からなかったか?」

俺は不機嫌さを隠そうともせず、しかめっ面で睨みながら鎧姿の戦士に言う。

「ふん、分かっていたからこそ、声を掛けたんじゃねえか。いちゃつくなら自分の部屋でいちゃつきやがれ、このバカップルが」

「そんな馬鹿っぽい事はしていなかっただろうが。いちいちひがむな」

「フン」

「バ、バカップルだなんて……」

ミーナが自分の赤くなった頬を触り、まんざらでもなさそうな照れ笑いを見せた。

「あの、ところでマーフィーさん、今朝は冒険には出かけなかったんですか？」

「ああ、それなんだが、ギルドの掲示板に緊急ミッションが告知されててな」

「え？　緊急ミッションですか……」

「詳しく聞かせろ、マーフィー」

「おっと、そういう事なら、大銅貨一枚だぜ、アレック」

「マーフィー、お前は知り合いから金を取ろうってのか？　いちいちセコいな」

「何とでも言え。オレは幸せなリア充とやらが大嫌いなんだ。世界の幸福は均衡が取れてこそ、平和が保たれる。だろう？」

「やかましい、もっともらしい事を言うな。だいたい、お前の幸福とやらは大銅貨一枚で均衡が取れるような安っぽい物なのか？」

「いいや。だが、お前さんが大銅貨一枚でケチケチして不幸になるのは確実だからな。へっへっへっ」

小憎らしい野郎だ。

「んー、仕方ないですね。じゃあ、私が」

ミーナが本気で払おうとするので俺は止める。

「馬鹿、そんな金を払うんじゃないぞ、ミーナ」

「せや、誰かが不幸になるような金は使うたらあかんなぁ」

早希が戻って来たようだ。黒髪ショートの彼女は軽装のシーフ風の装備に身を包み、勝ち誇った笑みを見せた。

「早希か、ちょうどいい、冒険者ギルドに緊急ミッションが出ているそうだ。もう情報は仕入れたか？」

「もちろんや！　商人は他人よりいち早く飯の種を仕入れてなんぼやでぇ？」

「さすがだな」「くそっ！」

頼りになる奴だ。国王からの褒美ということでもらい受けたが、当たりの人材だな。

「じゃ、詳しく聞かせてもらおう」

俺はスープを飲みながら、ゆっくり話を聞く事にした。

「貼り出しは今朝、依頼主は国王。お忍びやのうて、正式な王城の依頼や」

早希が言うが、俺はすぐに疑問が湧いた。

「騎士団や兵士を使わずに、冒険者を使うのか？」

「そういうお仕事もあるかもやけど、今回はとにかく急ぎっちゅうのが理由や思うで？　実際、緊急扱いやしな。褒美は一万ゴールド。王城からにしてはちょっとしょぼいクエストやけど、情報や調査のミッションやし、ドラゴンを倒してこいなんていう話よりは楽でええんちゃう？」

「調査か……何層だ？」

俺はてっきり、『帰らずの迷宮』の話かと思って聞いたのだが。

「ちゃうちゃう、これは街の地下水路の話や」

「なんだ、下水か」

それなら、国王が騎士や兵士に任せたがらないのも分かる。臭いのは誰だって嫌がるからな。

「いや、下水やないよ。生活排水のほうや。グランソードはその辺、上下水道がきっちり整備されとるし、街も綺麗やろ」

「ふむ」

そういえばこの宿にしてもぼっちゃんトイレではなく、水洗式になっている。

リアルな地球の中世ヨーロッパでは家の前の道路にそのまま排泄物を投げていたという話も聞く。だが、さすがに異世界勇者が転移してくるこの世界では、衛生観念も広まっているようで、ちょっと不衛生なバーニア王国でも投げ捨ては行われていなかった。

「それがな、水路から飛び出してきた魚に子供が襲われて大怪我をしたらしい」

マーフィーが黙っていられなくなったか、依頼の内容を披露した。

「それは街中でモンスターが出たという事なのか？」

この世界の街は周囲に頑丈な塀を作ってモンスターの侵入を防いでいる。聖職者フィアナの話によると、魔除けの効果のある祈りも時々捧《ささ》げているらしい。

そうしなければ、普通に魔物がうろついている世界だ。夜もおちおちと寝られなくなるからな。

俺がその大事な点を確認するとマーフィーは小馬鹿にしたように笑った。

「ハッ、アレック、子供の言う事だぞ？　街の外につながる水路は鉄柵で塞がれているし、モンスターは簡単にここには入って来ねえよ。どうせただの悪戯、狂言だ」

「む」

「せやね。王城の兵士が柵の状態を疑って水路を歩いて確認したそうやけど、どこも壊れてないんよ、これが」

「だが、子供は実際に怪我をしてるんだろう？」

「うん。神殿で治療中やそうや」

モンスターではなく、子供が自分で怪我をしたり、人間の仕業の可能性もあるが……まあ、これは調査が必要かもな。一週間前に怪しげな連中が水路に放流していた魚の事も気になる。まさか、街の中にモンスターを連れ込む馬鹿はいないと思うが……。

「よし、早希、全員に招集を掛けてくれ。今から調査するぞ」

スープを食べ終えた俺は席を立った。

「はいな」

すべては調べれば分かることだ。

第二話　クラン『サンダーロード』

　全員が装備を調えたところで、俺達はまずは冒険者ギルドに向かった。新しく依頼《クエスト》の条件が追加されているかもしれないし、最悪、すでに誰かがクエストを完了している可能性もあるからな。緊急時こそ、情報の確認や更新は大切だろう。慌てて飛びつけばいいってものでもない。

　だが、翼と靴が刻まれた看板の建物に入るなり、俺は悪態をついた。

「くそっ、もう殺到してるのか」

「うわー、めちゃんこ人がいるね！」「はわわ」

　リリィやネネも驚きの声を上げるが、冒険者が歩く隙間も無いほどに中はごった返している。満員電車ほどではないが、これではカウンターに行く気が失せるな。

「じゃ、どうしようか。私か早希が確認して……」

「ほんなら、星里奈はカウンター、ウチが掲示板でどやろ？」

「ええ、それがいいわね」

　星里奈と早希が役割分担をすぐに決めると、二人ともさっと移動を開始した。

「じゃ、俺達は外で待つことにするか」

「はい」

　二人に任せ、外で待とうとしたその時、奥から大きな声が聞こえてきた。

「さあ、帰った帰った、緊急ミッションは終了だ！」

「緊急ミッションは終了でーす。クラン『サンダーロード』が専属依頼として請け負いました！　終了でーす！」

　専属依頼とは、掲示板に貼られた紙を剥がし、その冒険者だけがクエストを独占で受けられるようにする行為だ。それで競争相手はいなくなるし、腰を据えて調査ができるようになる。もっとも、失敗したときには違約金が課されるなど、ペナルティもかなり大きいのだが。

「ふざけるな！　緊急ミッションに専属は無いはずだぞ！」「そうだそうだ！」

他の冒険者も声を張り上げ、揉め始めた。俺はそこまでは知らなかったが、緊急ミッションでは専属は認められないらしい。

――これはチャンスだな。

「すぐに全員ここを出るぞ。イオーネ、星里奈と早希を呼んできてくれ」

「分かりました。ふふ、何も聞こえなかった事にしますね」

「そうだ」

イオーネは俺の考えが読めたようで微笑んで二人を呼びに行った。

「エー、いいのぉ？　アレック。なんかずるいよ、それって」

リリィが疑問を挟んでくるが、彼女もニヤニヤと笑っていて心の中では賛同のようだ。

「いいんだ。反対の声も上がっていたし、俺達には確認する手段が無い、そうだろ？」

どちらか分からない時に、じっと待ち続けて何も行動しないのは賢いとは言えないからな。打てる手は打っておくべきだ。

「エー？」

「さすがアニキ、ああ言えばこう言う、切り返しがスゲえな」

ジュウガは素直に感心しているが、口だけ巧くてもな。ま、俺も極悪人じゃないから、人を騙すために【話術】を使ったりしないのだ（※美少女を除く）。

「おっ、ヘイヘイ、チミ達、なかなかイカしてるパーティーじゃん？」

俺達が星里奈達を表で待っていると、チャラそうな軽装の冒険者が話しかけてきた。こうやっていきなり褒めから入ってくる脈絡の無い奴には要注意だ。

「ああ？　なんだお前」

ジュウガが怪訝な顔で聞き返したが、この手合いには無視が一番なんだがな。

「ミーかい？　ミーはね、ちょっと顔が広くて、人脈っつーの？　友達が多くてさぁ、それを活かして仕事の斡旋ボランティア、まあ、言ってみればギルドの仕事みたいな事をやってるっつーか」

「ああ？　ギルド職員なのか？」

「いや、そーゆーわけじゃあないんだけどね、へへへ」

自分が何者かをはっきり名乗らないのも特徴的だな。現代の地球から言えば、協会を名乗ったり、消防署のほうから来ましたと言ってくる詐欺師の連中だ。

「じゃあ、アタシらはアンタなんかに用は無いよ。とっとと失せな」

ルカが剣の柄に手を掛けて凄んだが、こういう感じで今まで変な虫が寄りつかなかったのだろう。良い事だ。

「おいおい、待てよ、そこはブラザーアンドシスターだろぉ、オレら冒険者は。その辺、助け合ってウインウインで行こうぜ。だいたい、あんたらギルドの前で待ってるって事は、クエストを見に来たっしょ？　どうだい、ちょっとバイトするだけで銀貨一枚のお得な仕事、引き受けてみないかい？」

「銀貨一枚!?　やるっ！」

「アホ」

レティが銀貨に釣られて引き受けると言ってしまった。

「お、いいねえ、いいねえ、そう来なくっちゃ」

「ダメだ、引き受けないぞ。リーダー権限だ」

「おっと」

「ええ？　じゃあ、今回は私一人だけで受けるわよ」

「レティさん、それは勝手すぎますよ。私達はパーティーなんですから」

ミーナが咎めたが、レティの立場はネネの教育係という契約で、パーティーというわけでもないんだよな。

「ええ？　そうだったっけ。とにかく、話くらいはいいでしょ。向こうで話しましょ」

「待て、話はここでしろ。ヤバイ話じゃなきゃ、ここでできるはずだ」

俺は男を牽制しつつ言う。

「へへ、手厳しいですねえ、リーダーさん。じゃあ、ここで話しますけど、簡単っす。ちょっと地下水路を歩いて壊れていないか、調べるだけのお仕事！　どーよ？　チョー簡単じゃん？」

「「「ええ？」」」

男の説明に皆が怪訝な顔になるが、そりゃさっきの緊急ミッションと中身が一緒だろう。

しかも、金貨一枚の仕事を、銀貨一枚でやらせて、その差分をまるまる中抜きしようという魂胆だろうな。

「なんだ、そんな話は興味ないわ。やらない」

さすがにレティも馬鹿ではないので、引き受けないと言った。

「ちぇっ、じゃあな。おっ、そこのチミ！　ちょっと耳寄りな話があるんだけど、聞いてってよ」

チャラ男は愛想悪く俺達から離れると、すぐに別の冒険者に声をかけ始めた。斥候ではなく、人材を集める意味でのスカウト役らしい。

「おまたせ、アレック。今の誰？」

「気にするな、星里奈。赤の他人だ」

「聞いてよ、星里奈。アイツったら、さっきの緊急ミッションを銀貨一枚でやれって話を持ちかけてきたのよ？」

レティは気が収まらないようで、内容も話した。

「なにそれ。うーん、ひょっとしたら『サンダーロード』の連中かもね。そうやって専属依頼を他の冒険者に委託して回るクランがあるそうよ」

「たぶん、それやろなぁ。みんなも気をつけたほうがええで？　専属依頼なら失敗した時にペナルティもあるし、だいたい働きもしない奴にお金をちょろまかされたら嫌やろ？」

「イヤー！」「決まってンだろ！　当たり前だべ」

「ええ、神もお許しにならないでしょうね」

皆口々に嫌だと言ったが、当然だ。

「よし、じゃ、さっそく地下水路に向かうぞ」

「「了解！」」

小汚い事をやる『サンダーロード』の奴らには負けたくない。俄然、やる気が出てきたぜ？

俺達は我先にと地下水路に向かった。

第三話　王都スパーニャの地下水路

石畳の路地の端、目立たぬ場所に水路の入り口があった。

「ここが地下水路の入り口や」

案内してきた早希が言う。

念のため、鼻で嗅いでみるが、不快な臭いはしない。

ミーナとネネの犬耳コンビも、すでに【悪臭耐性】のスキルがあるので大丈夫だ。

「よし、中に入るぞ」

「お任せ下さい、ご主人様」

ミーナが張り切って先頭を切る。ま、今回は調査が任務のメインだから、ダンジョンとは違ってそれほど警戒しなくてもいいだろう。ここは街中であり、モンスターがあふれかえっていれば最初から討伐のクエストになっていたはずだからな。

安心してミーナに先頭を任せ、星里奈、イオーネ、ジュウガ、ルカの前衛組が続き、明かり持ちのリリィと聖職者のフィアナ、それから魔法使い師弟コンビのレティとネネが中衛組。そして最後尾が俺と早希だ。

「うふっ、ダーリン♪」

早希が俺に腕を組んでしなだれかかってきた。

「おい、早希」

いくら危険が無い場所とはいえ、今はパーティーの任務中である。そこはけじめを付けたいところだ。ベッドの上ではいくらでも甘えてもらって良いのだが。

「早希さんッ！　今はそんな事をしてる場合じゃないですよ」

ミーナが振り向くと割と厳しい声で叱ってきた。

「おっと怖い怖い。はいはい、そうやね、今はピシッと調査と行こか」

そこは新入りの自覚があるのか、パッと手を放した早希が今度は真面目に調査を始める。

「ほいでも、特におかしな所は無さそうやねぇ」

周りを見回すが、高さ二メートル、幅三メートルのトンネルは、特に異常は無さそうだ。俺達は真ん中の水路を挟んでいる幅一メートルほどの通路を歩いている。最初から人間が通れるように設計してあるようで、これなら、足がずぶ濡れになる心配もないか。

しばらく歩くと、向こうから松明の明かりが近づいてくるのが見えた。

「ご主人様、人間のパーティーです」

「よし、適当にしゃべりながら行くぞ」

ＰＫと疑われないための知恵だ。

「お腹空いたー」

「あ、それならリリィ、ウチが飴ちゃんを持ってるで」

「おおー、早希、ありがとう！」

「早希、オレにもくれや」

「ええよ。はい、ジュウガ。他にも欲しい人がいたら、手ぇ上げてな」

『はいっ！』「グェッ！」

「なんや、ネネと松風もかいな」

「はう、私は別に」

「まあ、ええからええから」

「んま〜」

のどかなパーティーだ。

「よう、兄弟、そっちは随分と大所帯だな」

「まあな」

「アンタ達も緊急依頼の金目当てかい」

「そういう事だ」

「じゃ、教えてやるが、この先は異常が無かったぜ。街の外へつながる鉄柵も無事だ」

「そうか、まあ、俺達は自分の目で確かめるから、礼だけは言っておく」

「ハッ、なかなか慎重じゃねえか。じゃあな」

四人組の戦士らしきパーティーが「今の金髪、いい女だったな」と言いながら去っていく。

すると、今度は杖に明かりを宿した魔法使いのパーティーが通りかかった。

「どうも」

「おう」

「なんや、この調子だとぎょうさん冒険者がここに潜ってるようやね」

通り過ぎてから早希が言う。

「ま、ギルドにもたくさんいたものね」

星里奈が同意したが、これだと一番乗りは難しいか。だが、乗りかかった船だ。適当に歩き回って【オートマッピング】を埋めていけば、何か掴めるかもしれない。

薄暗い石畳の通路を魔法のランタンで照らしながら、歩く。

「うっ」

何も無い所で、唐突にミーナが立ち止まったので、俺達全員が警戒した。

「どうした、ミーナ」

「ああいえ、大丈夫です。ちょっとキツい香水の匂いがしたものですから。人間のパーティーが来ます。女性ですね」

「アレック、変な事はしないでよ」

「星里奈、お前は俺をなんだと思ってるんだ」

野獣扱いするなと。

「エロ親父？」「スケベ親父だよねー」

アホ共が好き勝手な事を言い出す。

「違います。ご主人様は立派なエロ紳士です！」

ミーナが擁護したつもりか、そんな事を真面目な顔で言うものだから皆が爆笑した。

「余計な事を言うな」

「すみません」

「あらあら、にぎやかな事ですね」

ミーナが言った通り、人間のパーティーが通りかかった。十人以上いて、向こうも結構な大所帯のようだ。通路が二本あるので、ぶつからずに通り過ぎる事ができるが、相手はこちらを警戒したのか、前衛がスピードを落とし、剣まで抜いた。

「ちょっと。こっちはＰＫするつもりは無いわよ？」

「どうだかな」

星里奈が文句を言うが、相手は警戒心を解いていない。

「ノープロブレムでしょう。キープステイ、剣は納めなさい」

「は、しかし、スカーレット様……」

「おい、スカーレット様が納めろとおっしゃっているのだぞ。さっさとしろ」

「りょ、了解」

真ん中を歩く赤いローブの女魔法使いがリーダーのようで、随分と宝石やら装飾品できらびやかに飾っているな。これは貴族で間違いないだろう。

だが、名前はスカーレットか。先週の深夜、水路に魚を放流していた奴もスカーレットという名前だった。癖のある喋り方だから、同一人物のはずだ。

見た目はなかなかの美人である。年は二十歳くらいか。銀髪に空色の瞳で、気品と自信に満ちあふれた笑顔だ。ローブの上からでもはっきりと分かるグラマーな体型ときた。そそるな。

護衛の騎士達が鋭い眼光でこちらを警戒する中、俺達は普通に通り過ぎた。

「ああ、そうそう」

思い出したようにスカーレットの足が止まる。

「皆さんもご存じないようですから、私がアナウンスしておきますが、王城がオファーしていた緊急ミッションはすでにジエンド、終了していますよ」

「星里奈」

俺が迂闊《うかつ》に受け答えすると貴族の反発を招きそうなので、返事を任せることにする。

「あ、はい、ご丁寧にどうも」

「ええ、ではビーケアフル、グッバ～イ」

皆、黙ったまま、歩く。しばらくして、リリィが口を開いた。

「ねえ、今のってさぁ、『サンダーロード』って奴じゃないの？」

「でしょうね。『サンダーロード』のリーダーはあのオースティン魔法学院を首席で卒業した天才魔術士が率いてるって話よ」

星里奈が言うが、ほう、首席か。

「フフン、そんなわけないわ」

「ええ？　どういうこと、レティ」「先生？」

「あの程度の明かりの魔術で、首席を名乗るだなんて笑わせてくれるって言ってんの。あの女の使ってる魔法を見た？　ほんの小さな明かりの魔法で、さっきの魔法使いのパーティーよりも小さかったでしょ？」

「どうだったかな。だが、それだけでオースティン魔法学院かどうかは分からないだろ」

「分かるわよ。オースティン魔法学院はね、一流の学校なの。入るのもとても難しい試験があって、卒業も簡単じゃないわ。鬼のような魔導師達のいじめに耐え抜いた、才能と根性のあふれる天才だけが卒業を許される魔術の最高学府よ。それをあんなへっぽこな魔術士が、はんっ、それも首席だなんて笑わせるわ」

「レティ、それじゃ、あなたは明かりの魔法が弱かったからという理由だけなのね？」

星里奈が確認するが。

「他にも理由はあるわよ。あのスカーレットは、いい、ここにいるみんな、耳をよーくかっぽじって聞きなさいよ？　あの！　サンダーロードの！　スカーレットは！　指に！」

「おい、レティ、ちょっと声がデカいぞ」

俺は注意する。地下水路の中で大きな声が反響していた。なにせ相手は貴族、スカーレットに悪口を言っていると思われたら事だ。

「はい、レティ、そこまで。飴ちゃんや」

そう言って早希がサッとレティの口に飴を押し込んだ。ナイス。

「むぐっ、んぐっ、くくっ。ちょっと！　何するのよ、早希！　思わず飲み込んじゃったじゃない」

「ええやん。胃の中に入れれば同じやし。ほら、もう一個あるで」

「まあいいけど、美味しかったから頂戴」

早希が俺に向かってウインクした。上手くレティを黙らせたな。

「よし、いったん神殿に行くぞ。襲われたという子供の証言が聞きたい」

「そうね。私も気になってたから」

星里奈がうなずき、俺達はいったん地下水路をあとにした。

第四話　証言

俺達は街中でモンスターに襲われたという子供に話を聞くため、神殿を訪ねた。

「あのすみません、私達はモンスターに街の中で襲われた子がいると聞いて話を聞きにやってきた冒険者なんですけど」

星里奈が神殿の中にいた僧侶に話しかける。

「ああ、冒険者の方ですか。いいですよ。こちらです」

現代の病院なら患者のプライバシーがどうのこうのと、なかなかこうはいかなかっただろうと思うがあっさり部屋に案内された。

「彼がそうです」

ベッドに横たわった少年は小柄でまだ小学生くらいの年齢だろう。左腕と右足を包帯でぐるぐる巻きにしており、かなり酷い怪我のようだった。

「ああ、酷い、なんて事でしょう。私がヒールを掛けてあげますね。――女神エイルよ、我が願いを聞き入れたまえ。ヒール！」

フィアナが魔法を唱え、少年の体が淡い光に包まれた。

「ありがとうございます、司祭様」

「いえ、どういたしまして。傷のほうはどう？」

「それが、ここの司祭様にも治癒の魔法を掛けてもらったんだけど、一週間はかかるだろうって」

「そう。ちょっと見せてもらっていいかしら？」

「うん」

フィアナが包帯を解くと、肉がえぐられたようになっていた。

「うえ、こりゃ酷えな。よく我慢してるじゃねえか」

ジュウガが顔をしかめて驚くが、確かに酷い傷だ。

「痛み止めの薬ももらってるんだ。それよりお兄さん、あのモンスターを早く退治してきてよ。冒険者なんでしょ？　あんなのが街にいたら、みんな僕と同じ怪我をしちゃうし、もっと小さな子は食べられちゃうかも」

「よし、オレ様達に任せとけ！　な、アニキ」

「ああ。心配するな。必ず俺達が退治してきてやる」

俺はいつになく真摯な眼差しで少年に約束してやった。コイツよりもっと小さなロリっ娘が命を落とせば、貴重なロリが減ってしまうからな。

「ありがとう！」

「それで、そのモンスターはどういう奴だったんだ？」

「結構大きかった。これくらいはあって、洗濯用の水を汲みに行った時にいきなり水面から飛び出してきたんだ。魚みたいだったけど」

少年が手を広げたが一メートルくらいだな。やはりあの時スカーレットが放流していた魚の大きさと一致する。

「分かった。ここはもういい、行くぞ」

俺達は神殿を出る。

「ねえ、アレック、モンスターの色や形を詳しく聞かなかったのは、何か当てがあるのよね？」

星里奈が聞いてきた。

「ああ。スカーレットと呼ばれている奴の手下が、水路にあの魚を袋の中から放流しているのを見たからな。先週の事だ」

「ええっ！　まさか、わざとモンスターを街に連れ込んだ人間がいるの？」

「オイオイ、マジかよ」

「信じられないね、まったく」

「はわわ」

皆が驚くが、自らも危険があるのだ、普通はそんな事を思いつきもしないだろう。たとえ弱いモンスターであっても、法律で禁じられているのは間違いない。だからこそ、スカーレット達は茶色のローブで変装し、深夜にこそこそ放流していたのだ。

「でも、ダーリン、相手は貴族、平民のウチらの証言だけじゃ、ギルドに通報ってのも厳しいと思うで？」

早希が言うが、表だって訴えても、逆にこちらが罪人にされかねないな。

だが――

「一人、当てがある。付いてこい」

俺はニヤリと笑い、そいつがいる場所へと向かった。


王都の中央にある城、その立派な門の中に入る。

門番兵士は俺がプラチナ通行証を見せて用件を告げると、すぐに通してくれた。

「アレック、こっちだ」

騎士が案内役を務め、この間の殺風景な部屋に通された。


その中で待っていた精悍な国王がこちらを振り向いて腕組みをする。今日はお忍び冒険者の格好ではなく、きちんと王冠も被っての正装だ。

「オレに直に話があるそうだな、アレック」

「はい」

「いいだろう。なに、こちらも先日、無理な願いを聞いてもらったばかりだしな」

そう言って国王がニヤッと笑うが、前回のエリサの護衛の一件もあるからな、それくらいは報《むく》いてもらわないとな。

「お、王様じゃねえか!?　どういうことだ、アニキ」

ジュウガが驚くが、そういえばコイツには護衛ミッションが国王のクエストだとは話してなかったな。

「ま、気にするな」

「えぇ？」

「フフ、オレとアレックは知り合い、冒険者仲間というヤツだ」

　そう言って俺の肩を馴れ馴れしく叩いてくる国王。一緒に冒険した事はないのだが、ま、それくらいは好きに言わせておこう。

「マジかよ、すっげ、アニキ！」「はぇー」

「陛下、今回の緊急ミッションの件ですが、原因は鉄柵や地下水路の崩壊ではありません」

　俺は結論だけ手短に伝える。

「なに？　つまり別の原因があったということか？」

「はい。とある冒険者が水路にモンスターをわざと放流しただけです」

「馬鹿な！　危うく子供が死にかけたのだぞ？　何のためにそんな事を」

　国王が怒りをあらわにするが、そこまでは俺も掴んでいないので、肩をすくめるしかない。

「理由までは。とにかく、この目で水路に魚型のモンスターを放流するところを偶然にですが目撃しました。名前と声も聞いています」

「言え」

「相手が貴族であっても？」

「むう。構わん。お前達の身の安全はオレが保証する」

「では、クラン『サンダーロード』のスカーレット」

「ほう」

　国王がアゴに手を当て考え込んだが、そこまでの驚きは無かったようだ。

「アレック、その目撃情報、本当に間違いはないのだろうな？　クラン『サンダーロード』といえば大所帯だ。私怨や何かで喧嘩を売るつもりなら、よしたほうが良いだろう。あそこはお前達よりずっと大きな組織だぞ？　クランリーダーのスカーレットもそうだが他にも何人かの貴族がバックにいるし、商売上手だから金回りもいい。大商人とも取引していたり、うちも何度か取引しているクランだ」

「やり方が気に入らない相手ですが、別に私怨ではないです」

「匂いも彼女でした。間違いありません」

ミーナが言うが、決定的だな。

「……よかろう。実は以前、ちょっとした事があって、こちらもスカーレットのクランは調査した事があるのだ。Bランクとなっているが、彼女自身は第四層をクリアしておらず、他の冒険者から討伐報酬『イエティの魔石』を不正に受け取ったという通報があってな」

「それで結果は？」

「何も。確たる証拠は掴めなかった。ギルド長には次の審査、『サンダーロード』のAランク昇格の審査は厳しくしておけと内々に通達したが、それだけだ」

証拠が出なければ、手が打てないか。

「アレック、スカーレットを調べろ。お前達なら何か掴めるかもしれん」

「報酬は？」

「十万ゴールド。今は大臣にオレも睨まれていてな。無駄遣いができん」

「期限無しという事なら、引き受けましょう」

「いいだろう。やはり取引する相手は嘘の無い奴がいい。経歴を偽る者が王城に出入りしてはと、警備担当者もうるさくてな。それにモンスター調査の緊急ミッションもまだ完了した冒険者はいない。期待しているぞ」

やけに買われてしまったが、ま、あくまで期待だからな。命令として受けたわけじゃない。

俺達はスカーレットの調査を引き受け、宿に戻った。

第五話　ダブル調査

「よし、今日はパーティーを二つに分けて、手分けして調査をやるぞ」

俺は少し本腰を入れて今回の緊急ミッションに取り組む事にした。別に国王の頼みだからというわけじゃない。

スカーレットの経歴詐称疑惑と、『サンダーロード』の手口が気に入らないと思った、それだけの話だ。

すでに予想はついていた事だが、緊急ミッションは終了しておらず、専属依頼にもなっていなかった。依頼主の国王が俺に頼むと言ったのだ、たとえギルドの手続きとして受けられない事があっても、あの国王ならばきちんと報酬を払ってくれそうだからな。

「それがいいわね。地下水路は結構広くて網の目みたいになってる感じだったから。紛れ込んだモンスターを探すのは苦労しそう」

星里奈が言うが、調査するのはそこだけではない。

「『サンダーロード』とスカーレットについても徹底的に調査をやるぞ。ランク詐称や学歴詐称もな」

「ハッ！　アレック、私を信じてくれるんだ!?」

別にレティだけを信じたわけではないのだが、まあ、ここはうなずいてやるか。

「そうだ。スカーレットは色々と怪しいところがある」

国王も調査を入れるくらいだからな。

「あでぃがどお～！」

「チッ、いいから鼻水を垂らしたまま抱きついてくんな」

俺はレティの頭を押さえつけ、危険物を避けた。

「ほな、ウチが『サンダーロード』とスカーレットについて調べてくるわ」

早希が手を上げてくれたが、適任だろう。彼女は商人の伝手《つて》があるのか、情報収集は上手い。

「ああ、頼んだ。それと、星里奈もそっちに回ってくれ」

「ええ、分かった」

「残りのメンバーは昨日と同じ、地下水路の調査だ。今回は固まってやらずに、手分けしてやるぞ」

「「「了解！」」」

地下水路には他のモンスターや危険な罠もなく、冒険者が殺到していたから、固まって移動する必要はない。ＰＫにしても、人目が多いからやる馬鹿はいないだろう。

「よし、出発だ」

俺の部屋を出てぞろぞろと階段を下り、外に出ようとしたとき、カウンターにいた女将《エイダ》が声を掛けてきた。

「アレック、アンタに手紙だよ」

「手紙？」

国王からだろうか。受け取ってみるとそこにはこう書かれていた。

『サンダーロードのスカーレット様は、オースティン魔法学院を首席で卒業している』

「んん？　なんだこれは」

俺は少し面食らい、巻物の羊皮紙の文面を確かめたが、そこには『ギルド長バニング』と署名してあるだけだ。たった一文だけ……か。

「エイダ、これはギルド長が持ってきたのか？」

俺は女将に聞く。

「いいや、革鎧の冒険者さ。指名クエストでももらったかい？」

「そんな用件じゃないぞ。これを見ろ」

エイダは中身を見ていなかったようなので、渡して見せてやった。

「んん？　なんだいこりゃ？　なんだってこんな

のをアレックに？　まあ、だいたいの察しはついたね、これを出したのは『サンダーロード』の連中だろう。アンタ達も気をつけな。専属依頼を安い報酬で丸投げしてくるような、セコい連中さ」

「ああ、連中の手口はもう知ってる。大丈夫だ」

「どういうつもりなのかしら？　牽制や脅しかな？」

星里奈が言うが、それは出した奴に聞いてもらうしかない。俺と国王のやりとりが連中に知られているようだが、この手紙の文面だけではそこまで読み取れないし、割とどうでも良い。

「さてな。だが、こんな事で俺達が怯《ひる》むと思ったら大間違いだぜ」

俺は不敵に笑ってみせると、街中を歩き出した。

「おっと、ポーションを買っておくか」

途中でポーションが少なくなっている事を思い出した俺は道具屋に寄る事にした。

「ちょっとここで待っててくれ」

「分かったわ」

「おや、アレックじゃないかい。ちょうど良いところに」

店に入ると、道具屋の店主がニヤッと笑う。

「んん？」

この道具屋では時々ポーションを買うだけで、俺が名乗った覚えは無いのだが、星里奈達が俺の名を呼ぶので覚えられたのだろう。

『サンダーロード』について調べてるんだろう？

良い事を教えてやるけど、『サンダーロード』のスカーレット様は、あのオースティン魔法学院を首席で卒業してるんだってさ」

「なんだ、そんな話か」

「顔の広い貴族に逆らうのは馬鹿のする事だ。もっと賢く生きるんだね、アレック」

「ふん。大きなお世話だ」

俺はポーションの代金を置いて道具屋を出た。

「ねえ、知ってる？　『サンダーロード』のスカーレットって人、もうAランク間違い無しなんだって。ギルドにも顔が利いて、Bランクに上げてもらった人もたくさんいるって。マジ凄くね？」

「やだ～凄い、アタシぃ、ファンになっちゃいそう。っていうかもうファンかも！」

　今度は屋台で買い食いしている若い女性二人組か。

「ちょっと……あの人達も『サンダーロード』のメンバーなのかしら？」

　星里奈が道ばたのゴミでも見るような目つきで顔をしかめながら言う。

「ちゃうやろな。『サンダーロード』は金持ちか高レベルの冒険者しかメンバーに入れないって話やし。おおかたどこかで金をバラまいて、バイトを集めてサクラをやらせてるんや」

　早希が答えた。

「うわ、アホらし。そんなお金があったら、お団子でも買えば良いのに」

　リリィが言うが、そうだな、団子でも買うほうが良さそうだ。だいたい金でバラまいた評判など、いつかボロが出るに決まっている。

「ほな、ダーリン、地下水路、頑張ってな」

「おう」


　星里奈達と別れ地下水路に行ってみると、やはりと言うべきか、今日もたくさんの冒険者がそこでうろつき回っていた。

「うへー、多いなぁ。こりゃ魚退治は先を越されそうだべ」

　ジュウガがため息混じりに言うが、それならそれでいい。誰が倒そうがモンスターがいなくなれば街は安全になるのだ。調査の方は一万ゴールドぽっちのクエストだしな。

「じゃ、魚を見つけたらさっさと退治して、そのままギルドのカウンターに報告しろ。その場合は、俺を通さなくてもいい。対応できないような問題があれば俺に報告だ。いいな？」

「「「了解」」」

俺が入り口で一人待っているというのが一番確実なのだが、何もせずに報告だけ待つというのは退屈で面倒だからな。俺も探して回ることにする。

メンバーの何人かには松明を持たせ、バラけて地下水路の探索を開始した。

第六話　地下水路の闇

薄暗い通路を、【覗き見】を全開にして歩く。ちょっと視界は限られているが、通路は基本まっすぐなので特に問題はない。曲がり角も近くまで来れば気付く。

「だが、これだと異常は見つけられないか……」

水路に水があるかどうかまでは分かるが、水路の底は見えないので、これでは魚型モンスターがいるのかどうかまでは分からない。少し失敗した。だが、他の明かりを持ったメンバーが見つけてくれるだろうし、このまま俺は歩き回ることにする。

「うおっ！　なんだよ、人間か。脅かすなよ」

途中、俺が明かりを持っていないので、姿に気付いた冒険者がびっくりしたりする。

「悪いな」

悪気は無いのだ。謝って進む。

「うわっ！　ふう、なんだ人間か」

「悪いな」

ちょっと楽しくなってきたので、わざと足音を消し、近づいたときには両手を上げてみる。

「ばぁ！」

「きゃあ！　変質者！」

今度は少女の冒険者が悲鳴を上げた。いいね、怯える少女の表情と声がグッとくる。

「待て、俺は怪しい奴じゃないぞ」

「近づかないで！」

少女が後ずさりするが、そこへ別の冒険者が駆けつけてきた。

「ちょっと、アレック、何をやってるのよ」

「おお、星里奈か。こいつに俺がまともな人間だと説明してやってくれ」

「明かりも点けずに、ばぁ！　とかやってる人がまともとは言えないわね」

「軽い悪戯心だ。しかし、明かりで俺の姿も見えただろうに、逃げていくとは」

星里奈が俺の姿を魔法で照らしているのに、さっきの少女は逃げてしまった。あれでは冒険者としては失格だな。美少女としてはなかなか高得点だったが。

「あなたの顔が見えたからでしょ」

「待て、それはどういう意味だ？」

「さぁ？　ふふっ」

「フン。それで星里奈、そっちの首尾はどうだったんだ？」

星里奈は気弱そうな冒険者を一人連れていた。

「『サンダーロード』に手柄を横取りされた人を見つけたわ。この人なんだけど」

「ほう。どんな手柄だったんだ？」

「ほら、あなたの口から」

「え、ええ。僕らのパーティーは第四層のイエティを苦労して倒したんですが、その帰りにスカーレットさん達と出会って。彼女の口利きならランク昇格も特別待遇になると言われたんです」

「それで、昇格の証拠であるイエティの魔石をあいつに渡したのか？」

俺はややあきれて聞く。

「はい。彼女のほうから王様に話しておくということでした。ところが、ギルドに行ってみるとそんな話は聞いていないと言われてしまって……スカーレットさんに話したら、王様も忙しいだろうからって。でも、三ヶ月経っても音沙汰無しで」

「騙されたんだ、スカーレットに」

俺ははっきりと言ってやる。

「やっぱり、そうでしたか……」

気弱そうな冒険者はがっくりと肩を落とすが、国王に問い合わせくらいしろと。

「でも、これで昇格できるから、そんなに気を落とさなくていいわ。あなた達の手柄はあなた達のものなんだから」

星里奈が言うが、その通りだ。

「他にも、ギルドに記録されているクエストの報酬記録と、王城にある納税記録を見せてもらったんだけど、どうも差額が大きくて脱税してるみたいなのよ。あの『サンダーロード』ってクラン」

脱税だと？

「ほう。ま、そんな連中だな。他人の金をちょろまかすやり口だ、同じように税金だってごまかしてるだろう。お前にしては冴えてるな」

「お前にしてはってのは余計よ。ま、この方法を思いついたのは早希なんだけどね」

「なんだそうか。まあ、金にはうるさそうな奴だし、あいつも有能だな」

「ええ。私もそう思う。ただ、クランに加入しているメンバーに徴税担当の責任者がいたりして、ちょっと大事になりそうなの」

「んん？　王城の役人もクランに加入できるのか？」

「ええ、そうみたいよ」

「だが、それだと、中立性が保てないだろう」

「私に言われても。国王に報告してみたら？」

「よし、調査は徹底的にやれ。必要なら国王に手助けを要請してもいい。ただし、本人にだぞ。その辺の騎士や大臣では、そいつらが『サンダーロード』の一員かもしれないからな」

「ええ、そこは分かってるから安心して。じゃ、早希にも伝えてくるわ」

「ああ」

星里奈と別れ、『サンダーロード』をどうするか考えつつ歩く。ま、調査報告だけ王城に回せばそれでいいだろう。相手は騎士を何人も連れた貴族様だ、正面切っての斬り合いなんてのはやめたほうがいい。

「うわ、ゾンビかと思ったらエロ親父だった！」

明かりを持ったピンク髪のガキが、のけぞって言う。

「リリィ、いちいち俺をエロ親父にたとえるのはやめろ」

「だってー、エロ親父だし」

「ふん。その様子だと、何も見つけてないみたいだな」

「あ、見つけたよ？」

「ん？　何を見つけたんだ？」

「えっとねぇ、リリィが水路をずーっとこうやって座って見てたんだけど、底のほうを黒いのがすーって」

「ほう。魚か」

「もっとずーっとでっかいよ！」

「ほほう」

モンスターだろうな。

「でかした、リリィ。他の奴にも伝えてくれ」

「うん。でも、私の持ってる武器、このスリングショットだと、明かりを持ちながらだと使えないから困るんだけど」

「それは、明かりを脇に置いてから使えば良いと思うが……そうだな、ダンジョン用の敵に使えるような、別の武器を買いに行くか」

「うん！　行く～」

リリィを連れ、いったん外に出ると、武器屋に寄ってみた。

「親父、コイツが片手でも使える武器で、遠隔攻撃ができる武器はあるか？」

「むむ、そんなちっこいなりで、片手武器、それも遠隔だと？」

タコ坊主のムキムキ男がリリィを見るなり顔を

しかめるが、まあ、難しいか。槍のようなロングレンジの武器は重いと聞いているし。

「そうだ。ああ、シンが使っていたようなボウガンならどうだ？」

「アレは面倒臭そうだからイヤー」

ワガママな奴だ。

「おっ！　ならコイツはどうだい？　娼館でまとまった注文があったから量産してみたんだが」

武器屋の親父が黒塗りのムチを持ってきた。

リリィが受け取り、そのまま俺に向かってピシリ！

「いって！」

「あはー、これ面白い！　これがいい～」

「そうか。なら買ってやるが、パーティーメンバーを叩くなよ」

俺は笑顔で怒りながら言う。

「エー」

何のための武器だと思ってるんだ。

第七話　闇の中に

リリィが何度も俺をムチで叩いて遊ぶので、「そんな子はうちの子じゃありません」と叱ってパーティー除名をほのめかし、ようやく言う事を聞かせた。

地下水路に戻ると、入り口でジュウガがそこに座って待っていた。

「おっ！　アニキ！　見つけたぜ！　黒い影だ。早く早く！」

リリィだけでなく、ジュウガも見つけていたか。

「よくやった。そこに案内しろ」

「ああ、こっちだ！」

ジュウガが水路で見たという黒い影の場所に行くと、そこには何も無かった。水さえも。

「くそっ、逃げられたか。すまねえ、アニキ」

「いや、気にするな」

「おおー、でも水が無いから水路の底が丸見えだね！　きゃはっ！」

リリィが楽しそうに言うが、ここは王都の排水路である。無くなった水はいったいどこへ行ったのか？

もしも万が一、水路のどこかに穴が開いていて、それが『帰らずの迷宮』とつながってしまっていたら――大変な事になる。モンスターは不思議と地上には出てこないそうだが、地下水路もそうだとは言い切れない。星里奈やフィアナの話では、数十年に一度、『大恐慌《スタンピード》』と呼ばれる事変があり、ダンジョンのモンスターが地上にあふれ出てくる事があるそうだ。ダンジョンの入り口に常時四人もの兵士を配置していたのは、入る冒険者を見張るためではなく、モンスターが出てこないかを見張っていたのだろう。

「よし、リリィ、お前は他のメンバーを探して報せろ」

「了解！」

「ジュウガ、俺達は上流に向かうぞ」

「おう、がってンだ！」

松明を持ったジュウガと共に通路を上流に向けて走る。いや、どちらが上流かは俺も分からないのだが、ま、確率は二分の一だ。今はこの先をまず確かめる事が第一だ。

「ジュウガ、あまり無理はするなよ」

脇を走るジュウガは片足が義足である。俺はそれを気にした。

「へっ、誰に言ってるンだ、アニキ。親方にきっちり削って形を合わせてもらったから、これくらい全然平気だぜ！」

威勢が良いのはいい事だ。この調子なら後でフィアナにヒールでも掛けてもらえば、充分だろう。

「アレック！」「アレックさん！」

途中で松明を持ったルカとフィアナとも合流した。二人も上流に向かって水を追っていたようで、俺達はうなずき合い、走り続ける。

「ご主人様！」

ミーナも合流。

「なんだなんだ？」「ハッ、あんなに走り回ってたら、すぐバテちまうぜ」

途中、何人かの冒険者とすれ違ったが、彼らはのんびりしすぎだ。早い者勝ちのチャンスを見つけたなら、そこに全力を賭ける意志決定の速さがなければ、どうやったって勝てはしない。ライバルは大勢だからな。俺達より先に見つけて探っている奴らもいるはずだ。

「よう、アレック、どうした、そんなに急いで。ははあ、何か見つけやがったな」

頭に青いバンダナを巻いた冒険者が俺を見かけてニヤリと笑う。犬耳のラルフか。

「まだ何も見つけてないぞ」

俺はごまかしたが、もう奴も水路の水には気付いてしまったようだ。走って追いかけてきやがった。

「はんっ、嘘つけ、アレック。だったらなんで急いでやがる。徹夜で探し回ってる連中も何人かいるみたいだが、お前らは結構金持ちだろう。一万ゴールドのクエストにそこまで本気を出すんじゃねえよ。オレ達が困るだろうが」

「ふん、知った事か。金持ちか貧乏かは関係ない。俺は『サンダーロード』の連中に一泡吹かせてやりたいだけだ」

「ほう、いいねぇ、オレもあいつらは前から気にくわなくてな。今回の緊急ミッション、依頼主は国王だが、王城に話を持ち込んだのは実は『サンダーロード』なんだぜ？　被害者の子供の家族の報告よりも早い。何かおかしいとは思わないか」

「む、そうだな。魚型モンスターを自分で放流して、発見の手柄をアピールし、緊急ミッションも自作自演か……」

スカーレットがなぜモンスターを放流したか、

不思議に思っていたが、チャチな理由だったようだ。

「なに？　自分でモンスターを流したってのか。そいつは……酷えな。ん？　くんくん……おっと、コイツはやべえな。アレック、協力しようかと思ったが、オレはここで下りるぞ。ま、せいぜい気をつけな」

乗り気だったラルフが何かを嗅ぎつけて急に立ち止まった。その理由は同じ犬耳族のミーナが教えてくれた。

「ご主人様、この先で人間の血の臭いがします。それも複数」

「む。強力なモンスターがいるのか？　全員、警戒はしておけよ」

「「はい」」「おうよ！」

ラルフは俺よりもさらに慎重な性格のようでさっさとミッションを放棄してしまったが、俺達には【鑑定】もある。状況を確認してからでもなんとかなるはずだ。

「あっ、人がいるぞ。くそっ、先を越されたか！」

水路の先に二人組がいたのでジュウガが悔しそうに言ったが。

「いや、あれはイオーネとネネだぞ」

「おお！　おーい、お前ら」

「ああ、アレックさん」「はわわ」「グエッ！」

立ち止まっっている二人と一羽は、水路の先を警戒していた。俺達もそこに加わり、その先を見る。

すると、そこには蠢く黒い塊が水路を塞いでいた。

「なんだ、ありゃあ！　よく見えねえぞ」

「リリィ、もっと明かりを上に掲げろ」

「その必要は無いわ」

「「レティ！」」

横の通路から颯爽と現れたレティが、宝石の付いたロッドをゆっくりと振り回す。

「――デネブ、オリオン、カシオペヤ、ケフェウス……我がマナの供物をもって変貌せよ、闇はすでに闇にあらず、ぬばたまの明星、等しく星々の輝きとなりて、我らの進むべき道を照らせ、【スターライト！】」

呪文を詠唱し終わると、いくつもの明かりが天井から光を照らし、その黒い塊の正体を明らかにした。

「あれは！」

第八話　生き物

地下水路の先で蠢いていた物――それは魚の群れだった。

それも一匹や二匹ではなく、通路を完全に埋め尽くすほどの数だ。魚自身もぎゅうぎゅう詰めで動けなくなっているようで、バタバタと暴れている。

『ヒャッハー、ニンゲンの旨そうな匂いだぜぇ！』

ネネがそんなアテレコをしてくれたが、自分達が動けなくなっているのに、ピラニアものんきというか、なんというか。

ともかくここは【鑑定】だ。

〈名称〉ブラックピラニア
〈レベル〉24
〈HP〉692／820
〈状態〉酸欠
【解説】
別名、人食い魚。
百万倍に薄めた血の臭いも嗅ぎ分け、微弱な電流を感知して深海の獲物も見つけ出す事ができる優秀なハンター。
共食いで増殖する。

性格は獰猛で、何にでも食らいつく。

フルアクティブ。


増殖するとは、また厄介なモンスターを放ちやがって。

「レベルは24だ！　ＨＰが高めだから気をつけろよ」

「「「了解！」」」

鋭い歯を持ち、おそらく痛みも感じないゾンビみたいなモンスターだろうから、通常ならかなり手強い相手だろう。レベルも俺達とそう違わない。だが――

ここには水が無い。

陸に上がった魚など、恐るるに足りず。

しかもぎゅうぎゅう詰めで動けない魚達は、ただの良い的だった。

「それそれっ！」

「はっ！」

「おりゃあ！」

「【水鳥剣、魚捌き！】」

「――四大精霊がサラマンダーの御名の下に、我がマナの供物をもってその爪を借りん！【ファイアボール！】」

「――我は贖うなり。主従にあらざる盟約において求めん。憤怒の魔神イフリートよ、鋭き劫火で敵を滅せよ！【フレイムスピアー!!!】」

全員が攻撃を当てていく。

よし、良い感じだ。このまま押していけば――。

勝てる、そう俺が確信しかけた刹那。

ボフンと消えた一匹の魚の後ろから、水が勢いよく噴き出した。

「あっ、水が！」

そうなのだ。水路の水を止めていた原因がこの魚ならば、それを倒せば何が起こるか。

当然の帰結であった。

「まずい、奴らが水に入れば――」

動きが良くなるのは分かるが、仲間への指示としてどうすればいいか、俺はすぐに思いつかない。

「うおっ、くそっ、コイツ！」

案の定、水流に足を取られたジュウガがよろけ、さらに魚が水中から飛び跳ねて襲いかかる。

「ジュウガ！　――させないよ！　はっ！」

横からルカが上手くバスタードソードを合わせて魚を斬り伏せた。

「おお、助かったぜ、ルカ、ありがとな」

「いいって。それより気をつけて！　こいつら水の中で動きが良くなってる！」

水を得た魚が格段にスピードを増し、すでに俺達の腰まで水位が上がってきている。逆にこちらは水のせいで移動が難しい。さらに水は増えつつあった。

「水路から上がれ！」

俺は早めに判断を下した。まだ前衛組は下で戦えているが、自分の頭より上に水位が来てしまえば、呼吸の問題もある。

「「了解！」」

先に上がった者が、手を貸して残りの者を上の両端の通路へと引き上げる。

ガチンと派手な音を立てて魚の歯があと一歩のところで美味しい獲物を逃した。

「よーし、全員、水から上がったわね？　それならとっておきの呪文を見せてあげるわ！」

「レティ、何の魔法を使う気だ？」

俺は念のために聞いておく。

「んもう、決まってるじゃない。水の中の敵を倒すには、雷撃よ！」

「なるほどな、よし、いいぞ、やれ」

レティがロッドでルーンを描き、魔力が青白い光となって彼女の周りに収束し始める。

「――嫉妬に狂う雷鬼よ、汝が敵は眼前にあり！

浮ついた男のサーガに疾走せよ、青き稲妻！

【堕綸堕茶暗座主《ダッチャ・アーク》問入輪普通煮《テスラ》束重矢！】」

太く青い稲妻がロッドから放たれると、水の中をほとばしり、次々とブラックピラニアが煙と化した。

残ったのは浮いたドロップ品と水だけ。

――さすがだな。これで水路にいるモンスターは全滅したはずだ。

「クリア！」

「よし、後はギルドに報告するだけだな」

俺達がミッション完了を晴れやかな達成感と共に喜び合おうとしたその時――。

「ふふ、いいえ、その必要はナッシングですわ」

背後から楽しそうな声がして、『サンダーロード』のパーティーが姿を現した。

スカーレットか。騎士に囲まれたイカサマ女帝のお出ましだ。

「ちょっと！　それはどういう意味よ！」

レティがスカーレットにさっそく突っかかったが。

「まあまあ、そうエキサイトしなくても良いじゃありませんか。報酬はきちんと『サンダーロード』がペイしますわ。面倒な手続きは嫌でしょう？　コンビニエントに、スピーディーにウインウイン、それが私達のモットーですから」

スカーレットの甘言に、俺はニヤリと笑って言い返す。

「報酬額をちょろまかしてか？」

「貴様！」「スカーレット様を侮辱するつもりか！」

護衛の騎士達がいきり立つが、ミッションを勝ち取ったのは俺達だ。そこは譲るつもりは無いし、臆する必要も無い。こいつらには脱税容疑もあるしな。

「まあまあ、落ち着きなさい。国王が提示した報酬額は金貨一枚です。これはギルドに確認してもらって構いませんよ。きっちり一万ゴールドをこの場でお支払いしましょう」

ふむ、スカーレットも今回は報酬をごまかさないつもりのようだ。国王の依頼だから、儲けは度外視して、評判やコネを重視したか。

しかし、それで俺達にメリットがあるわけでもない。冒険者ギルドへ立ち寄る手間など大した事でもないからな。

当然、俺の返答はこうだ。

「だが、断る」

「なっ！」

スカーレットを始めとして『サンダーロード』の連中が驚きの表情を見せたが断られるとは思っていなかったようだ。甘いぜ。

「よく考えてから返事《リプライ》をなさい。私達は国王とも親密にしている大手のクランですよ。ここで恩を売っておけば、あなた達もデリシャスな思いができるかもしれませんせん」

「興味ないな」

「なんですって！」「貴様！」

「お前らが国王陛下とお友達ごっこがしたいなら、好きにすればいい。だが、俺達も俺達で好きにやらせてもらう。この取引は無しだ」

「ふん、そうですか、後悔《リグレット》しますわよ。私達はもうじきAランクに昇格する有名クラン、それを――」

「フフッ」

スカーレットがこれから崩れ去る予定を既成事実のように言うので、俺は思わず鼻で笑った。

「貴様、何がおかしい！」

「いや、Bランク取り消しになる奴がいい気なもんだってな。Aランクの昇格ってのも、今回の緊急ミッションを自力で解決できたらの話だろう」

【鑑定】もしてみたが、こうだ。

〈名前〉スカーレット　〈年齢〉27　〈レベル〉22

〈クラス〉ノーブル　〈種族〉ヒューマン
〈性別〉女　〈HP〉211／211
〈状態〉健康
【解説】
グランソードの貴族。
クラン『サンダーロード』のリーダー。
Cランク。
オースティン魔法学院を普通の成績で中退。
グランソードの水路に魚型モンスターを放流した前科あり。
優雅にアクティブ。

「なっ！」「何を根拠にそんなデタラメを」

「根拠ならあるでぇ！」

後ろから早希の声が地下水路に響き渡った。

第九話　結集

現れた早希はたくさんの冒険者を連れていた。

「何ですの、あなた方は……」

「おい、スカーレット、オレの顔を忘れたか！

さっさとイエティの魔石を返せよ！」

その中の一人が言う。星里奈が連れてきたのとは別の冒険者だった。これはあちこちでやらかしていたみたいだな。

「オホン、それは国王にお渡ししていますわ。ここにはありません」

「ほう、国王に？　そいつは嘘だな。オレはそんなもの、受け取ってはいないぞ」

一人の男が出てきたが、お忍び冒険者の格好をした国王だった。

「へ、陛下……！」

さすがにスカーレット達もその顔には見覚えが

あるようだ。

「スカーレットよ、お前達の不正、しかとこの耳で聞いたぞ。これだけ大勢の証言者もいる。ランク昇格の不正と脱税、なにより、冒険者の手柄を横取りするなど見下げ果てた奴。街へのモンスターの連れ込みも含めて、そんな奴は貴族にふさわしくない。よってお前の爵位と領地は没収とする！　よいな？」

「お、お待ちを、これは何かのミステイクです！」

「ふん、証拠はすべて挙がっているぞ。見苦しい。あとの被害者は城の詰め所に来い。こちらでランク認定してやろう」

　国王がそう言って去っていく。

「なんという事だ、国王やギルドに顔が利くというのはすべて不正の結果だったのか……！　スカーレット殿、それがしはこのクラン、今日限りで脱退させてもらうぞ」

「私もだ。このようなクランだったとは、名誉が台無しだ！　くそっ、騙された」

　彼女を護衛していた騎士数人が、怒りの声で言うと足早に立ち去っていく。

　その様子を放心したように眺めていたスカーレットは歯ぎしりすると、俺に怒りの目を向けた。

「あなたが余計な事を言うから……！」

「自業自得だ。俺が何もしなくても、じきに悪事はバレてたぞ」

「せやせや」

「黙らっしゃい！　さあ、その男を倒すのです！　フフ、ここで被害者を名乗る者共も、ついでに消してしまえば『サンダーロード』は安泰《サステナブル》ですわ。やっておしまい！」

「応！」

　残っていた騎士が俺に向かって斬りかかってきた。

　だが、ランクを不正操作していた連中など恐るるに足りず。こちらは被害者も含めて大勢いるのだ。

正真正銘のBランク『風の黒猫』が後れを取るわけがない。

「させませんよ。【水鳥剣、カッコウ落とし！】」

「ご主人様には指一本、触れさせません！」

イオーネが斬りかかってきた騎士にカウンターを食らわせ、ミーナも簡単に剣を弾き返した。

「うぬぅっ！」「ぎゃあっ！」

「そ、そんな……」

護衛があっさりと返り討ちにされ、一人残されたスカーレットが青ざめた顔でその場にへたり込む。

「おい、さっさと魔石を返せ！」

冒険者の一人がスカーレットのローブをはぐった。

「きゃっ、ちょっと、もう持っていないと言ったでしょう。や、やめなさい」

「へへ、スカーレットさんよ、お前、割と良い体をしているな？」

「なっ、ちょっと、何を、やめなさい！」

よってたかって冒険者達がスカーレットの服を剥ぎ取ろうとする。

「このっ」

「いって！」

スカーレットもロッドを振り回しての抵抗だ。

「あ、アレック、ど、どうするのよ」

星里奈が焦り顔で聞いてくるが。

「別に良いだろう。奪った魔石の代わりに体で支払えば、あいつらも気が収まって許してくれるかもな。ウインウインというヤツだ」

「えぇ？」

「どれ、俺が脱がしてやるから、ちょっとどいてみろ」

俺はそう言って冒険者の間に割り込み、スキルを使う。

「【鎧取り！】」

「きゃあっ！」

一丁上がり。ローブを取られたスカーレットは下着だけになった。

「よし、帰るぞ」

「ちょっと……」

「止めたければお前が体を張って止めてこい」

「でもあの人達は被害者だし。うわ、もう入れられてる」

「ノー！　そんなビッグサイズ、いきなり入れちゃらめぇ――！」

「それ、こっちは口でしてもらうぞ」

「んぶっ！　んんーっ！」

「ああ、あかん。アレはもう止められんわ。このままだとウチらも被害者になりそうやし、ここはさっさと帰ったほうが良さそうやね。ほら、ジュウガも鑑賞してないで行こか」

「お、おう」

俺達はスカーレットの大きな嬌声が響き渡る地下水路を後にした。

宿の部屋に戻り、ミーナに装備を外してもらっていると、ノックがあった。

「開いてるぞ」

「アレック、私だけど……」

「ウチもおるでぇー」

星里奈と早希が入ってきた。

「何か用か？」

俺としてはすぐにでもミーナとやりたかったのだが。

「その、さっきのアレを見てたら、私、そういうのもいいかなって……」

星里奈が顔を赤らめ、モジモジしながら言う。

「ああ？　お前、大勢の男に××されたいっていうのか？」

「そ、そうじゃないもん。あくまでそーゆー雰囲気でやりたいってだけよ。大勢じゃないわ」

やれやれ。

「ふふ、ええやん、ウチもちょっと強引なプレイもええかもって気分やし。まずはやりたくて堪らない星里奈からやっていこか。ミーナも交ざり」

「は、はい」

「べ、別に私、堪らないってほどじゃ」

「嘘をつけ。どうせここをぐしょぐしょにしてきたんだろう」

俺が星里奈のミニスカートの下に手を突っ込むと、やはり下着がぐしょぐしょになっていた。

「あんっ♥」

ビクッと体を震わせ、喜びの声を上げた星里奈はとんだＪＫだ。

「ほな、服は破っていこか」

「ま、待って早希、この服はお気に入りだから私、着替えてくる！」

「ええやん、ええやん、そのほうがきっと燃えるで？」

「えぇ？　そ、そうかな？」

「そうそう」

「でもやっぱり、ああっ、ちょっとぉ！」

俺と早希とミーナで星里奈を囲み、服をビリビリと破り取っていく。

「きゃっ、ああっ！　そんな乱暴に、ダメッ」

「フフ、これってなんか、やるほうも楽しいやん」

「そ、そうですね」

早希とミーナもいけない興奮に目覚めつつ、星里奈の服を剥ぎ取っていく。

下着だけになった星里奈は頬を紅潮させたまま自分の胸を両手で隠す。

「じゃ、ウチらでおっぱいを攻めるから、ダーリンは口でどやろ。フェラじゃのうて、強引に突っ込むイマラチオってヤツや」

スカーレットがやられていたアレだな。

「よし」

服を脱ぐ。自分から口を開けて間抜け顔で待っていた星里奈の頭を両手で掴み、やや強引に挿入だ。

「んぶっ、んんんっ！」

「苦しかったらタップしろよ」

そう言って腰の動きを速めていく。

「しかし、何を食ったら、こんなイヤらしい胸になるんや？」

「ちょっと羨ましいです」

「んー！　んー！」

三人に同時に責め立てられ、星里奈はキュッと目を閉じたまま、何事かを喋っているが、何を言っているかはさっぱりだ。タップはしてこないので、このまま続行する。

見た目は三人によって蹂躙されている少女に他ならない。ま、B地区を両方ピンとおっ立てて、舌も使って俺の動きに合わせている奴だから、中身は全然違う。

「んーっ！　んーっ！」

星里奈の声が激しくなったので、何か言いたいのかと思い、俺はいったん口から抜く。

「なんだ、星里奈」

「こ、これも最高に気持ちイイ……！」

「うわ、苦しいんかと思ったらそうなんか」

「そ、そうですか……」

「じゃ、ウチらも後で交替やな」

「は、はい」

ミーナも不安と期待が入り交じった顔でうなずいた。

「よっしゃ、ついでや。このペニバンも使うてみるか」

早希が言い、どこからか持ち出したディルド付きの黒革パンツを装備した。

「ちょ、ちょっと、な、何よそれ……」

驚きつつも、ゴクリと喉を鳴らす星里奈。

「よし、早希、それでお前も後ろから星里奈を突いてやれ」

「よっしゃ！」

俺の方は星里奈にイマラチオだ。

星里奈が自分で気持ちいいと言うのだから、俺も遠慮なしに彼女の口の奥まで突っ込んでやる。

「んぶっ、ちょっとアレック、けほっ、それは――あんっ！　くうっ！」

苦しさと快楽の狭間で、顔を真っ赤にしながら喜ぶ星里奈。

「よし、そろそろイクぞ」

俺も良い感じになってきたので、ラストスパートに入る。

「んぐっ！　ぐぐっ！　んほぉっ！　らべっ、こんなの、こんなの、私、うぶぅっ！」

「くっ！」

押し寄せる快楽の奔流を体の一点から思う存分、発射する。

「んぐぅぅうううううう――――！　んくっ、んくっ♥」

うなり声のような大きな悲鳴を上げた星里奈は、二度三度と大きく痙攣し、彼女も果てたようだ。だらしなくよだれを垂らした口を開け、幸せいっぱいの顔のまま気絶していた。

「やば、ダーリン、次はウチな。早く早く」

「まあ、焦るな」

少し楽しくなってきた俺も、これにハマるとヤバいなと思いつつ、早希の服を破り始めた。

エピローグ　魚料理

それから三日後、『サンダーロード』の関係者一同に大規模な税務調査の手が入ったと報告があった。パーティーランクもFに格下げだそうだ。

ま、当然だな。他人を騙して功績を自分のものにするなど、ランク制度の意味が無くなってしまう。

俺も冒険者の一人として許せない行為だったから、これでいい。

「アレック、早希の料理ができたそうよ」

部屋に星里奈が呼びに来た。

「おう、今行く」

宿の食堂に向かうと、すでに軍団が皆揃っているようで、フォークやスプーンを両手に、今か今かと料理を待ちわびている。早希の話では今回の報酬で仕入れた高級料理ということだったが、何が出てくる事やら。

「はい、お待っとさん」

「「よっし！　来たぞ！　飯だ！」」

三十数名の荒くれ者達が野太い声で一斉にいきり立つが、こいつらにグルメの味なんて似合わないな。ま、それでも人間誰しも美味い物を食う権利はあるのだ。マズい飯では誰も喜ばないし、誰も幸せにできない。

「いいか、アニキがいいと言うまでは、お前ら絶対に食うなよ」

ジュウガがまたそんな事を言っているが、滅多に口にできない特別な料理らしいからな。今日くらいはビシッと気合いを入れてもいいだろう。

「じゃ、今日の夕食は全部で三品や！」

「「応！」」

早希が言うが、そのうちの一つは俺にもすぐに分かった。

「あ、白ご飯ね」

同じ日本人の星里奈もすぐに気付いた。

「せや。この料理にはやっぱり白飯が一番やと思うてな。醤油も揃えたで？」

「へえ、楽しみ」「ショーユ？」

知っている者はニコニコと、知らない者は不思議そうな顔でその調味料の入った瓶を見つめる。

「ほな、今日のメインディッシュ第一弾は魚や！　お刺身やでえ」

「おおっ」

「でも、これは生じゃないか？」「うえ、ホントだ」

「生でも食えるでぇー！　それが刺身や」

「おお、サッシーミか！　旨そうだな！」

「じゅるっ！」

食いしん坊のジュウガとリリィが喜んだ。

「さあ、食べた食べた！」

「よし、全員、食え」

「「応！」」

俺も箸で一切れ口に放り込む。

口当たりの柔らかさ、ほどよい歯応え、そして醤油の旨み。やはり刺身はホカホカのご飯に合う。

「うん、美味しい！」

「んめぇ」「んまー！」

軍団も生など気にせずガツガツと食って「刺身ってうめーな」などと言っている。サーモンとマグロとブリなど、種類も色とりどりだ。

「わさびとマヨネーズもあるから、欲しい人は言うてな」

薬味も利かせて、すべて完食した。ふう。

「じゃ、お次はフカヒレスープや」

「ほう」

目の前に並べられている紅茶色のスープに予想は付いていたが、『フカヒレ』という名称が与えられるだけで高級感が漂ってきた。日本では一キロ数万円もした高級食材である。

立ち上る湯気に食欲をそそる香りがほのかに混じり、スプーンを握る手が思わず緊張する。中央にはこれでもかとたっぷりの透明なフカヒレが入っており、ボリューム感も迫力があり、これは食べ応えがありそうだ。スプーンで掬うと、かなり煮込まれていたのか、とろりとフカヒレがゼリーのように簡単に取り分ける事ができた。まずは一口。

「……ほう」

淡泊で割とあっさりとした風味が口の中に広がり、舌の上でフカヒレがとろける。しかし、喉を通ったあとに濃厚なコクの余韻がしっかりと残り、アンビバレントな体験だ。

知らず知らずのうちに、舌が欲したのか、俺のスプーンは再び皿の中に沈み、第二のフカヒレを掬っていた。

皆も急に無言になって、ひたすらスプーンを口に運んでいる。

「あああ～、無くなったぁあああ～」

「もうねえのかよ」

食べ終えて、皆が物足りなさを訴える。もう腹一杯にもかかわらず、それほどの味だった。

「ごめんなあ、それで全部や」

「チッ、しゃあねえな。でも、すっげえ旨かったぜ！　早希！」

「「チース！　あざす！　早希さん！」」

「ええんよ、これはパーティーのご褒美、クラン『風の黒猫』の特権やしな」

早希がニヤリと笑うが、特別な報酬があってこそ、人間は頑張れる。

「「おお！」」

「いやー、旨かった。でも、珍味といえば、ウニもありますぜ」

「イカもうめえよ」

「アタシはイクラが食べたい～」

「私は梅干しが欲しいですね」

満腹になったお腹を満足げにさすりながら、和《わ》気藹々《きあいあい》と皆がグルメ談義に花を咲かす。

そんなちょっと特別で幸せな夜が今日も更けていった。

第九章　恐怖の魔道具

プロローグ　大魔王

　グランソードの国王から護衛と調査、二つの依頼《クエスト》成功の報酬として合計六十一万ゴールドを受け取った俺達。

　高級料理を軍団みんなでたらふく食ってちょっとしたリッチ気分を味わった。

　が、メンバーの数も増えているので、パーティーで分配すると一割以下になってしまい、五万ちょっとにしかならない。

　いや、万単位のゴールドを一週間で稼ぐ冒険者は世の中でもほんの一握りだろうから、「しか」などと言っては贅沢だ。

　ただ、良い装備を揃えようと思うと、やはり、ドカンと大儲けしなくてはならない。

　ドカンと儲けるには……。

　闘技場だ。

「くそっ、何が期待の新星だ、大損させやがって」

　俺は反省した。俺にギャンブルの才能は最初から無いのだ。

　いや、そもそもギャンブルに才能なんて存在しない。そこに必要なのは、勝っている時で降りられるかどうかの意思力、そのくらいのものだろう。

　しかし、一万ゴールドも闘技場でスったのは痛かった。最初は百ゴールドから慎重にかけて、それが倍になったのだ。

三連続で大穴を当て、最高で五千ゴールド、五十倍にまでなっていたのだ。

そのビギナーズラックがよろしくなかった。

ひょっとしてボロ儲けできるのでは？　と思ったのが運の尽き、大きく賭けて、負けを取り戻そうとしてさらに負けた。


とにかく、二度と俺はギャンブルはやらないぞ。

何度目かの誓いを立てた闘技場からの帰り、昼飯を食っていない事に気づいた俺は、よく利用するレストランに入った。

「あっ、ダーリン、こっちこっち！」

早希とネネがテーブルでパンを食べていた。黒髪の日本人と茶髪の犬耳族だが、仲良く並んで食べていたので姉妹のように見える。

「おう、今、昼飯か？」

俺は向かいの席に座って聞く。

「んーん、ちょっと早いおやつや」

「そうか。俺もこいつらと同じパンとミルクをくれ。あと唐揚げひと皿」

やってきたウェイトレスに注文し、ネネが差し出してきたパンをかじる。

『食べてー、もっとかじってー』

「うるさいぞ、ネネ」

「あう、ごめんなさい」

パンに心があったら食えんわ。

「姉さん、こっちももう一個、チーズパン、追加や！」

早希が手を上げてウェイトレスを呼んだ。

「お前、食うの早いな」

「早食いならウチは結構自信あるで？　でも、この国は早食い大会も無いし、なーんもええ事ない。パンもすぐ無くなってまうし、悲しいわぁ」

「そのくらいの金は渡してあるだろう」

「いやいや、装備を充実させてレギュラー取らんとな。ダーリンも強い女が好きやろ？」

「いや、別にそんな事は無いが」

「そうか？　でも、侍らせとる奴隷、ぜーんぶ、戦闘系やん」

「まあ、そこまでの余裕も無いからな。もう少し金が貯まったら、ペットも飼うぞ」

「うわ、ペットってやらしいな、自分。飼うって人間のメスやろうに。それとも『マリアルージュ』の白猫？」

「まあ、あの白猫娘も欲しいがな。マリアは売らないって言うし、金も全然足りないぞ」

まだ借金が二十九万ゴールドも残ってる。手持ちの金が無いとリーダーとしても困るので、星里奈には報酬の分配後も返済を待ってもらって、少ししか渡していない。

マリアルージュの店に寄ると言ったとき、星里奈は妖艶な顔で嫌みを返してきたものの、受け入れてくれた。良い女だ。

もちろん、店へは冷やかしなので新しい奴隷は買っていない。

「ごめんなあ、ウチの装備が整ったら、貢いであげるからな」

「それはありがたいが、自分で稼ぐぞ」

「やーん、ダーリン、めちゃカッコイイ！」

「そんな事で、バカップルみたいだからやめろ」

ウェイトレスが皿を持って来たが、こちらを見ておかしそうにクスクス笑ってるし。

「あ、そうそう、稼ぐと言えば、聞いた？　冷蔵庫が一千万ゴールドで落札されたっちゅう話」

「ああ、闘技場で話してる奴がいたな」

「なんや、ダーリンも意外に耳が早いな。せっかくウチが耳寄り情報をプレゼントしたろ思うたのに」

「気持ちだけもらっとく。情報収集は続けてくれ」

「アイアイサー！　でも、そんな大金で売れるなら、ちょっと家へ帰って冷蔵庫持ち出して来るんやけどなあ」

「その辺の行き来は考えても無駄だぞ。行き来してる奴がいたら、その辺に家電製品があふれてるはずだ」

「それもそやね。携帯やパソコンやお風呂が無いのはきっついなぁ」

「まあな」

あとこたつも。

ま、こっちには暖炉があるし、第四層はさておき、今は暖かい季節でそんな物はいらないのだが。

「ドラ○もんみたいなアイテム、どっかに落ちとらんかな」

早希はなおも未練がましく言うが。

「やめろ。アレはアイテムなんかじゃ……まあとにかく本当に出て来たら気持ち悪いぞ」

「そうかなあ？　スマホでもええんやけど」

じゃあ、素直にスマホにしとけ。あんな人間臭いロボはいらん。

「あ、アレックさん、ちょうど良いところに」

通りかかった中年男が俺の名を呼ぶ。

「うん？　ああ、道具屋か」

「はい、ご注文のログハウスの材木がすべて揃いました」

「すぐ組み立てられる状態だろうな？　金は掛かっても良いから、寸法とその辺は間違えないでくれ」

「そこが一番重要やで？　こっちは命懸けで建てるんやし、時間との闘いや」

大切な点なので早希も念を押す。

「もちろん、ご要望はきちんと理解しておりますので。大工に仮組みもしてもらって、私の目で見てきましたから、本当に問題ありませんよ」

「そうか。じゃ、これは約束の金の半分だ。完成させたら、残りを払う」

「ええ、その時を楽しみにお待ちしています」

「ほななー」

また金貨が減ってしまった。

簡易ベッドは第三層に設置してみたが、他の冒険者も使ってしまうので、微妙に使い勝手が悪い。

なので、鍵の掛かるログハウスを第四層に建てて、そこにベッドも置いてやろうという計画を立てている。

中にスペクターが入り込んできたらとても使えないのだが、その辺は神殿関係者とも相談し、魔除けの護符を用意した。

第四層は【オートマッピング】のスキルが使えない者にとっては迷う危険があり、視界も吹雪で遮られるエリアがあるので、スペクター問題さえクリアできれば、ログハウス計画は上手く行くと踏んでいる。

将来的にはあそこで宿も経営できるかもしれない。

「姉さん、パン、追加やー」

「ごめんなさい、チーズパンはもう売り切れです」

「なぬー!?　そんなぁ……」

恨めしそうに早希が俺の右手を見つめるので、俺のを半分に割って渡してやった。

「やーん、ダーリン、最高！　ウチ、一生付いていくな」

「パン半分で、安い女だな」

「なんとでも言うて。ウチの目利きじゃ、ダーリンは世界の半分を手に入れると見た」

「世界の全部じゃないのか」

「そら、やろうと思えばできるかもしれんけど、どうしても性に合わんってのが世の中にはおるやろ？　ほどほどがええんや。

この世界は地球よりずーっと広いみたいやし、それにな、そんなに大きい世界征服をしてもうたら、ウチがダーリンと会える時間、ほとんど一年に一回とかそんなんになりそうやん。女だらけで」

「なるほどな。まあ、そこまでビッグにはならんから安心しろ」

「いやいや、分からんでぇ。ウチの見込んだ相手を舐めたら、痛い目に遭うでぇー、あはは」

「大魔王ー、大魔王ー」

俺は勇者だぞ、ネネ。まあいいか。

第一話　運搬

ログハウス用の材木を第四層まで運ぶ。

やる事は単純なのだが、モンスターがいる迷宮内でこれを実行するのは至難の業である。

「よし、次のブロックまで移動するぞ」

「「応！」」

第三層まではうちの『風の黒猫』軍団で運搬が可能だ。もちろん、護衛に俺達の一軍パーティーが付いた上での話だが。第四層はさすがに低レベルの奴では危険なので、そこは傭兵を使う予定だ。

今は第二層に一度運んでおいた木材を第四層の手前まで運んでいる最中だ。

第二層には見張りも常駐させ、商人ギルドや国王にも許可を取り、木材の保管には気を配った。

そこに木があると、斬りたくなるのが人情だからな。

「ご主人様、右前方から蜘蛛が来ます！」

「よし、イオーネ組、対応しろ」

「「了解！」」

イオーネ、ネネ、リリィの三人組だけで、蜘蛛の迎撃に当たる。他のメンバーは散らばったまま運搬者の護衛だ。

台車も用意して、木材の長さも調整してはいるものの、入り組んだ迷宮を移動するのはなかなか難しい。

「クリアー！」

問題なく戦闘終了してほっとしたのもつかの間、今度は反対側の通路から蜘蛛が寄ってくる。

「アレック組で対応するぞ、他は待機！　そのまま動くな！」

「「了解！」」

俺とミーナと星里奈で対応。基本的にうちの魔術士はネネとレティだけなので、三つに分けると一つ、魔術士のいないパーティーができてしまう。

そこで魔法も使える俺と、星里奈を入れて戦力が平均的になるようにした。

「うわ、八匹」

「なにぃ？」

やけに多い敵グループに当たったようだ。

ここは魔法を出し惜しみしないほうが良いな。

「俺がやる。――四大精霊がサラマンダーの御名の下に、我がマナの供物をもって炎の壁となれ、【ファイアウォール！】」

俺が呪文を唱えると、通路一杯に炎が充満した。スキルレベルはＭａｘなので、派手な魔法だ。

「何匹か逃げたけど、別にいいわね」

「ああ、今は、こちら側に侵入させないだけでいい。よし、クリアだ！　いいぞ、早希」

「ほな、レッツゴーや！」

早希が号令を掛け、運搬が再開される。

「「親分のためなら、えんやこら♪　えっほ、えっほ♪　フサフサ、フサフサ♪」」

「おい、その歌、やめろ馬鹿」

嫌がらせか。

「あー、ごめんねぇ、喜んでくれると思ったんやけど」

お前か、早希。

「親分とフサフサが余計だ」

「あ、フサフサはウチやないよ？」

「何？　誰が決めた？　言え」

「り、リリィさんです、アレックさん」

軍団の男が引きつった顔で答えた。

「チッ、帰ったら、話がある、リリィ」

「はーい……」

やべえ、とは思っているようなので、説教は後でいい。今、戦力や集中を欠くわけにはいかないからな。

あとできっちり泣かすけど。

「ダーリン、到着や！」

「よし、じゃあ、次は最終ポイントまで行くぞ。これが終わったら全員一時間休憩だ。気張っていけ」

「「応！」」

三十一人の野太い声が応じ、石床の上を木材を載せた台車が移動していく。

今度は敵が出てこなかったので楽勝だった。

「最終ポイント、到着ー！　お疲れさん！」

「「ヒャッホウ！　やったぜ！」」

軍団の皆も、達成感があるようで喜んでいる。

ま、特別ボーナスと危険手当も付けてやってるからその喜びの分もあるだろう。

だが、第三層到達はパーティーランクEの証でもあり、誰もが来られる場所と言うわけではない。護衛付きの到達なので黒猫軍団のランクが上がるわけでもない。

それでも、彼らは今日、確かに任務をやり遂げたのだ。

今まで誰もやった事が無かったログハウスの材料運搬という大仕事を。

「諸君、よくやってくれた。完璧な仕事ぶりだ。これで我々のログハウス計画は大きく前進した。これが成功した暁には、ダンジョンの中でもベッドで眠れるという特典が付く。しかもそれは『風の黒猫』だけに与えられる特別なものだ。お前ら！　ベッドで寝たいだろう！」

「「ヤー!!!」」

「ベッドを作るぞ！」

「「「ヤー!!!」」」

「俺達のベッドだ！」

「「「ヤー!!!」」」

「寝るぞ！」

「「「ヤー!!!」」」

「以上だ。ゆっくり休んでくれ」

「「「ウス！」」」

俺もなんだかちょっと感動中。

プロジェクト・L（ログハウス）だな。

「ねえ、アレック、本当にあいつらにも使わせる気なの？」

リリィが聞いてくるが。

「当たり前だ。俺達の一軍メンバーはこれからどんどんダンジョンの先に行く。二軍三軍もそのバックアップのためにある程度下に降りなきゃいけないし、俺の最終計画はダンジョン攻略のルーチン化だ。全員が最終階層まで往復できるのが望ましい」

「さすがにそれは無理だと思うけど。だって、まだ誰も一番下まで行った事、無いんでしょ？」

「まあな。だが、今まで誰もやってなかった方法で俺達は工夫していくから、まあ、見とけ」

「うん！　でも、あいつらが使ったベッドじゃ寝たくないなあ」

「しばらくは俺達専用、自分専用になるから心配するな。あいつらのレベルと装備が上がらない事にはどうにもならんからな」

「お、ならいいや」

「アレックさん」

声を掛けてきたのはうちの軍団の奴だ。五班のリーダーが笑顔でやってきた。

「なんだ、ジード」

「ちょっと頼みがあるんですけど、第四層をちょっとだけ、ちょっとだけ覗かせてもらえませんかね。僕ら、まだ見た事も無いんで」

「悪いな。宿でも言ったが、あそこにはスペクターのような危険なモンスターが出る。今は二軍の奴は許可できない」

「そこをなんとか」

「くどい。ダメなものは、ダメだ。見たかったら、レベル28まで上げて、装備も鋼以上にしろ」

「そりゃキツいっすよ。レベルはともかく、鋼の装備なんて」

とても無理だ、と言いたげにジードは肩をすくめる。

「いや、うちの収入も底上げしていくからな。俺達が下の階を攻略していけば、きっと高額な宝も出てくるはずだ。俺達はまだ手に入れていないが、このダンジョンでは三百二十万ゴールドの鎧が出て来た事もある」

「でもそれ、アレックさん達で使って、僕らには回ってこないですよね？」

「すぐには回ってこないが、それはレベルの問題だ。お前がうちでレベル一位になれば、当然、最強の装備を渡すぞ」

「ホントかなあ」

「俺が今までお前に嘘をついた事があったか？」

「いえ」

「なら、今は自分のできる事をコツコツやって、準備しろ。もし、嫌気が差したなら引退してもいい。ああ、お前らは奴隷の身分だから、一万ゴールドを稼いでからの話だが」

「ええ、分かりました。期待してますよ」

ジードはニカッと笑って仲間の所へ戻っていったが、装備品については、どうしても一軍が優先になって、なかなか話を信じられないだろう。

それに、うちのレベル一位は俺達一軍では無い。それを忘れていた。

「そうだな……マテウス！　ちょっと来てくれ」

「なんだ？」

白髪のドワーフがやってくる。

「お前はレベル一位で、俺達よりもレベルが高い。

二軍のまとめ役が必要だから二軍にいてもらっているが、待遇は上げた方が良いと思ってな。このミスリルのショートソードをやろう。一番、良い剣だ」

「ふむ。ありがたいが、ドワーフは斧と相場が決まっている。それは他の者に渡してやれ」

「そうか。レベル二位は誰だったかな？」

「ウチや、ウチ！　レベル30やで！」

「早希か。よし、じゃ、マテウスが辞退したから、お前にこの剣をやろう」

「やったー！　ありがとな、ダーリン。マテウスのおっちゃんもおおきに。売ってもええ？」

「うーん、今のところ風の黒猫最強の剣で、シンボルみたいなものだし、国王からの褒美の品だしな。新しい武器を手に入れるまでは売らないでくれ」

「了解。この剣が欲しかったら、みんなもレベル31に、はよ上げてな！」

「タダで最強装備がもらえんのか。一丁、やってみるか」

「よせよせ、お前じゃ無理だっての」

「分かんねえぞ？」

「経験値が稼げるエリアはどこだ？」

「やっぱり三層だろう」

「あの層は蜘蛛がいるんだよなあ」

レベル上げの話題で話が盛り上がっているようだが、良い傾向だろう。

どうやってレベルを上げるか、自分の頭であれこれ考えるのが一番良い。

第二話　難航

クエストNo　27612U2

『募集開始日時』

王国歴527年6月12日。
第一期締め切り、開始から一ヶ月後。
『種別』
運搬（★戦闘地域）
『報酬』
三千ゴールド
『拘束期間』
二日または三日
『対象者』
冒険者ランクE以上
レベル25以上
第四層経験者
体力の基本能力値が10以上
……以上のすべての条件を満たす者

『目的』

ログハウス用の木材を『帰らずの迷宮』第四層の奥、八km地点へ運搬します。

木材は第四層の入り口の手前まで運搬済みです。

重さは最大で百二十kg。長さは最大で四メートル。

最低四人一組で運搬するので一人当たり三十kg以下となります。

護衛は魔攻・回復ありの五人パーティーが常時二組。

武器・戦闘は不要です。

万が一、戦闘に巻き込まれた場合は、補償金を一回につき千ゴールドを上乗せし支給します。

出発地点は地上。護衛パーティーが地上から帰還まで護衛します。

食事・水は護衛パーティーがすべて用意します。

休憩は一時間毎に十五分。

現地までの移動時間は往復で一日を予定、運搬は一日を予定。

『違約金』
当日のキャンセル……五百ゴールドの罰金、報酬無し
途中でギブアップ……千ゴールドの罰金、報酬無し
（ただし帰還までの護衛は継続）

『その他の条件、特記事項』

応募者のスケジュールを相談の上調整し、日時を決定。

一週間前に通達。

可愛い女の子達の応援が付きます！


『依頼主』

風の黒猫のアレック（レベル28）

冒険者ギルドにこのクエストを出して一週間が経ったが、応募はまさかの一件も無し。

「……なんでだ？」

何人かは応募してくるだろうと俺は思っていたので、正直、不思議な気分だ。

「なんでかしらね。そんなにキツそうに見えちゃうのかしら？」

星里奈が言うが、運搬系のクエストではもっと重い物や危険な物も多い。

それらを参考にした上で報酬価格を決定しているのだ。

「報酬が足りないんじゃないの？」

レティが言うが。

「やっぱりそれか。仕方ない。千ゴールド、上乗せしてみるか。殺到したら怖いから、先着二十名までだな」

冒険者ギルドに行き、受付に訂正を依頼して待つ。

手続き完了を待っていると、後ろから声を掛けられた。

「よう、アレック。面白い依頼を出してるじゃねえか」

俺が振り向くと、白い髪の犬耳野郎がニヤニヤしていた。

青ハチマキには見覚えがある。Cランクパーティーの冒険者、ラルフだ。

「ああ、応募か？」

「まさか、冗談じゃねえ。オレらが第三層で稼いでるのはお前も知ってるだろ」

「そうだったな。第四層ってのはそんなに危険か？」

「危険だね。いくつもパーティーが全滅してるじゃねえか。しかも、命を落とす奴は、第四層から下がグッと増える。死の層だ」

「ふうん」

危険度がグッと上がるのは分かっているが、俺にとってはそこまででもなかった。

オートマッピングがあるからだが、それも特記事項に書き加えるかな。

「アレック、応募は集まったか？　どうせ一人も応募が来てないんだろう。違うか？」

「なぜ分かった？」

「やっぱりな。知り合いのよしみで教えてやるが、パーティーランクや冒険者ランクを甘く見すぎだぜ、アレック」

「ん？　ああ」

俺の冒険者ランクやパーティーランクを記入してなかったな。

「そいつはここじゃ顔と名前の次に意味のある言葉だ。どれだけ信用できる奴か？　それはランクを見れば分かるんだ」

「なるほどな。今度、酒を奢ってやろう」

「いいって。これくらいの事は気にするな。アンタは犬耳族を対等に扱ってくれる。それがオレにとっちゃ嬉しいんだ。面倒をみてやったひよっこが有名になるのもな」

「対等には扱ってるが、お前に面倒をみてもらった覚えは無いぞ」

「はは、そうだな。どうしても人数が足りないようならオレに言え、集めてやる」

「ああ。その時には頼む」

手続きを終え、いったん宿に戻って、俺は星里奈達にその話をした。

「なるほどねえ。最近はクエストをあんまり受けてないから、私も気にしてなかったわ」

星里奈が笑顔で肩をすくめる。

「じゃ、アレック、アタシの名前を使っていいよ。Bランク冒険者なら、集まるだろう」

ルカが言う。

「ああ、貸してくれ。だが、護衛パーティーもBランクで固めたほうがいいだろうからな。予定を前倒しで、第四層をクリアするぞ」

ログハウスを建てた後で、第四層のボスに挑もうと思っていたが、気が変わった。

第五層への到達がBランクパーティーの認定条件になっている以上、その方が手っ取り早い。

「そう。ま、このパーティーなら、余裕で行けると思うよ」

ボスの情報はすでに仕入れている。

第四層のボスはイエティ。

大型の類人猿で、全身は白い毛で覆われており、パワーにあふれ、吹雪を呼ぶ力がある。

イエティのレベルは推定42。

25以上の冒険者パーティーなら、死人も出さずに勝てるようだ。

イエティを倒した事があるルカが言うのだから、間違いは無いだろう。

メンバーは全員一軍を連れて行く。

俺、ミーナ、星里奈、リリィ、イオーネ、ネネ、ジュウガ、フィアナ、レティ、ルカ、早希の11人だ。

ネネとジュウガのレベルがやや低いが、差は縮まってきている。

レティが炎属性の武器魔法強化《エンチャント》を使えるので奴の弱点を突ける。

回避さえきっちりしていれば、問題は無いだろう。

「よし、じゃ、今日はボス部屋まで一気に行くぞ」

「「了解」」


第四層の雪を踏みしめ、オートマッピングを頼りに、まっすぐ歩く。

途中、吹雪いてきたが、ボス部屋の付近はいつもこうだ。

この場ともう一カ所、常に吹雪くエリアがあるが、その向こうにログハウスを建てる予定だ。

扉の無い屋内通路に入り、体や頭の雪を手で払う。

「よし、行こう」

通路を奥へ向かい、最後のドアの前で立ち止まる。

「よし、フィアナ、レティ、強化魔法を掛けろ」

「はい。――女神エイルよ、我らに祝福を与えたまえ。――戦神テュールよ、我らに勇気と勝利を与えたまえ。【エグザーテイション！】」

フィアナが祈りを捧げる。

「ええ。――我は炎の武器を欲したるなり。其《そ》は一時にして永劫に燃え行く炎なりや。安住の西から昇る太陽がごとく矛盾の試練を乗り越え、すべてを合わせたりや。そして終焉の時を知らざるなり。了見をもって満たせ、【永劫火炎《ヴァスケット》結晶《シュタイン》死剣《デス》!!!】」

レティが呪文を唱えると武器が光り輝き、強化魔法が完了した。

ヴヴゥンと、青白いライト○ーバーみたいになってるが、大丈夫か、これ。そこまで強力でなくていいんだけども。

「レティ、アンタ、凄いね」

ルカも感心したが、本当に実力だけならAランクかもしれない。

「フッ。もう悔いは無いわ。後は……後は……任せたわよ、みんな」

良い笑顔でレティがカクッと倒れるので蹴って起こす。

「あいたっ！　何するのよ！　アレック」

「まだお前には戦ってもらうからな。MPは残してあるんだろうな？」

「もぅ。大丈夫よ。半分使っちゃったけど、半分あれば何とかなるし、アレックがぁ、お金くれるならぁ、マジックポーション、使ってもいいしぃー」

「必要があれば使え。費用はこちらで持ってやる」

「お、おお……う、うん、必要になったらね」

浪費癖も困るが、出し惜しみの貧乏性も困るな。まあ、その辺はまた後で話し合うとしよう。

「じゃ、開けるぞ」

俺は全員に確認する。

全員が、うなずいた。

扉の向こうにボスがいる。

第三話　風の黒猫の強さ

大部屋の中には情報通り、敵がいた。

白い毛むくじゃらの猿が一頭。これが第四層のボスか。

身長は四メートルと言ったところだろう。俺達の倍以上で、丸々と太っていて横幅もデカい。

「ＧＨＯｏＯＯＯ――――!!!!!」

ビリビリと壁が震えるほどの咆哮を上げたイエティが、両胸を自分の拳で叩き、それが戦闘開始の合図となった。

「【スターライトアタック！】」

「【水鳥剣奥義！　スワンリーブズ！】」

いきなり必殺技を繰り出す星里奈と、奥義で仕掛けたイオーネ。

いや、俺も最初から全力全開で行けとは指示してたが、隙の大きい技は使って欲しくなかった。

「行くぜ、おりゃ！」

「手応えあり！」

ジュウガとルカも積極的に攻撃を繰り出していく。

「開け、地獄の門、すべてを焼き尽くす混沌の炎よ……」

レティが強力そうな呪文を詠唱しているが、大魔法よりそこそこの魔法で連打してくれたほうが安心できるんだがな。

それも先に言っておけば良かった。目を開けての詠唱なので、回避は忘れてないだろうけど。

「敵が動いたら、回避優先！　命大事に！　まずは敵のパターンを掴め！」

俺は作戦の念押しをしておく。

その瞬間――いきなりボフンと白い煙がイエティの周りに噴き出した。

「くそ、吹雪か!?」

「いないっ!?　どこ？」

白い煙が薄くなったが、イエティの姿がそこに無い。

「んん？　サーチ！　敵を探せ！」

「ダメ、いないわ」

「くそっ、どこだ、オラぁ、出てこいやぁ！」

「ルカ」

俺はルカに状況を確認する。一度このモンスターと戦った事があるルカなら分かるかもしれない。

「いや、消えるパターンは無かった気が……聞いてないし。と言うかさ」

「なんだ、言え」

「これ、もう倒したんじゃない？」

「ああ？」

まだ戦闘が始まったばかりだぞ。しかも相手はボスだ。

「あ、ホントだ、ドロップアイテムが出てるわ。魔石も」

「なに？」


白く濁ったビー玉のようなものを星里奈が拾って見せてくるが、魔石か？

鑑定してみる事にする。

〈名称〉イエティの魔石
〈種別〉魔石
〈材質〉魔力結晶
〈重量〉1
【解説】
イエティの体内に生成される魔石。
通常と違い、白色。
球体であり、希少。
ただし、サイズはレベルよりも小さい。
必ずドロップするため、イエティを倒した証として用いられる。

「ふむ、確かに」

「なーんだ」

「なンだよ、ビビらせるなっての」

意外にあっけなかったな。

もう一つのドロップアイテムはマントのようだ。

〈名称〉イエティのマント
〈種別〉防具
〈材質〉毛皮
〈防御力〉30
〈防御範囲〉20%
【魔法防御】20
【魔法効果】火炎軽減
【無効化】初級火炎・初級冷気
〈重量〉1
【解説】
イエティの毛皮を加工した物。
炎と冷気に対する抵抗力を持つ。
白いモフモフが人気。

これは俺も欲しいが、ジャンケンで公平に決めたほうがいいだろうな。

「よし、マントの分配をやるぞ。ジャンケン、ポン！」

この人数だとすぐには決着が付かないだろうから、トーナメント形式でやれば良かったと思ったが、まさかの一回で片が付いた。

俺がチョキで他の全員はパー。

「ええ？」

「いや、ありえねえだろ！」

「うわー、チョキを出せば良かったぁ！」

「八百長！　今の絶対、八百長だから！」

「レティ、八百長って、お前はわざと俺に負けたのか？」

「そうじゃないけど、絶対、なんかズルしてるもん」

「してねえ！　じゃ、これは俺の物な」

不満そうなのが三名いるが、揉めるのも面倒だしな。やり直しは無しだ。

「さて、じゃ、第五層を挿んで帰還するぞ」

Bランクパーティーの認定条件は、第五層への到達だ。ここのボスを倒すのは必須事項だが、そこを忘れちゃいけない。

「おー！」

早希が元気良く返事をしてくれたおかげで、皆の気分も切り替わったようだ。

正面の扉を開け、奥へ進む。

「ん？　ここも、大部屋か……」

すぐそこに階段があるものだとばかり思っていたので、当てが外れた。

「階段は、次、そこの奥だよ」

ルカが言うので、そちらに向かったが。

何か出てきそうな【予感】がした。


「何か、胸騒ぎがするわ！」

星里奈も叫び、これは間違いなさそうだ。

「戦闘態勢！」

剣を抜き、全員構える。

茶色とピンクと青が入り乱れた、不気味な渦が天井近くに現れ、そこにやたら大きな蛾《ガ》が出現した。

「そんなっ、ここは安全地帯のはずなのに！」

ルカが信じられないという顔で言ってるが、俺はなんとなく読めた。

「こっちが本当のボスだ！　やるぞ！」

「了解！　はぁあああー！」

「よっしゃ！　任せとけ！」

星里奈とジュウガが真っ先に左右から斬り込んだ。

太い図体に剣が当たり、蛾が身もだえし、激しく羽ばたく。

効いてるな。

動きもトロい。

これなら勝てるだろう、と思ったとき、頭がくらっとした。

「なんだ？」

空間が歪み、気分が悪くなる。

気づくと、蛾の小さな分身があちこちにいて、くそっ、増殖するタイプか？

このボスは虫タイプだから、炎と冷気が弱点だと思われる。

「レティ、冷気の魔法を——？」

指示しようと思ったらレティがいない。

なにっ!?

いや、それどころか、パーティーの仲間がその場にいなくなっている。

テレポートさせられた？

……いや、なら、ボスがこの場にいるのもおかしいだろう。部屋は歪んで見えるが、さっきの場所のはずだ。


オートマッピングを確認したが、やはり俺は移動していない。

となると……考えられる可能性は一つ。

「全員！　攻撃、停止！」

返事が無い。キチキチ、バサバサと音が聞こえるが、くそ、声も通らないってか。

ここはスキルだな。

【混乱耐性　レベル5】Ｎｅｗ！

４５００ポイントを支払って新しいスキルを取った。

耐性はもう【精神耐性】であらかたクリアできていると思ったが違ったようだ。

ま、これは心理系の精神というより、化学系の脳の錯乱だろうな。

とにかく、今は細かい事を気にしても仕方ない。現に敵の混乱が効いているのだ。

スキルを取ると、視界の歪みがなくなり、気分も良くなった。

効果あり。

「あがあがあが、こんちくしょう！　くたばれ！」

「ぐぐ、このっ！　このっ！」

星里奈とジュウガがお互いに斬り合ってるし。

剣で相手の攻撃を撥《は》ね返しているのは運が良いのか、勘が良いのか。

しかし、困った。

某ゲームでは、パーティーアタックをやれば正気に戻るが、鱗粉の化学的な混乱だとそうもいかないだろう。

「うう、ご主人様！」

ミーナが俺に近寄ってきたのでちょっとヒヤッとしたが、彼女は俺に背を向けて真ん前に立った。

護衛してくれるようだ。

「ミーナ、お前は大丈夫なのか？」

「うう、ご主人様……でも、この匂いは間違いないです」

耳は聞こえていないようだ。俺が蛾に見えているはずだが、健気な事だ。

「アレック」

目を閉じたイオーネもこちらに来て、俺に背を向けた。

【心眼】のスキルだろう。やはり頼りになる奴だ。

あと、大丈夫そうなのは……

「ネネ、こっちに来い」

「はわわ、『殺し合えー』」

どっちに共感してんだ、お前は。

だが俺が望んだ通りにネネはこちらにやってきて、俺の後ろに隠れた。

次だ。

フィアナは神への祈りを捧げているようで、攻撃はしていない。

「イオーネ、ミーナ、俺を援護しろ」

聞こえてはいないだろうが、そう言って移動し――くそっ、星里奈、お前、危ねえだろうが！

星里奈の剣を躱し、フィアナを引っ張って、壁際に移動させる。

後は攻撃的な奴ばっかりだし、仕方ない。

【亀甲縛り　レベル5】

混乱しているメンバーを片っ端から縛り上げていく。

星里奈は器用に縛られたロープを切って出て来てしまうが、ミーナに相手をさせて足止めだ。

無駄に能力のある奴ってこういうときは一番厄介だな。

「さて、後はテメーだけだぜ」

部屋の奥で羽ばたいている蛾に俺は斬り込む。

横から炎が吹き上がってきたが、レティの呪文だろう。レティも慌てているようで小魔法での攻撃で助かった。

大魔法でやられてた日には俺も丸焦げだったろう。

早希も縛りを解いて斬りかかってきたが、こちらは防御だけして、攻撃はしない。

しかし、こいつ、二刀流で結構素早いし、しゃれにならんな。

早く、気付けボケ。

とにかく、合間を見てはボスを斬りつける。

「あれ？　ひょっとして、こいつがダーリン？」

気づいたようだ。俺はひたすら、本物のボスに斬りかかる。

早希も攻撃先をボスに切り替えた。

「なんでこいつら、仲間を……あっ！」

星里奈もようやく気づいたようだ。お前は後でみっちり説教な。

ルカもこちらに加わり、ボスを集中攻撃。

ボフンと茶色とピンクと青のまだらになった煙が上がり、片が付いた。

それでも混乱状態はまだ続いているようだ。なら、空気を入れ換えるか。

【ウインド　レベル1】New!

「四大精霊がシルフよ、その羽ばたきを突風となせ！　【ウインド！】」

さらに気付け薬のポーションを出してそれを仲間にぶっかける。強い酒の匂いが鼻を突いた。

「あれ？」

「あン？」

ようやく全員、正気に戻ったようだ。

「お前ら、宿に戻ったら全員説教な」

俺は苛立ちながらニッコリ笑って言った。

第四話　Bランクパーティーを目指して

第四層のボス。

事前情報とは違うボスが出て来て俺達は結構苦戦した。

だが、このパターンも予測できるものだったな。

この『帰らずの迷宮』では俺達が異世界勇者だからか、特別待遇をやってくれるようだ。全然ありがたくねえけど。

先が思いやられる。

宿屋に戻った俺は部屋に全員を集めて今回の反省会をやった。

下手すりゃ全滅もありえたからな。

「鱗粉で頭が混乱していたから、判断が遅れるのは仕方がない。だが、おかしいと思ったら、自分の頭でしっかり考えろ。仲間が側にいない時点で異常だと気づかなきゃダメだ」

「ホント、申し訳ねえ、アニキ」

味方を攻撃してしまった事で、苦い顔でしゅんとしているジュウガは、態度としては合格だ。

ま、こいつは基本が馬鹿だから、そんなには期待していないんだけども、反省は必要だしな。

「あはは、ごめんねー」

あまり反省していない早希だが、まあ、こいつも遅ればせながら途中で気づいたからな。許してやろう。

「悪かった。次から、アタシも考えるよ」

そうだな。ルカは考えてもらわないと困る。元からのBランク冒険者だからな。そういう状況の経験も他の者よりもあったはずだ。

「アレックはいいわよ、ポイントジャブジャブで耐性をバカスカ取れるんだしさぁ」

レティは反省すらしてねえな。

「やかましい。俺も混乱耐性はまだその時には取ってなかったんだぞ。それでも気づいた。だが、魔術士と言えばパーティーの知恵袋、頭脳役だろうが。お前の頭で気づかないってのは色々と問題だ」

「むむ、それって……」

「そうだ、正式メンバーとしてお前を迎え入れてやると言ってるんだ」

「お、おお。反省します！　ははぁーっ！」

土下座で大仰しいから、かえって嘘くさいが、俺のスキルポイントに魅力を感じている間はレティも俺に忠実だろう。

次。

俺は、髪の長い赤毛の少女を見る。心なしか、彼女の白マントも縮んでいるように見えた。

「……ごめんなさい」

星里奈も反省はしているようだ。

「お前はもっと頼りになる奴だと思ってたんだがな」

「はい、反省してます……」

しおらしいな。あれこれ反論してくるだろうから、キッチリへこましてやろうと思ってたんだが、もういいか。

「よし、まあ、同じ状況になったときに、次は全員、もっとマシな行動が取れると期待しているぞ」

「「「はいっ！」」」

あの蛾のボスは【鑑定】していないので、名前も不明だ。まあ、『蛾』だな。

奴は【鱗粉　レベル５】のスキルを持っていた。コピースキル大先生のお仕事だ。

強力だとは思うが、俺はそんなスキル、生理的に使いたくもないので、さっさとスキルリセットしてやった。

還元は３万ポイント。

また混乱して同士討ちというのはごめんなので、パーティー全員にポイントを贈与し、精神耐性と混乱耐性のレベル１をそれぞれ取らせた。

一軍十一人で６０５０のポイントを消費した。できれば全員Ｍａｘにしておきたいが、今はまだポイントが足りない。

蛾のボスは他に宝石をドロップした。大きな虹色のちょっと気色悪いオパールだ。売れるとは思うが、あまり値段は期待していない。

パーティーメンバーは誰も欲しがらなかったので、すでにユミに渡してある。

さすがに今日は疲れた。

湯浴みを終え、さて寝ようと思ったら、ノックがあった。

「入れ」

「「失礼しまーす」」

入ってきたのは双子のサーシャとミーシャだった。今はメイド服を着ている。

あれから俺が二人の身柄を預かり、暗殺業からは足を洗わせた。

逃げたら賞金を二十万掛けてやると脅かしておいたので、今のところやたら従順だ。

「何の用だ？」

ミーナも鞘に手を置いて、警戒態勢だ。

「肩をモミモミしに来ましたぁ」

「冒険でお疲れだと聞いたので」

「殊勝な事だが、今日はいい。本当に疲れたから、また今度な」

「そう言わずに」

「色々サービスしますからぁん」

「ほう。どんなサービスだ？」

「ふふ、いけない事？」

「ここじゃないとできない事？」

クスクスと悪戯っ子の目で二人が笑うが。

ま、どうせ処女じゃないんだろうし、いいか。

「よし、なら、二人とも、来い」

「はぁい、失礼しまーす」

銀髪の少女二人がいそいそと靴を脱ぎ、ベッドに上がってくる。

名前はどっちか忘れたが、まあ、どっちでもいい。右側の少女から胸を触る。

「あん」

ほとんど膨らんでもいない胸だが、気持ち良さそうに目を閉じる少女。

「お前ら、変な病気、持ってないだろうな」

「失礼な！　私達、まだそういう事、してないもん」

俺は当然、疑って彼女らのステータスを確認してみたが、二人とも健康だった。

「その割には、色々と知ってる感じだな」

「そりゃあ」

「ねえ？」

双子が肩をすくめるが、まあいい。

「脱げ」

俺は二人に命令する。

「ご主人様、私はどうしましょうか？」

ミーナが聞いてきた。

「悪いが、そこで護衛を頼む」

「分かりました」

「「私達、反抗なんてしませんよ？」」

「まだそれだけの信用が無いからな。念のためだ」

手には何も持っていないが、元暗殺者だ。油断はできない。

双子は少し不満そうな顔をしたが、気を取り直したようにすぐにメイド服を脱ぎ捨てた。

白と小麦色の、色違いの少女が自分の体を自慢げに見せつけてくる。

自分達の価値が分かっているわけだ。

それとも、自信過剰なだけか。

「もう一度、くぱぁをやってくれないか」

「「いいよ。はい、くぱぁ！」」

二人がベッドの上でひっくり返ったカエルのようにに寝そべり、あられも無いくぱぁを披露する。


「ほう」

魔道具の光に照らされた聖の部分は、すでに濡れているようでてらてらと怪しく光っている。

「イヤらしい奴だ」

俺はそれぞれに両手を伸ばし、ソコをいじってやった。

「「あん♪」」

気持ち良さそうに目を閉じて、笑みを浮かべる双子。

だが、その小さな突起を剥いてやると、途端に余裕を無くしだした。

「あっ、くう！　ミーシャよりも上手だなんて」

「ううっ！　サーシャより、上手っ!?」

処女のくせに、だらだらとよだれを垂らしておねだりしてくる下の口だが、相当、二人で遊んだようだ。

「悪い子だな」

「ああんっ！　やっ、ま、待ってぇ」

「くうっ、す、凄い」

いじり倒してやると、二人の少女は痙攣し、すぐに恍惚の表情になった。

「は、はあぁ、もっとぉ」

「いいよう。もっと、もっとしてぇ」

「じゃあ、お前らが先に俺に奉仕するんだ。舐めろ」

「わ、分かった」

服を脱ぎ、二人の前に俺の物を差し出してやる。

「お、おっきい……」

ゴクリと唾を飲み込んだ双子は、おっかなびっくりといった感じで小さな指を伸ばし、可愛い唇で俺の肉体にキスをした。

そして、稚拙な舌使いで舐め始める。

「美味しいアイス・バーだと思ってみろ」

「こう？」

「こうだよね」

下からゆっくりと舐め上げ、少しは分かってきた様子。

「サーシャ、先に口に含め。奥までだ」

「はい。じゃあ、んぷっ」

あどけない口で含み、ちゅぷちゅぷと音を立てるサーシャ。

ミーシャは固唾を呑んでそれを隣で見つめている。

「んんっ!?　きゃっ！」

思ったより早く欲望が出た。サーシャの顔にかかり、彼女が慌てる。

「次は、ミーシャだ。舐め取って、綺麗にしろ」

「は、はい」

緊張した顔のミーシャだが、すぐに慣れた様子で舐め取り始めた。

「うう、これ、美味しくない」

ふむ、ご褒美がないと、こいつらもあんまり面白くないだろうな。

【練乳生成　レベル5】Ｎｅｗ！

「これでどうだ？」

「ん？　んっ！　あ、甘い！」

「え？　ホント？　うわ、これ苺にかけるヤツだ。なんだっけ？」

「練乳だ。ほれ、綺麗に舐めろ」

「「うん！」」

　そこからは二人とも本気になったようで我先にとペロペロし始める。

　要領よく交替で口に含み、器用に熟練の技のようなフェラチオをやってきた。

「スキルを取ったのか？」

「「うん！」」

「それ以上はエロ系は取らなくて良いぞ」

「「はぁい。じゃ、後は戦闘系？」」

「そうだな。じゃ、ご褒美だ。まず、サーシャ」

「やった！」

「エー？」

　小麦色の少女が喜ぶと、俺の上にまたがってくる。騎乗位の方が辛いと思うが、まあいいか。

　ぷにっとした腰を両手で支えてやり、ゆっくりと挿入。

「く、くうっ、あはっ、これぇ」

　痛覚耐性のスキルを持っているのか、平気な様子だ。

　なら、遠慮なく動いてやろう。

「ひゃっ、あんっ、わわ、すごっ、あうっ、ああんっ、いいっ！　いいよぅ！」

　奥まで叩きつけるように激しく動かし、サーシャを喜ばせてやる。

　上を仰いで嬌声を上げたサーシャは、だが、すぐにイったようで気絶してしまった。まあいい、もう一人いるからな。

「よし、交替だ」

「うん」

色白のミーシャも同じように俺にまたがる。キツキツの未成熟な体は俺を受け入れると、あろう事か、すぐに悦び始めた。

「はぁん、これ、全然、いいっ！　気持ちいいよぅ！」

まったく、けしからん小悪魔達だ。

「よし、ミーシャ、イカせてやろう」

俺はさらに激しく突き上げてやる。

「ああっ、そ、そんな激しく突いたら、らめぇえぇ！　ミーシャ、こんなの壊れちゃうからぁ、んほぉ！」

焦りと不安の表情を見せるミーシャだが、問題ない。下の口はしっかり喜んでいるからな。

「ほら、イけ」

「あ、あああぁ――イクぅっ！」

ミーシャも絶頂を迎えた。気絶した彼女を隣に寝かせてやる。

「あの、ご主人様……」

「いいぞ、来い、ミーナ」

ミーナも騎乗位を望んだようで、俺にまたがってくる。

すでにびしょびしょだったので、双子よりももっと激しく動き、手で掴み俺の腰を叩きつける。

「んんっ、あんっ、あんっ、ああんっ」

とろけるような声でミーナが喘ぐ。すでに彼女の気持ち良くなるポイントはすべて把握している俺だ。最初から全力全開でそこを責め立ててやる。

ミーナはきゅっと目を閉じたまま、俺とのつながりを悦ぶ。

「ああっ、あっ♥　あっ♥　あんっ！　ご、ご主人様、好き、好きですっ♥」

うねるような快楽の波が最高潮を迎えようとしているのが分かる。もうすぐだ。

「よし、イクぞ、ミーナ」

「は、はい、いつでも、ご主人様、あんっ♥　私も、んっ、もう、イキます♥　ああっ、あああああーっ！」

　最後に弓なりに体を反らせたミーナが大きく痙攣し、恍惚の表情でイった。

✧第五話　ミッション

『帰らずの迷宮』第四層をクリアし、晴れてBランクパーティの認定を受けた俺達。

　運搬のクエストの応募も人数が集まった。

　ログハウス計画の実現まであと一歩だ。

「では、他に質問がある者」

　宿で事前説明会を開き、傭兵達の意見も聞いて、計画を細部まで詰めておく。

「吹雪いて迷っちまったらどうするんだ？」

　大柄な戦士が、デカい声で喧嘩腰に聞いてくる。ま、自分の命も懸かるからそこは向こうも真剣だろう。

「こちらには【オートマッピング】のスキルがあるから、吹雪いても大丈夫だ」

「だが、はぐれたら？」

「私が【パーティー・サーチ】を持ってるから、大きく離れない限りは探し出せるわ」

　星里奈も質問に応じて答える。

「じゃ、大きく離れたらどうする？」

「その場で待機してもらう。捜索は直後から出す。自力で動けるなら第四層入り口へ向かってもらう。戦闘に巻き込まれた上での事なら、ギブアップとは見なさない」

「その場合、荷物は放棄してもいいんだな？」

「そうだ。このクエストの目的はログハウスを完成させる事だが、死人を出さない事のほうが優先度は上だ。一度でも死人を出せば俺達の信用が落ちる。そうなったら次からのクエストにも響いてくる。それは避けたいからな。それに俺は真の安全第一でやりたい」

「いいだろう。話はよく分かった」

「他に質問がある者。……よし！　無いようだな。作戦開始は三日後だ。手袋を忘れないようにしてくれ。解散！」


三日後、募集に応じた冒険者《ポーター》を引き連れ、第四層へと向かう。

普段通りのペースで進んだが、冒険者達からは感心と賞賛の声が次々と上がった。

「危なげがねえな」

「ああ、慣れたパーティーだ。進みも速い」

「休憩も充分取ってるのに、いいペースだ」

「とにかく索敵がスゲえな。うちにもああいう犬耳が欲しいもんだ」

「そうだな、先手が取れるし、対応も楽だ」

「敵もあっという間だ。相当な腕だな」

「戦闘以外も迷いが無い。オートマッピングは本当のようだな」

「さすがはBランク、噂通りだな。参考になるぜ」

「最初の頃は馬鹿にされてたのにね」

星里奈が後ろの話し声を聞いて肩をすくめる。

「探索やパワーレベリングをやってた頃だからだろう。だが今日は最短ルートだ。目的も違えば戦い方も違う」

「そうね」

事前に黒猫軍団をポーターに見立てて予行演習もやっている。

だから、自分からはぐれる奴も想定内だ。

「そこ、はぐれてるぞ。列に戻れ」

「おお、悪ぃな。ちょっと向こうのマップ、確かめておきたかったんでよ」

「他の者の迷惑になるから、やめてもらおう。マップは後で見せてやる」

「おお、助かるぜ」

第四層に続く階段の前に辿り着いた。

この向こうには白く積もった雪が広がっている。ここまでは順調だ。

「では、現在、午前十一時だが、今から昼食とする。昼食後、十二時から作業を開始だ。午後五時には終了してまたこの場に戻る予定だ。体調の悪い奴や、ギブアップはいるか？」

「大丈夫だ」

「よし、ミーナ、配ってやれ」

「はい、ご主人様」

昼食はパンと干し肉と一杯の酒。作業後の夕食には鍋を予定している。雪の中の作業になるから、体も冷えるしな。

だが、第三層のこの場はまだ寒くない。

「お、酒か、いいねえ、堪んねえな」

「おいおい、こいつはビールじゃねえか。安酒《エール》じゃねえんだな」

「自分で食い物も持って来たが、要らなかったな」

「だが、これだけの荷物だと、夕食は大丈夫なのか？」

「心配ない。別のクエストを出して食品のポーターも頼んであるぞ」

「準備万端ってヤツだな」

食事しながらの和やかな雑談が始まり、雰囲気は上々だ。

「時間だ。全員、手袋をしろ」

防寒着になっているかチェックを済ませ、手袋を忘れた奴には予備を渡してやった。

「木材はこれだ」

通路の端に綺麗に置いてある。

「よし、野郎共、始めようじゃねえか」

「「応！」」

第一班の俺やミーナは第四層の入り口からフィールドに出た。

「アレック」

白い鎧のエリサが自分のパーティーを連れて向

こうからやってきた。

「問題は？」

「無い。見える範囲では敵を一掃しておいた。まあ、どうせすぐ湧いてくるだろうがな」

「ああ。引き続き、頼む」

「了解した」

「おいおい、あいつらが護衛のチームか？　離れていくぞ？」

「心配ない。あれは予備の掃討チームだ。もう一つの護衛チームは向こうにいるぞ」

「私達が護衛のBチームよ！」

星里奈が入り口付近で手を上げる。

「アレック、大した作戦じゃねえか。三つも四つもパーティーを動かしてるのか？　スゲえな」

「ま、協力してくれる連中がいるからな。アンタもその一人だ、ラルフ」

「なぁに、知り合いのよしみだ。一人も集まらねえのは可哀想だと思ったのもあるが、要らぬ心配だったな」

「ああ、アンタのアドバイスが役に立った。礼を言う」

「オレは大した事は何も言ってねえよ。しかし、四層のボスも倒しちまうとはねえ」

「イエティなら、お前でも余裕だろう」

「まあ、イエティなら、余裕だが」

すでにラルフはイエティを倒しているようだ。Cランクのままだが、ギルドに申請していないのだろう。

それも一つのやり方なんだろうが、俺は上に行く。いや、下か。

「よし、移動を開始する！」

風が吹いてきたので声を張り上げないと、聞こえない恐れがある。

無線機のような物が欲しいが、今更だ。

必要があれば誰かを走らせて伝令にすればいい。

それだけの余裕は取ってある。

「アレック様、右から来ます」

ネネがいち早くスペクターの接近を察知し、告げた。

「右だ！　ポーターはそのまま前進！　俺達を信じろ」

イオーネが走り込んで一匹を倒す。

俺は動かずにこの場からファイアボールを使った。

「クリア！」

「ヒュウ、あっという間に片付けちまったぜ」

「惜しいなあ。攻撃が来りゃ、千ゴールド、儲けてたってのに」

「しかし、今の走り、どうやったんだ？　雪に足が取られてなかったぞ」

「普通に走ってたよな」

「スキルポイントに余裕のある奴は、今のうちに移動スキルを取っておけ」

「ねえよ、そんなもん」

ま、そうだろうな。

さすがに傭兵のスキルの面倒までは見られないので、そのまま進む。

「よし、ここで休憩だ。木材はそこに置いて、小屋の中に入れ」

休憩所の小屋に辿り着き、まずは第一関門、突破だ。

「この調子なら大丈夫そうだな」

「まだ分かんねえぞ？」

「吹雪いてからが勝負だ」

冒険者の一人が言ったがその通りだ。視界が悪くなってからが本当の勝負になる。

ポーターは二十四人、六組を雇っているが、木材は全部で四八十本。さすがに全部は無理なので、第一期は百四十本を予定している。

それでもこの場を往復しなくてはならない。

「よし、休憩終わりだ。外に出ろ」

途中、無関係な冒険者が通りかかり、何事かと眺めていく。こちらを指さして笑う者はいなかった。ここまで木材を運ぶ大変さに気づいての事だろう。

「吹雪だ」

ポーター組の一人がそう言った途端、視界が雪で遮られ、全員に緊張が走る。

「心配ない、こちらにはサーチ能力がある。敵はいないいな、ネネ？」

「いません」

「少し右にずれてるぞ。そうだ。そっちに行け」

オートマッピングを確かめながら進み、吹雪を抜けた。

「よし、そこでいい。木材を置いてくれ」

木材を積み上げ、また入り口へと戻る。

ポーター組も戻るときの足取りは軽い。木材をいざというときは放棄できるとは言え、両手が塞がっていては戦闘に支障が出るからな。

他人に命を預けての行動だから、そこはどうしてもプレッシャーだ。

「これであと四往復で四千ゴールドだって？　いい仕事じゃねえか」

「初めはどうなるかと思ったが」

「オレは戦闘目当てだったから、当てが外れたぜ」

三往復目が終わったとき、ミーナが叫んだ。

「ご主人様！　イエティが来ます」

「なに？　チッ、戦闘態勢！」

「お、おいおい、第四層のボスが来るってマジか？」

「オ、オレは逃げるぞ」

「オレもだ！」

ポーター組に動揺が走る。

「戻りたい者は木材を放棄してもいい。ただし、入り口で待機しててくれ」

俺達の作業が気に入らなかったか、イエティが群れで出て来やがった。

ったく。

いつもと違う事をしてんじゃねえよ。この日のために予行演習までしたってのに。

ボスはボス部屋から出てこないのがルールだろ。

いや、あいつら、この階の本当のボスじゃなかったな。蛾がいたか。くそっ。

「レティ、例の魔法だ。速攻で片付けるぞ」

「うん、分かった」

ライト〇ーバーの剣強化魔法を掛け、俺も前衛として斬り込む。

ここを抜かれたら補償金が増えるから、こっちも必死だ。

「おし、クリア！」

「こっちもクリアだ！」

「ご主人様！　一匹、そっちに行きました！」

「くそ、間に合わん。レティ！　魔法で片付けろ」

「んもう、人使い荒すぎ！」

ポーター組に襲いかかろうとしていたイエティをなんとかレティが仕留めた。

「よし、作業、再開するぞ」

「「「……………」」」

「どうした、戦闘にはなってないだろ？　ヒヤッとしたのは認めるが、お前らはダメージも受けてない。敵も俺達が仕留めた」

ここは【話術】のスキルも使って妥協はしない。

「い、いや、そうじゃねえよ。あいつら、第四層のボスだぞ？」

「ああ、まあ、そうだな」

怖じ気づいたか？　そこは俺の責任じゃないぞ。

「それを何匹も、あっという間に片付けるなんて、お前ら何もんだよ」

「オレのパーティーは二時間ぐらい戦って、後ろの奴に文句を言われたってのに」

「笑いが出るぜ」

「アレックの奴、『そうだな』の一言で片付けちまいやがった！」

ポーター組は興奮したように笑うと、木材を担いだ。

「よし、いいぜ、アレック」

「とことん、付き合ってやるよ！」

「ドロップは拾っとけよ。もったいねえし、それくらいはオレらも待ってやる」

よし、良い感じだ。

第六話　マイ・ログハウスを建てようとしただけなんです

第一期の運搬作業は完璧に事が運んだ。予定時間より早く終わったので、延長交渉を求める奴も出て来たくらいだ。

だが、欲をかいて失敗したら何にもならないしな。そこは計画を厳守した。

何せあそこは性悪ダンジョン、『帰らずの迷宮』なのだ。

第二期では、スペクターが一斉に囲んでくるという嫌らしい行動をやってきたが、それもエリサ達の協力でクリアした。

今思い出してもヒヤヒヤする。

第三期では、ハウスの組み立てを行った。

『帰らずの迷宮』は、よほど俺のログハウス計画がお気に召さないのか、スペクターとイエティを総動員してきたが、こちらも奥の手、こんな事もあろうかとAランクパーティーを雇って配置しておいた。

「あっはは、何これ楽しー、どうなってんの、うひゃひゃ」

ヘソ出しルックの金髪美少女が積もったイエティ・マントの上で、くるくる回りながらはしゃいでいる。

「セーラ！　笑い事じゃないよ！　割に合わない。この仕事は降りるべきだ」

　グレートソードを握りしめた大柄の女戦士が、周囲を警戒しながら怒鳴る。

「あー、降りたきゃどうぞー、先、帰っていいよ、ジェイミー、バイバーイ」

「いや、パーティーを置いてはいけないだろう」

「んじゃいればー」

「フン！　アレック！　こいつは違約金ものだよ」

「追加のボーナスは用意してもいいが、時間をくれ。俺達も今はカツカツでな。それに、言ったはずだぞ？　何が起きるか分からないし、おかしな事が起きてると」

「いいや、アンタはこの状況を確実に知ってたはずだ。じゃなきゃ第四層にAランクパーティーなんか雇って準備してるものか。最初からおかしいと思ったんだ」

「まあ、ひょっとしたら必要になるだろうとは思ったし、俺は慎重な質《たち》なんでな」

「国王の紹介じゃなきゃ、てめえみたいな胡散臭い野郎のクエストなんか受けなかったのに」

「ま、まあまあ、ジェイミー、もう受けちゃったわけですし」

「そうそう。それにあのマントを売るだけでも結構な金になるよ」

　僧侶と魔法使いがなだめる。

「金の問題じゃない、信用の問題さ。あたしらをコケにしようってんなら、覚悟しな」

「そんなつもりは無い。ジェイミー、アンタが予想してた仕事内容と違う点は、俺も説明が悪かったんだろう。それについては差分、そちらの言い値の違約金を支払った上で、さらにそっちのクエストを無条件に受ける。それでどうだ？」

「ふうん？　ドラゴンを倒せと言ったら、引き受けるのかい？」

「時間は掛かるだろうが、引き受けよう」

「じゃあ、追加一万だ。それでこの仕事は完遂してやるよ」

「決まりだ」

ふっかけられるかと思ったが、安い金だ。

「いーよ、契約通りで。アタシがジェイミーに一万出すから、アレックは払わなくていい」

「セーラ、それじゃ意味が無いだろう」

「面倒だなぁ。じゃ、アレック、今度一緒にどっか冒険しようね。アタシが手を貸してあげる」

「ああ」

「セーラ、あんな冴えないBランクのどこがいいんだい」

「なあにー？　妬いてんのぉ、ジェイミー」

「違う！」

「あはは」

「お喋りはそこまで、新手が来たわ」

セーラのパーティーの魔法使いが構える。

「ほい来た。退屈しないねえ」

「面倒なクエストだよ、まったく。で、今度は何匹だい」

「んー、見えてるのは一体だけですね……」

一体のスペクターがゆっくりやってくるが、連中の弾切れって事は無いだろう。

相当ヤバイ奴と見た。

「戦闘態勢！　作業中断、全員避難に備えろ！」

俺はそう叫ぶと【鑑定】を試みる。

〈名称〉スペクター・オーバーロード
〈レベル〉86
〈HP〉100086／100086
〈MP〉閲覧が妨害されました
〈状態〉不死
【解説】
不死者を統べる影の王。
性格は無慈悲で、近づく者に対してアクティブ。

神に近き叡智を備え、魔王に匹敵する魔力を保持する。

強力なレアアイテムを装備し、神聖魔法のほとんどを無効化する。

「オイ。くそっ。レベル86！　こりゃ中止にして逃げるしかないな」

俺は諦めて言う。

ログハウスは便利そうだから作ろうと思っただけで、別にこれに世界の命運が懸かっているわけでも無いのだ。

大損だが、命とは比べられない。

「待った！　このセーラ＝ミネルヴァがこの程度の相手にしっぽを巻いて逃げ出すなんて、思わないでよね！」

「いや、戦うのは勝手だが、勝てるのか？」

「んー、どうだろ、なかなかイー感じで危ないかも？」

「じゃあ、撤退だ。このログハウスは俺の個人的な趣味みたいなもんでな。別に国王も文句は言わんぞ」

「だから、そういう問題じゃないんだってば。こんな面白そうなの、アタシの個人的な趣味で遊ばずにはいられないっての！」

「こう言ってるが、どうするんだ？」

俺はセーラのパーティーに確認を取る。

「リーダーがやるって決めたんだ、仕事もさっき完璧に引き受けちまったしな」

「はぁー、こんなことなら、デニッシュをお腹いっぱい食べておくんでしたぁ」

「アンタ達はさっさと逃げたほうがいいわよ。護衛してる余裕があるとは思えないわ」

だろうな。

「撤収！　料金はちゃんと払うから、全員、避難しろ」

指示を出すまでもなく、ポーター組は我先にと必死に逃げている。

そりゃそうだ、レベル86なんて聞いてのんきにしてる奴がこの程度のクエストを受けるはずもない。

「アレック、私達も逃げるの？」

星里奈が聞いてくるが。

「当然だ。お前、アレとやり合って生き残れると思うのか？」

「んー、レベルがもう20くらい下なら、やれる気がするんだけど。それに私達の依頼で来てくれてるんだし……」

「別に見捨てるつもりは無い。Aランクなら引き際は心得てるだろうし、すぐにはやられないはずだ。それより、俺達がいると、逆に足を引っ張りかねん」

「ああ、そうね。いったん退きましょう」

後ろで黒い結界が生まれていたが、その中でセーラ達は斬り込んだりしてまだ生きている。


「俺は先に戻るぞ。城に行く」

スペクターから【浮遊　レベル2】と【瞬間移動　レベル2】のスキルをコピーしている俺は雪の上なら皆より少し速い。

３０００ポイントを消費して【浮遊　レベル3】にしてみたが、それほどスピードは上がらなかったので、このままで行く。

【デスタッチ】が新しく増えていたが、後で確認するとしよう。


第三層に入ると、戦闘中のパーティーがいた。

「急ぎだ。通してもらうぞ」

後ろから声を掛け、天井すれすれ、上を水平状態で通り抜ける。

「うおっ！　アンデッドか、てめえ」

見上げた戦士がビクッとして言う。

「違う。Bランク、『風の黒猫』のアレックだ。お前達に手を出すつもりはない。通るだけだ」

「魔法使いか？　不気味な野郎だ。おいアイツ、今、瞬間移動したぞ、やっぱりおかしい、うぎゃっ!?」

「ジャーック！　よそ見をするな！　戦闘中だぞ。敵じゃないならほっとけ」

悪い事をしたが、致命傷でもなさそうだ。冒険者たるもの、戦闘中によそ見をする奴が悪い。

「んん？」

浮遊で移動していると第一層で、天井にギリギリ通れそうな通路を発見した。

スケルトン勇者と戦った場所だ。

下からだとこの通路は戦士の像の後ろでちょうど見えない。

ま、あとで調べるとしよう。今は救援要請が先だ。

地上に出て、俺は城に向かって走る。さすがに大勢に目撃されたくはないので、【浮遊】や【瞬間移動】は使わない。


「そこで止まれ！」

城の門番が槍を構えた。まだ俺の顔は城じゃあまり通用しないようだ。

それならと懐からプラチナ通行証を出す。

「俺は『風の黒猫』のアレック、国王に緊急の用件だ。俺の名前で依頼の件だと伝えてもらえば分かる」

「むっ！　その通行証は！　失礼しました。お通り下さい」

別に通行証なんて要らないと思ってたが、こういうときは必須だな。グランソード国王は先見の明がある。

例の殺風景な応接室で待っていると　国王がやってきた。今日はきらびやかな服を着ている。

「緊急だそうだな」

「はい、第四層で思った以上の大物が出てきました。レベルは86」

「なに？　86？」

「ええ。現在、セーラのパーティーが戦闘中です」

「撤退はしてないのか」

「ええ、私はそう勧めたんですが、セーラは面白がったようで」

「まったく……あの性格だからな。分かった。すぐに救援部隊を出そう。それでいいな？」

「はい、それと、最高レベルの司祭に面会させて下さい」

「この辺りで最高レベルと言えば、ファーノン大司祭だな。だが、大司祭は動かせんぞ。ご高齢だ」

「別に連れては行きません。会うだけでいいんです」

「分かった。好きにしろ。誰か、神殿に案内してやれ。その通行証で会えるはずだ」

兵士の案内で神殿に行き、大司祭と会わせてもらった。

「ほほう、そうか、レベル86のアンデッドか。ならば、この数珠《じゅず》を持っていくが良かろう」

「ありがとうございます」

恭しく数珠を受け取り、俺はスキルリストを確認する。

ついでに何か強力な術でもコピーできていれば儲けものだが。

ランダムだからなぁ。


【筆いじり（エロ）　レベル5】Ｎｅｗ！


あー、ジジイ、そんな予感はしたんだぜ！

しかもレベルMaxにしてんじゃねーよ、エロジジイ。

時間も無いので、数珠だけで良しとして、迷宮に戻る。


「あっ、アレック、どうだった？」

星里奈達が地上の入り口で待機していた。

「国王が救援部隊を出してくれる。アイテムも手に入れたから、また第四層に向かうぞ」

「「分かった」」

第七話　七の月の戦い

のちに『死の厄災戦争』とグランソードの史書に記される戦いがこのダンジョンで始まろうとしていたが、階段を下りて向かっている俺達がそれを知るはずもない。

「クリア！」

「よし、もうすぐ第四層だ。このまま進むぞ」

「「「了解」」」

俺は【浮遊】を使わず、歩いて皆と一緒に移動する。俺一人が先に行ったところでたかが知れているからな。

セーラの奴、まだ生きていればいいが。


第四層に到着したが、外は吹雪いていて、少し暗い。

このままあのアンデッドがこの階層に居着いたら、他の冒険者から何を言われる事やら。

雪の中をログハウス建設地点の近くまで来たが、まだ戦闘が続いているようだ。

巨大な火の玉が飛んできて、俺達の脇をかすめていった。向こうで派手な爆発が起きる。

「うえ、アタシ、ここで待機でもいいよね？」

リリィが怯んだ。

「そうだな。強制はしないぞ。覚悟のある奴だけ付いてこい」

リリィがあの場に行ったところで役に立つとは思えないしな。

「うわー、その言い方、微妙～。行きたくないけど、伝説級魔法が見放題ってのも、ああっ！」

レティが身もだえするが、お前はどうせ来るんだろ。マッドめ。

リリィ一人をその場に残し、吹雪のエリアを抜けた。

視界は開けたが、例のスペクターがいるところはなんだか暗い。一人、戦士がやられてしまったようで、倒れている。

セーラの姿も見えたが、良かった、彼女はまだ生きていた。

他に、もう一つ、パーティーが増えて、協力しているようだ。

「くそっ！　援軍が来たと思ったら、レベル30にも届かないクソ虫共かよ！」

オールバックの金髪戦士がこちらを見て悪態をついた。モフッとしたファー付きの黒い鎧と漆黒の剣を装備している。世紀末っぽい格好良さだ。

「エスちゃん、いーじゃん、誰も来ないよりはさ。それに、アレック、いい報せがあるんだよね？」

セーラが俺に聞いてくる。

「ああ、国王に救援を要請した。部隊を派遣してくれるそうだ」

「おおー、ありがと。ちょっとコイツはアタシの手にも負えなかったよ。でもっ！　そういう事なら、もうひと踏ん張りだね」

「時間を稼ぐぞ！」

俺達も巻き込まれないようにしつつ、救援部隊を待つ。

「アレック！　戻っていたか」

エリサのパーティーがやってきた。

いなくなっていたので、ちょっと不安だったが、一時避難していたようだ。

「ああ、エリサか。無事で良かった。もうすぐ、国王の救援部隊が来るぞ」

「それはいいが、あんなもの、倒せるのか？」

「さあな。倒せなきゃ撤退するだけだ」

「ふっ、それもそうだな」

遠巻きにセーラ達の戦闘を見守る。

前衛が斬り込んでいるが、不死王は瞬間移動で躱している。

時折、不死王が悪霊を呼び出したり、炎の玉を飛ばしてくるが、パターンはそれだけのようだ。

「相手を捉えきれないようね」

星里奈が分析して言う。

「ま、あれだけヒュンヒュン動かれたらな。足場も悪い」

「我が名はガラード！　王の要請により、参上した！」

「『黒竜殺し』のジェイクだ、へっ、待たせたな、野郎共」

パーティーが二つと、騎士が十人ほどやってきた。

人数は少ないが、国王も少数精鋭でないと無駄になると判断したようだ。

「助太刀、感謝するわ。相手は見ての通りアンデッド一匹よ。中級以下の神聖魔法はすべて無効化される。上級も魔法抵抗があるからほとんど効かないわ」

セーラのパーティーの魔法使いが簡単に説明する。

「なんだ、珍しい組み合わせじゃねえか。セーラとエスクラドスなんてよ。こりゃ、この国のAランクはここに全部揃ったんじゃねえの？」

「ジェイク、まだ『石蛇』と『狂王』がいるよ」

「ああ、あいつらはいるだけ面倒だから、いねえ方がいいな！」

「その通りだね！　あはは」

顔見知りが多いようだ。

「誰か、このアイテムを使ってくれ。大司祭から預かった」

俺は数珠を取り出して言う。

「ほう、『縛りの数珠』ですか。それはアレの首に掛けると良いでしょう。動きを止められるはずです。ただ……誰がそれをやるかが問題ですが」

その場にいた僧侶の一人が言う。

「パス！　剣も当てられないのに、背後なんて無理無理無理」

セーラが剣を構えたまま言う。

「別に、正面からでも良かろう」

「んじゃ、エスちゃんがやってよね」

「ふん、あれにクロスレンジまで近づくのはオレ様でも無理だ。触られただけで死ぬからな」

【デスタッチ】か。HPを吸い取るとかじゃなくて、文字通りの死を与えるなら、厄介すぎる。

「マジかよ、勝てんのか、それ」

Aランカーのジェイクも驚いた様子で聞いた。

こいつは前に闘技場で俺に大損させてくれた奴だが、今はそれどころじゃないからな。文句は後だ。

「高速詠唱をやってくるが、それでも奴は基本が魔術士だ。大魔法さえ凌げば、戦いようはあるぞ」

「――来ますッ！　炎属性の範囲系！　そこの魔法陣がターゲット！」

「おいおい、広すぎんだろ。まずは逃げて様子見だ」

直径五十メートルくらいの魔法陣が出現し、その上にいた冒険者達が慌てて散開する。

次の瞬間、炎の巨大な柱が立ち上り、その周囲を焼き尽くした。

雪が消えて黒焦げの地肌が顔を出す。

「しゃれになんねー。ありゃ食らったら確実に死ぬな」

「誰か、大司祭のアイテムを」

俺がもう一度言うが。

「アレック、お前が持って来たんだろ、お前が使え」

「俺のレベルは28だ。無茶言うな」

だが、誰も引き受けないので、困ったな。まあ、使わなくてもこいつらが倒してくれりゃ、それでいいんだが。

「ぎゃー！」

「ポールッ！　ちくしょう！」

　あ、一人死んだ。Ａランクパーティーでもやられるとなると、のんびり見物とも言ってられないか。

「ご主人様、私が行きましょうか？」

　ミーナが殊勝にも申し出るが、行かせても死にに行くようなもんだしな。

「いや、いい。星里奈、アイツにお前の必殺技は当てられそうか？」

　星里奈の【スターライトアタック】はＨＰや防御を無視する聖属性と思われるので、ダメージくらいは行けると思う。

「うーん、自信が無いわ。誰かが三秒止めてくれたら、やれるけど」

　ふむ。

　俺のスキルリストを確認する。

【気配遮断　レベル5】Ｎｅｗ！

　この場にいる誰かのスキルをコピーできたようだ。

「誰か、俺を透明にするか、奴の目を潰せる奴はいるか？」

「仕方ねえ、これを貸してやろう。霧のマントだ。着ると霧に紛れる」

　盗賊風の奴から受け取ったが、そいつがマントから手を放さない。引っ張ると、睨まれた。

「持ち逃げしたら承知しねえぞ、アレック。お前の顔と名前は覚えたからな」

「恩に着る。ちゃんと返すから心配するな」

　ようやく手を放してもらい、装備してみる。

「どうだ？」

「あっ、凄い」

「完璧に見えなくなった！　それ頂戴」

「お前がこの数珠をアレの首に掛けてくるなら、

いいぞ、レティ」

「頑張って、応援してるわ、アレック。それは選ばれし勇者にしか使えないから、くぅー残念！

あー残念！」

「言ってろ、馬鹿」

アンデッドは鼻は利かない気がするから、【気配遮断】とこのマントで何とかなるだろう。

「じゃ、星里奈、奴が動けなくなったら、飛び込め」

「分かった。あなたも気を付けて」

【浮遊】で足音を消し、【気配遮断】も使って近づく。

すると下に、赤い光の線が走った。

うわ、魔法陣か。やっべ！

なんとか逃げ切り、もう一度仕切り直して近づく。

って、奴も瞬間移動で動いているから、厳しいな。

俺も【瞬間移動】は使えるが、奴の方が距離がずっと大きい。

「きゃっ！」

「セーラッ！」

様子を見ていると電撃魔法がかすって、セーラがその場に倒れてしまった。

俺のすぐ目の前だ。

そこに不死王も瞬間移動してくると、セーラのトドメを刺しに来やがった。


ここだ！　ここしかない！


俺は急いで【瞬間移動】し、さらに不死王に近づいた。もちろん、後ろからだ。

「させるか！」

ジェイミーも横から同時に斬り込んだ。

俺はそのまま不死王の首に数珠を無理矢理、はめ込んだ。数珠はぶわっと急に大きくなると、まるで生きているかのように自動で上手くハマってくれた。

成功だ。

不死王は数珠を外そうと手で掴んだが、外れない様子。

震えて、動きも制限されたようだ。

「今だ！　星里奈！」

「分かった！」

星里奈が駆け込んでくる。

「オレ様が先だ！　【ダーク・カタストロフ！】」

黒騎士エスクラドスが必殺技を繰り出したが、それ、どう見ても闇属性だろう。

だが、不死王のバリアは破ったようで、意味はあったようだ。

「どいて！　【スターライト・アタック！】」

星里奈がロングソードを突き出す。剣からは七色の星の輝きがこぼれ落ちた。

「HYAAAAA――――!!!」


耳障りな悲鳴を上げた不死王は、体が崩壊し薄くなり始めた。

効いたな。

「今だ！　もう一押し！」

『おのれ、勇者め、この場は退いてやるが、三百年後にこの傷が癒えたならばお前達を根絶やしにしてくれる。その時を楽しみに首を洗って待っているがいい』

頭の中に響く声が聞こえたかと思うと、不死王は暗闇の玉に包まれて消えた。

何も無い。

……そこには窪んだ雪だけが残っていた。

「消えたぞ！」

「探せ！」

「やー、これは逃げちゃったっぽいね。でもアレック、助けてくれてありがと、ちゅっ」

セーラが俺に抱きつくと頬にキスをした。

奴を逃がしたか……。

ま、生き残っただけでも良しとするか。

第八話　第五層

スペクター・オーバーロード。

不死王はあと一歩のところで取り逃がしたが、レベル86のヤバすぎる相手と戦って生き残っただけでも御の字だ。

これで心配なくあのログハウスを完成させられる。

向こうのトップが出て来て失敗したからには、あれ以上の奴は出てないだろう。俺にはそんな確信があるのだ。

だが、噂は広まってしまったようで、ポーターや大工が集まらなくなってしまった。

仕方ないので、俺達自らで組み立てをやるしか無い。

トントントン、トントントントンと小気味いいトントカチの音が辺りに響く。

第四層の北東エリアだ。

【釘打ち】のスキルを取ったので、技術的な問題は無い。

「よし、こんなもんだろう」

「いいのができたわね！」

メンバー全員で、できあがったログハウスを眺める。

苦労した分、ちょっと誇らしい。

大雪が積もっても良いように、屋根の近くにも予備の出入り口のドアを付けてある。

ベッドは二段ベッドが六つ。暖炉は薪が無いとどうしようもないのでやめた。

代わりに暖が取れる魔道具を十万ゴールドで購入している。

この前の蛾のボスのドロップ品、あれがなぜか百万という高値で売れたので、それだけの金は用意できた。

さっそく正面のドアを開けて入ってみる。

真新しい木の芳香が俺達を出迎えた。

「へえ、思ったより広いね」

リリィが一番手で感想を言う。

「将来、パーティーメンバーが増えてもいいようにしたからな」

将来設計も考えている匠（俺）のこだわりだ。

「エロい事に関しては本当に抜け目が無いわね」

「どういう意味だ、星里奈」

文句は言い返したものの、俺が女奴隷を増やすのは確定事項だから。

一泊して試してみたが、スペクターも入って来ないし、何も問題は起きなかった。

他の冒険者はビビって使わないだろうし、俺達専用だ。

「それにしても、あの隠し通路、なんだったのかしらね」

星里奈が言うのは、俺が救援部隊を要請しようとした時に、第一層の奥で見つけた通路の事だ。

あれから一度、探索してみたが、奥には魔法陣が一つあるだけで、他には何も無かった。

その魔法陣も上に乗ってみたが、反応せず。

「たぶん、あそこから下の階へワープできるんだろう。近道だ」

俺は言う。

「ああ。起動には何かアイテムが必要なのかしら？」

「だろうな。ま、使えなくても別に良い」

「そうね」

「じゃ、今日は第五層へ挑戦するぞ」

「わ。結構アグレッシブに行くのね」

「いちいち上に戻るのも面倒だからな」

第四層はともかく第一層や第二層など、雑魚しか出てこない所は最短距離でもだるい。完全に気を抜いて油断もできないので、余計な無駄とリスクは減らしたいところだ。

「反対意見はあるか？」

「無いよー」

「いいんじゃない？」

「あるわけねえぜ！」

「ご主人様に逆らう者は私が黙らせます！」

ミーナが握り拳を作って気合いを入れるが。

「いや、ミーナ、別に俺は独裁者がやりたいわけじゃないからな？」

「あ、はい」

「よし、じゃ、お前ら四十秒で支度しろ」

「無理！　絶対無理！」

「無理ねえ、ふふ」

気分の出ない奴らだ。星里奈はニヤニヤしながら言ったので元ネタを知ってるだろうに。


装備を点検して、俺達はすぐ近くにあるボス部屋の建物に入り、階段を下りた。

第五層はボスを倒したときに一度、下り立っているが、氷の通路だ。

透明な氷の壁が左右を囲んでおり、下の床は石床だから滑る心配は無いが、これがずっと奥まで続いているようで、見るからに寒い。

「これ見るとかき氷が食べたくなるなぁ」

リリィが言ったが、かき氷はこちらの世界にもすでに伝わっていたな。

「ああ、地上に帰ったら食わせてやる。壁はむやみに触るなよ。手がくっついても知らんぞ」

「わ、アレックが優しい。何か良くない事がありそう」

「リリィ、お前、俺をなんだと思ってるんだ」

「アレック」

なんかムカつくな。

「行くぞ」

氷に囲まれた通路を慎重に進む。

新しいエリアだ、用心に越した事はない。

少し進むと、等身大の氷の彫像が道を塞ぐように置かれていた。

「何かしら、これ」

星里奈が首を傾げる。

「罠っぽいが」

動かすと、敵が出てくるとかじゃないのか。

「フフ、押してみ、押してみ。ククッ」

レティが笑いをこらえながら言うので、何かあるな。

「よし、じゃあミーナ、押せ」

「はい、ご主人様」

「あ、待って」

「そいつは敵だよ」

ルカが言ったが、やはりそうか。

ミーナも俺のやり方は分かっていたようで、押そうとするポーズだけだ。

「レティ、お前、仲間を危険に晒すとか、本当に酷い奴だな」

「別に私も本気で怪我をさせようとか思ってないし、こいつら、トロいもん。アレックの驚く顔が見たかっただけよ」

「パーティーを罠に掛けた罰として後で全裸の刑な」

「ええ、全裸の刑です！」

「ええっ!?」

「戦闘態勢！」

俺達が剣を抜いて身構え、前に出ると、氷の彫像も反応してゆっくりと動き出した。

「行くぜ、オラぁ！」

ジュウガが勢いよく斬り込んで剣を叩き込んだ。

コンというくぐもった金属音がして、やはり硬そうだな。しかめっ面でジュウガが声を上げた。

「うお、かってぇ！　手が痺れるぜ、こいつは」

「転がして床に叩きつけるんだよ」

ルカが言い、足で蹴り上げるが、彫像も重いので簡単には倒れない。

「おっ、それならウチに任せてや！」

早希が彫像に抱きつくと、払い腰の技を掛けて彫像を転がし、石床に叩きつけた。

氷でできた彫像はバカッと割れると、煙となって消えた。

「どう？　どう？」

早希が褒めてもらいたそうに俺にすり寄ってくる。

「ああ、よくやった。だが、ルカ、今のはどうなんだ？」

俺は敵としてのこいつらの強さを聞く。

「まあ、大丈夫だよ。こいつら動きが遅いからね。囲まれたときが面倒なのさ」

「なるほどな」

「ここの敵は全部、このアイスゴーレムだよ」

氷の彫像、アイスゴーレムか。

前衛の奴なら問題なさそうだが、非力なネネあたりが囲まれると危険か。

「おっ、激レア宝箱、発見！」

ドロップした金色の宝箱に早希が飛びついていじり始める。

「罠があるかもしれないから、気を付けろよ、早希」

「平気平気、【罠外し】のスキルを持ってるウチにかかれば、ちょちょいのちょいで、あ、失敗した」

「おい」

空間がぐにゃりと曲がったかと思うと、目の前の氷の壁が消えた。いや、位置が変わった？

「早希、大丈夫か？　んん？」

早希の姿が無い。いや、他のメンバーもいないか。

俺はすぐに状況が理解できた。

「くそ、テレポートの罠か……」

まだマッピングも始めていない時にこの罠は痛い。

ひとまず氷の中にテレポートさせられなくて助かったが。他のメンバーが心配だ。

自分の装備をチェックし、問題が無い事を確認した俺は、左の壁にそって歩く。

通路の先にはアイスゴーレムが立ち塞がっていた。

「チッ、このくらいならまだ一人でもやれるが」

等身大の相手でトロいので、そこまでの脅威は感じない。

俺は剣すら抜かず飛びかかった。ゆっくりと反応して動き始めた氷の彫像を小脇に抱え、自分の体重もおっかぶせるようにして転がす。

床に叩きつけられたゴーレムはバカッと簡単に割れた。ボフン。

コイツ、弱くね？　まあいい。

また、宝箱がドロップしたが、さすがにつつく気になれない。仲間との合流が先だ。

「あっ、アレック」

透明な壁の向こうに星里奈の姿が見えた。ブロックとブロックの間にわずかに隙間があるので、声も聞こえるようだ。

「合流するぞ」

「ええ」

左を指さし、星里奈と一緒に同じ方向へ歩く。だが、すぐには合流できないようで、星里奈は奥側へ向かってしまった。俺のほうも離れていく。

「ねえ、逆のほうが良くない？」

「そうだな」

反対側へ向かうが、また離れてしまう。この地点はすぐに合流できないようだ。

「フン、じゃ、【瞬間移動】で」

壁向こうの移動先が見えない迷宮ではとても恐くて使えない代物だが、ここは透明の壁だ。

「ぐおっ!?　いって！」

「だ、大丈夫、アレック？」

何だ今の？　思い切り弾かれたぞ。

「チッ、どうやら【瞬間移動】はできないエリアらしい」

俺は額を押さえながら立ち上がった。

「そう……」

「仕方ない、星里奈、お前は他のメンバーを探しつつ、回ってこい」

「了解」

こういうときこそ、焦らないほうが良い。

俺はのんびりと通路を歩き出した。

第九話　無限の願望

第五層、氷の迷宮。

そこでいきなりテレポートの罠に引っかかってしまった俺達は、メンバーがバラバラになるという危機的な状況だ。

マッピングも始まったばかりで道もろくに分かっていない。

だが、ここの階層の敵はアイスゴーレムだけだ。

コイツは近づかないとこちらに反応しないので、焦らなければ何とかなるだろう。

「あっ、アレックだ」

「おお、リリィ。ネネも一緒か」

透明な壁の向こうに二人がいた。

一番危なそうなメンバーが無事で、俺もちょっとほっとする。

「早くこっち側に来てよ」

「お前もな。だが、アイスゴーレムを見かけたら近づかずにじっとしてろ」

「うん」

通路を回ってみたが、リリィ達と合流する道が無い。相手がすぐそこに見えているだけに、焦れったい。

剣で氷を叩いてみたが、手が痛いだけだった。

分厚いし、壁を壊すのは無理だな。

「仕方ない、別の道を行け。後で合流だ」

「分かった」

アイスゴーレムに柔道技を掛けつつ移動していると、マップもそれなりに埋まってきた。

ただ、星里奈やリリィがいた場所にはまだ辿り着かない。

「おかしいな？」

まず向こう側へ回ってやろうと歩き回っているのだが、離れる一方だ。

俺は嫌な予感がしたが、すぐにそれが的中した。

「くそっ、閉じてやがる」

オートマッピングで、俺のいるこのエリアが閉じた空間だと判明した。外側へ出る道が無い。

これがブラウザゲーなら運営にバグだと報告して謝罪アイテム祭りなのだが。

「どうするよ、俺……」

詰んだ。

いや、待て、何か手はあるだろう。無いと困る。

「あっ、アレック。こっちは全員、合流できたわ。あとはあなた一人だけだけど」

氷の壁の向こう側にいる星里奈が、お気楽そうに言う。

思いの外、早く合流できたようだ。全員それほど遠くまで飛ばされなかったか。

ただ、俺は別だ。

「問題が発生した。こちらからそちらへ行く道が無い。ここは閉じたエリアだ。俺の【瞬間移動】もダメだった」

「ええっ!?」

「うお、マジかアニキ、閉じ込められたってか？」

「うわー、ざまぁｗｗｗって言いたいけど、ちょっと笑えない……」

レティまで深刻そうな顔をするが、よせ、そんな顔するなっての。

「手は無いのか？」

「ううん、ここでどうやっても行けないエリアがあるってのは聞いてたけど、そっち側へ入ったなんて話は聞いた事が無いよ」

ルカが言う。

「じゃ、ちょっと魔法で溶かしてみる。任せなさい」

「おお、レティ、珍しく頼もしいぞ」

「珍しくが余計だっての」

レティが無詠唱で炎の呪文を使った。

「どうだ？」

「変ね。全然、溶けてないわ」

「ええ？　おかしいわね。このエリア、氷属性だからか、私の炎も弱くなるみたい」

「いいから続けろ」

「うん」

「あ、私も」

レティとネネの師弟コンビが炎の魔法を壁に何度も掛ける。

「ダメれすぅ……」

ＭＰ切れになったネネがへろへろになってしまった。

「ネネ、お前はいい、休んどけ」

「はい……」

「レティ、お前だけが頼りだ。任せたぞ」

「お、おう、任された」

俺はひょっとしたら階段がその辺にあるのではと思いつき、まだ埋まっていないマップの中央地点に向かう。

階段があれば笑い話で済む。だが、それも無ければ……。

「豚汁、食いてえ」

ぽつりと、そんな言葉が俺の口から出た。

洋画の死刑囚は、最後の日、自分の好きなメニューを注文して食ってたな。

聞いてるか？　眼鏡っ娘神。

おっと、弱気になるのはまだ早すぎるよな。

だが、マップもすべて埋まった。こちら側はやはり閉じたエリアだった。

目の前にはさっきドロップした金色の宝箱が一つ。

いったん、レティの所へ戻る。

「どうだ？」

「ごめーん、今、良い魔法を考えてるからもうちょっと待って」

「つまり、お前の炎の呪文では、この壁は溶かせないんだな？」

「……うん、今のところは」

「よし、なら、もう一回、宝箱を開ける。それでまたテレポートすればそっちに行けるかもしれない」

「ああ、なるほど」

「いや、待ってよ、アレック、ここの宝箱の罠は、色々あるけど」

「だが、ルカ、俺はそれを引き当てないと他にどうしようも無い」

「ああ……」

「心配するな。いざとなればスキルを使う。先にこれを開けてからだ」

そう、俺にはまだスキルが残されている。

ただ、今の時点で、使えそうなスキル候補は思いつかない。

こういうとき、自動的に状況に合ったスキルが出てくるはずなのだが。

「ふう」

深いため息をつきながら、俺は宝箱を開けた。

「マジかよ……」

テレポートでは無かった。

だが、それはある程度、予想していたので驚きは無い。ここで湧いてくるアイスゴーレムを倒しまくれば良い、そう考えていたのだから。

それよりも——俺は自分の目を疑った。

そこには小さめの土鍋に入った豚汁がある。湯気が立ってほかほかだ。

……おいおい、そういうの、やめろってての。

だが、ひとまず、食う。

箸も付いて至れり尽くせりだ。

「うめぇ……」

体の芯から温まる。ゴボウの歯ごたえと、大根の程良い柔らかさ、ニンジンの甘み。上品な豚肉の旨みがこれに合わさる。それを味噌の風味が包み込む。

あっという間に食べ終わってしまった。

物足りないな。お代わりが欲しい。


「お？」

本当にお代わりが出て来た。これ、夢じゃねえのかと思ったが、豚汁はそこにある。

あるから食う。

「むむ？」

食ってる最中にお代わりが用意された。

いや、もう要らんけど。

さらにお代わりが増えた。

ま、放置で。レティがもう溶かしてくれたかもしれない。戻ってみよう。

「レティ、どうだ？」

「思いついた！　目には目を！　歯には歯を！」

つまり、氷には氷よ！」

「ほう」

レティが無詠唱でアイスゴーレムを召喚し、壁を殴らせた。

ガツッ！　と良い音がすると、壁にヒビが入った。

「お前、本当に天才だな」

アイスゴーレムは一発で砕け散ってしまったが、何度かやればこの壁も壊せるはずだ。

「当然、フッ、もっと褒めていいわよ？」

俺はふと、気になって後ろを見る。

見なきゃ良かった。

そこには通路いっぱいに土鍋が並んでいた。

「おい、眼鏡、もう要らないぞ！」

「ん？　何を言ってるの、アレック」

「何でも無い、気にするな」

アイツの仕業かどうかもハッキリしないが、あの無能女神ならやりかねん。俺を他人と間違えて異世界へ飛ばすような奴だからな。

「あっ！　穴が開いた」

「アレック、急いで！　ここの壁、すぐ再生すると思うから」

「おう」

壁に開いた穴をくぐる。

「ほれ、アニキ、こっちだ」

ジュウガとルカが引っ張ってくれて、ようやく抜け出せた。

「ふう、助かった」

「ご主人様ぁ！」

「良かった……」

「レティ、助かった。礼を言うぞ。お前がいなかったら本当にヤバかったかもしれん」

「もー、やめてよぅ、ホント、私、こういうのダメなんだって。プレッシャーに弱いんだからぁ、ぐすっ！」

レティがマジ泣きしているが、悪かったな。

「ところで、なんか良い匂いがするんだけど」

リリィが穴を覗く。

「レティ、もう一仕事だ。この穴をさっさと塞げ。今すぐ」

スゲぇ嫌な予感がするしな。

「ええ？　ごめん、今、魔力切れ。ちょっと休ませて」

「仕方ないな、早くしろよ」

「お、なんか食べ物が出てきた！」

「これ、豚汁ね。アレックが出したの？」

「違う、俺じゃない」

「いただきまーす！」

「待て馬鹿」

俺はもう食ってしまったが、明らかに異常な豚汁だ。

こういうときは【鑑定】するに限る。

〈名称〉豚汁
〈種別〉食べ物
〈材質〉野菜と豚肉
【解説】
冬の定番の一つ。
体が温まる。
毒なし。問題なし。

豚汁には問題ないようだが、器はどうだ？

〈名称〉土鍋
〈種別〉食器
〈材質〉陶器
【解説】
電撃に耐性がある。
無限の願望器の一部。

……なんだよ、『無限の願望器』って。

あの宝箱の中身が、コレなのか？

「どういう事なの？」

「俺にもよく分からんが、中身は食っても大丈夫だ」

「じゃあ、食べましょうか。リリィはもう食べちゃってるし」

「賛成！」

全員で食べる。

「やー、あたし、お腹いっぱい」

「あたしもー」

「スゲえな、まだ出てくるぜ？　アニキ、ここに来ればいつでもこの、豚汁だっけか？　食い放題だな！」

ジュウガが満面の笑みで言うが、そんな生やさしいモノとは思えん。

「全員、ここで起きた事は内緒だぞ。リーダー命令だ」

「ええ？　他の人たちにも食べさせてあげればいいのに」

「まあ、豚汁が出てくるという情報は言っても良いが、俺が何かをしたというのは内緒だ、分かるな？」

「ああ、いい人ね」

「さすがです、ご主人様」

「かっけぇなぁ、分かったぜ！　アニキのおかげってのは内緒だな！」

お前ら良いほうに取ってるが、無限ってのは相当やべえぞ。

「よし、今日は探索終了だ。地上に上がるぞ」

無かった事にしたい。

俺はすべてを忘れる事にした。

第十話　呼び出し

……あれから一週間、ダンジョンには潜っていない。

無限の豚汁が、どうなっているか、気になるのだが、まあ、変な噂も立っていないようだし、もう時間切れで消えたのだろう。きっとそうだ。

ノックがあった。

「アレック、大事な話があるの」

レティが俺の部屋にやってきた。こいつは宿の中でも茄子《ナス》色のとんがり帽子を被ったままで過ごす変人だ。

「聞こう」

部屋に招き入れ、誰にも聞かれないよう、鍵を閉める。

「それで？」

「うん、私、あれからずっと考えてたんだけど、やっぱり、あなたが好きみたい」

レティが肩をすくめて何でもないように言った。

「んん？　ああ、なんだ、そっちの話か」

「なんの話だと思ったの？」

「いや、気にするな。だが、好きと言っても俺のスキルポイントが好きなんだよな？」

「当然でしょ！　誰が好き好んでおっさんなんか――おっとぉ、違うの、今のは間違えた。無しで！」

「ふう、まあいい、ポイントが欲しければくれてやる。ただし、お前の体と交換だ」

「ええと、それってセックスのほうだよね？　まさか、魂を寄越せとか、錬金術の材料にするとかは……」

「ねえよ。お前じゃないんだから」

「いや、私も人間を材料にした事は無いわよ」

「ならいいが、どうする？」

「んー、んー……分かった！　これもポイントのため、Aランク魔導師の称号のため、好きにすると良いわ」

「よし。じゃあ、来い」

「う、うん。あの、優しくしてね？」

「もちろんだ。そこは心配するな」

レティを抱き寄せ、ローブを脱がせる。下にはレオタード風のものを着込んでいた。露出度も高くエロい格好だ。

剥ぎ取ろうとしたが、レティが離れた。

「ま、待って」

「いいからやらせてみろ」

「違う、そうじゃなくて、こういう時に一回、やってみたかった事があるの」

「んん？　何をだ」

「ちょっと見てて」

レティはベッドの上に立つと、ロッドを取り出して一振りした。星のエフェクトがロッドの先からこぼれ出る。

「マギカマギカ――変身！」

するとレティの体が光り、急にどこからかBGMが聞こえ、彼女が宙に浮く。

「むっ、これは」

レティのレオタードがパーツごとに光って消える。無意味にエロいポーズを決めながら回転するレティ。そうして一糸まとわぬ姿になった。

「ヌード変態、裸ジャー！　……どう？」

「どうと言われてもな」

明らかに萌え成分が足りない。おそらく少女の恥じらいが無いせいだろう。

「ええ？　絶対ウケると思ったのに」

「いいから、俺に任せておけ」

「うん」

改めてレティを引き寄せる。

「あっ……」

緊張した様子の彼女は、やや小柄で、胸は小さいが、そのほうが良い。

膨らみを指で撫でてやると、レティは堪らないといった感じですぐに反応した。

「あんっ、ひゃっ！」

さらに揉む。

「んっ、ああっ、アレック、くうっ」

逃げようとするレティの体をがっちりと押さえ込み、今度は舌を使う。

「あんっ！」

乳房の一番敏感な部分を舐めてやると、レティは華奢な体を震わせ、気持ち良さそうに目を閉じた。

「なんだ、おっさんが嫌だと言っていた割には良い反応だな、レティ」

「別に、嫌とまでは、言ってないけど、んっ、あんっ、はあんっ、これっ、こんなに気持ちいいなんて思ってなかったから」

「じゃ、もっと気持ち良くしてやる」

「あっ」

足首を持ち上げてベッドに仰向けに転がし、今度は下を舐める。

「うあっ、そ、そこは、ひゃうっ、何コレ何コレ、あっ、イクッ！」

「どうだ、気持ちいいだろう」

「う、うん、オナニーより、ずっとイイ。知らなかった……、こんなに男がイイなんて、うう」

「じゃ、もっと色々、俺が教えてやる」

正常位で挿入だ。

「んっ、んんっ……あっ、は、入ったね……」

「ああ。ここからだぞ」

「ええ？　うあっ、きゃっ、やっ、あっ、あっ、あっ！　やっ、激しすぎっ、ああんっ！」

動く。レティの体を上下に揺らし、激しく蹂躙してやった。

「はふう……凄すぎぃ……」

夢見心地のレティはこれで俺に対する態度も少しは改まるだろう。ポイントは1ポイントだけくれてやった。一回で1ポイント、それでこいつには充分だ。


「アレック！　大変よ」

星里奈がドアを開けて入ってきたが、鍵を勝手に外すなと。いつの間に合鍵を作った？

「お前、ノックくらいはしろよ」

「それどころじゃないもの。ああ、もう、レティまで毒牙に掛けちゃったのね。あれだけ警告してあげたのに、この子は」

「合意の上だ。それで、用件を言え」

「国王がお呼びよ。緊急だって」

「チッ、意外にバレるのが早かったな」

「バレてるかどうかは分からないけど。でも、迷宮のほうは、第二層まで豚汁で満杯になってるそうよ」

「笑えるな。いや、笑えないんだが」

「ええ。とにかく、すっぽかさないほうが良いと思うわ」

「そうだな」

ミーナと星里奈、それにルカを連れ、俺は城へ顔を出した。

殺風景な応接間に通されると、そこのソファーに座った国王と大臣が深刻そうな顔で何やら相談をしていた。

他に、Ａランクパーティーのセーラ達がいる。

「お、アレック、やっほー」

能天気なセーラは、和むな。

「よう」

「来たか。アレック」

国王が顔を上げる。こちらはいつになく険しい顔だ。チッ。

「用件は何でしょうか？」

「しらばっくれるな。ここ一週間ほど、お前達はダンジョンに潜っていないそうだな」

「それが何か？」

「聞き取り調査をしたが、お前達の後に入ったパーティーが豚汁を目撃している。お前達は見なかったのか？」

「いえ、見つけて、食べて帰りましたが」

「なぜそれを門番兵士に報告しなかった？　何も無いと答えたそうだな」

「それはまあ、欲しいのは凄い武器や防具ですから」

「食べ物は例外か。罰したりはせぬ、何をどうしたのか、正直に言え」

くそ、端から犯人扱いだな。

まあ、俺がやったんですけどね。

「金色の宝箱を開けたら、豚汁が出て来た、それだけです。あと、豚汁が食べたいと眼鏡っ娘神に祈りましたが」

「眼鏡の神だと？」

「ああいや、こちらの話です」

「あっはー、ホントにアレックの仕業だったんだ。みんな怪しいって言ってたけど、さすがだねー。あれだけの数の豚汁を出すなんて、ちょっと普通はできないよ。さすがさすが」

「セーラ、笑い事じゃないぞ」

セーラの相方の女戦士が険しい顔で怒るが、対策を採らないとダンジョンどころか、この国ごと、豚汁に押しつぶされるだろうからな。

「やあ、ごめんごめん、でも、宝箱を開けただけって事なら、どうしようもなくない？　何か、他にアイテムは出なかったの？」

「無いな。俺は見ていない。ただ、鑑定してあの器が『無限の願望器』だという事は分かった」

「それはこちらでも鑑定している。どうも無限に増えるようだが、ふむ、宝箱か……。どうする、ゼノン」

国王が隣の大臣に聞く。

「難しいですな。過去の文献にあたってみましたが、似たような事例もありません。現在、他国に早馬を出して調査協力の依頼を出しておりますが……」

「望み薄か。豚汁に征服されて国が滅びるなど、願い下げだな」

「まったくです。トンだ話になりますぞ」

気むずかしい大臣が、しゃれのつもりか。全員、スルーで対応。

「みんなで食べまくったら、どうなんだ？」

ルカが言うが、国王は眉間にしわを寄せて首を横に振った。

「すでにやっている。だが、運んで食べるスピードよりも、増えるスピードのほうが速い。人数を増やせば増やすほど、増えるのも速くなるようだから、不思議で厄介な事だ」

これはなかなかの難問だ。

全員が沈黙した時、セーラが笑顔でヒラヒラと手を振った。

「それじゃ、陛下、私達も解決方法を探してきますねー」

「うむ、頼むぞ、セーラ。アレックもな」

「了解」

何か解決方法があればいいが。俺達はあれこれと考えながら、城をあとにした。

第十一話　大賢者、降臨

翌日、たまにはいいかと妥協し、宿の女将に作ってもらった朝食スープ（有料）をのんびり堪能していると、唐突に後ろからヒュンと音がして、俺の頭に激痛が走った。

「いって！」

「あははー、命中！」

振り向くとリリィが黒いムチを持っている。今のはムチの一撃だったか。

「リリィ、何のつもりだ」

「んー、ヒマだからちょっとムチで遊ぼうと思って。そしたらモンスター発見！」

ビシッと俺を指さしてくる悪ガキ。

「ふう、今すぐ謝らないと、本気でパーティーを除名するぞ、リリィ」

俺は真面目な顔で言う。

「エェ～？」

「当然だ。パーティーメンバーは仲間だぞ？　それを後ろから不意打ちで攻撃する奴があるか」

「アレックの言うとおりだよ、リリィ。いくら怪我をしてないからって、武器を使ったらダメさ。気に入らない事があれば、素手でやりな」

女将《エイダ》の言い分もちょっとおかしいのだが、リリィもそれで反省したようで、しゅんとして謝った。

「ごめんなさい」

「よし。ムチの練習がしたいなら、裏庭にかかしの的があるだろう。あれでやれ」

「だって、あれは動かないし、声を出さないからつまんなーい」

ワガママな奴だ。だが冒険する上で、武器の熟練度を鍛えるのは悪い事でもない。

「そうだな、リリィ、思う存分、動く的を用意して遊ばせてやるから、ちょっと待ってろ」

「ホント!?」

キラキラした目だ。そうとも、人生には厳しい課題だけじゃなくて、美味しい飴が必要だからな。

俺もちょっとニヤリと笑いながら、スープを完食し、的を用意する事にした。

「それで、アレック、私にパーティーの訓練に協力して欲しいって、具体的には何をやるの？」

お前の力を貸して欲しいと言ったのだが、何も知らない星里奈は二つ返事で引き受けてきた。

「訓練はここでやる。お前は裸になってベッドに座っていてくれれば良いぞ」

まずは言うだけ言ってみた。

「は？　……えっと、何を言ってるのかしら？」

「だからね！　リリィがムチの練習をするから、それに星里奈も付き合って欲しいのぉー」

リリィもウキウキ顔で言う。

「なら、別に裸じゃなくていいじゃない。意味が分からないわ」

「だが、星里奈、お前はＳＭにも興味があるはずだぞ」

「べ、別に興味があるってほどじゃないけど」

「未知の体験だぞ」

「……ちょっとだけなら、体験してみるのもいいかもね」

チョロいな。

ＪＫが全裸になってベッドに上がる。

リリィには蝶仮面を付けさせ、ＳＭプレイ――

もといリリィの武器練習の開始だ。

「にひー、じゃ、行くよ！」

「あんまり最初から強くしないでね、リリィ」

そう言って星里奈がムチでぶたれるのを待つ。

ヒュン、とリリィが楽しそうにムチを振るうと
――。

「ああっ！　つぅ……」

やはり痛かったようで悲鳴を上げて苦痛に顔を歪める星里奈。

「もう一回。えいっ！」

「んんっ！　い、いったーい！　くぅ……」

「どうだ、星里奈。感じたか？」

「そんなに感じてないわよ。痛いだけじゃない」

そんなにということは少しは感じたようだ。とんだ変態だな。

「リリィ、星里奈にこう言ってやれ」

俺は知っているＳＭっぽい言葉をリリィに教えてやった。

「分かった。じゃあ、えいっ！　星里奈、私を女王様とお呼び！」

「く、くうっ、なんでそんな変な事をリリィに教えてるのよ」

「そのほうがそれっぽいだろ。それより、星里奈、顔が赤いぞ。まさか今ので感度が増したなんて言うなよ」

「そ、それはだって、そういう雰囲気になっちゃうじゃない。私のせいじゃないもん」

「おいおい、星里奈君、嘘は良くないな。お前は色んなものに素質がありすぎだろう」

「星里奈って真面目ぶってるけど、ちょっと色々、変態だよねー」

「くっ、何とでも言いなさいよ。それより、リリィ、続き」

「おおぅ、なんで叩かれるのが好きなのぉ？　リリィは楽しくていいけど、それそれ」

「ああっ、くうっ、なんでこんな事で……」

下唇を噛みながら、体を震わせる星里奈。数回ぶっただけで開発済みになるとは、ＳＭ女王もビックリだ。

「よし、そのくらいでいいだろう。普通にプレイしてやる」

二人が本格的にハマっても困るので、俺はパーティーリーダーとして良識的判断を下してやった。

赤くなった背中を舐めてやり、ちょっと思いついたのでスキルリストから【超高速舌使い】を取る。

レロレロレロヨーロロレイヒー！

「ちょ、ちょっと、な、なによそれ、ああっ」

「アハハ、面白ーい」

ヒュンヒュンと動く舌に星里奈もリリィも楽しんでいるようだ。

星里奈が我慢できなくなったところで、ムチより太い武器を挿入してやる。

「んんっ、ああっ、こんな穢《けが》されてるのに、イイッ、いいのぉっ」

赤い髪を左右に振り乱し、乱れまくりのＪＫは残念ながらもう元には戻れないだろう。

やれやれ。ま、本人が喜んでいるのだから、それもありか。

「ほら、ＳＭプレイ記念だ。しっかりイケ」

「くうっ、い、イクぅ！」

プレイが終わった後で、星里奈が泣き出した。

「うわーん、もう私、こんなのお嫁に行けないわ」

安心しろ星里奈、俺がもらってやるぞ。

俺はリリィと小悪魔的にニッコリ微笑み合った。

さて……。

いや、こんな事をしてる場合じゃねえだろ。

あの無限に増える豚汁をどうにかしない限り、

俺達もいずれ楽しめなくなってしまう。

ほっとけば何とかなると思ったが昨日も国王に呼び出しを食らってるし。


何か、打てる手はあるはずだ。


なにせ、あの豚汁は俺が願ったから出て来たものだ。

無限の願望器というアイテムが宝箱のドロップ品だとしたら、俺の新たな望みで上書きできるのではないか?

他にもスキルだってあるのだ。

「可能性は、ある、か……」

「ん、なあに? アレック」

「いや、こっちの話だ」

俺は服を着ると、スキルリストを確認した。

手持ちのスキルで【クラスチェンジ レベル4】というのがあった。


もしかして、という予感があり、転職可能な職業《クラス》を確認してみる。

戦士
剣士
僧侶
魔法使い
騎士
盗賊
詐欺師
遊び人
奴隷商人
賢者 New!

やはりか。

セクロスした後の、このスッキリとした落ち着き。

これこそが賢者タイムであり、今の俺は転職条件を完全に満たしたのだ。

そして、無限の願望には、無の境地というものが対極にある。

豚汁などという食欲を、高尚な無の境地、あるいは世界を救うという欲求で上書きし、無限の願望器を変形させてやる。

無を願えば、必ずあの願望器は無に変わる事だろう。

方法は見えた。

「ちょっと行ってくる」

「うん、行ってらっしゃい」

賢者に転職した俺は『帰らずの迷宮』に向かった。

上手く行かないかもしれない。

だが、世界が豚汁で埋め尽くされるのを、ただ黙って見ているわけにはいかないじゃないか。

俺はやっぱり勇者なのだから。

◇◆◇◆◇

『帰らずの迷宮』の地上入り口は戦場のような有様だった。

「運搬班を優先させろ！　渋滞したら下にいる奴は死ぬぞッ！」

「おい、食える奴はどこにいる！　空腹の奴は手を上げろッ！」

土鍋を両手に持って駆け回る兵士と冒険者達。

誰もが必死な顔だ。

「くそっ、オレはもうダメだ……オ、オエッ！」

「ジャッーク！　持ちこたえろ！　お前がここでリバースしたら、どうなるか、分かっているのか！　グランソード王国、いや、世界が終わるんだぞ！」

「ああ、そうだったな。すまん」

「食わなくてもいい、せめて見えない所へ行ってくれ」

「ああ、先に行く。悪いな」

「気にするな、オレは夢だったのよ、死ぬほど料理を食うのがな。タダで食えるんだ、一生分、食ってやらあ」

「トニー……すまん」

口を押さえながら冒険者が俺の横を走っていく。

「隊長！　大変です！」

「どうした？」

「食べる勢第三班、リバースにより壊滅！　あそこはもうダメですッ！」

「くっ、早すぎる。なら、正面の大通りに運べ！」

「しかし、あそこは貴族の」

「構わん！　この味なら文句は言わんだろう。嫌がるなら国王の命だと言え。女子供でも容赦するな！　食べさせろ」

「た、隊長……、分かりました」

「どいてくれ」

俺は運搬班に混じって迷宮の入り口を下りていく。

「火傷《やけど》した人はこちらへ！　あっ、アレックさん」

「ああ、フィアナか」

白いローブの僧侶がその場で怪我人や腹痛の者を手当てしていたが、フィアナだった。

「ここも危険ですよ」

「死人が出たのか？」

「いえ、でも、もう豚汁は金輪際食べたくないと、腹痛や、うなされる人が多くて…」

「それも大変だな。まあいい、じきに終わる」

「あっ、アレックさん！」

さらに先を行くと、向こうから一斉に兵士達が走ってきた。

「撤退！　撤退だ！　前線を地上に上げる！　下に降りてくるな。上に脱出しろ。ここはもう持たん！」

「来たぞっ！　豚汁だ！」

「ひいっ！」

兵士達の後ろに波のように盛り上がった何かが迫ってきている。

土鍋だ。

豚汁の入った出来立てほやほやのそれが、大量に迫ってきていた。

アホか。

食べ物の分際で、調子に乗るんじゃねえ！

「おい、アレック、早く逃げろッ！　アレが見えないのか!?」

顔見知りの兵が通りかかって叫ぶ。

「見えてるさ。先に行け。ここは俺が食い止める」

「なに？　いや、無理だろう」

「いいから行け。気が散る」

生き物のようにうねる土鍋がすぐそこまで来た。

【精神統一　レベル5】を取っておく。


目を閉じた。


——無心。

願うのはただそれ一つ。

それ以外に無い。

「無限の願望器よ、無に還れ！」

俺が手を伸ばして呼びかける。

…………何も起きない。

ダメか？

と、土鍋の波が雲散した。中身の豚汁ごと、霞のように消え去っていく。

「ふう、片が付いたか」

さっさとこうしてりゃ良かったぜ。

後で国王には謝っておこう。

「な、なにぃっ？」

「消えた？」

「そんな馬鹿な」

「豚汁がいない？」

兵士達が後ろに気づいて唖然とするが、締まらねえな、豚汁の退治なんて。

「いや、あの化け物がそう簡単に消えるはずが無い」

「そうとも、その辺にいるかもしれないぞ」

兵士達は、なおも疑っているが。

「いや、俺が片付けた。あいつらはもういない……ぞ!?」

もぞり、と向こうで何かが動いた。

まさか？

「何かいるぞッ！」

「茶色い。アレは豚汁だろう」

「いや、違う。違うぞッ！　アレは豚汁なんかじゃ無い。見ろ！　牙がある。なんだアレはッ！」

瞬く間に大きくなったそいつは、大きな口の付いたミミズのようだった。

その口には牙がびっしりと生えている。

「ＧＩＹＡＡＡＡ――――！」

吠えやがった。あれは、どう見ても豚汁なんかじゃねえな。

俺は鑑定する。

〈名称〉アルティメット・ミミック
〈レベル〉52
〈ＨＰ〉777／777
〈状態〉通常
【解説】
宝箱に擬態して冒険者を襲うモンスター。
『無限の願望器』によって産み落とされた。

どうなってる。

まだ『無限の願望器』は生きているのか？

とにかく、冒険者を襲う以上、ここは相手をするしかないな。確認はその後だ。

「レベル52！　死にたくない奴は近づくな！」

俺はそう言って剣を抜き、構える。

レベル差は厳しいが、ここには回復役のフィアナがいる。

「それがしも手を貸すぞ」

白い鎧の騎士が剣を構え、俺の横に立った。

「おお、エリサ、良いところに来たな」

「ああ。相手が人間でないなら、間違いもないだろう。私も遠慮なくやれる」

「そうしてくれ」

太さが一メートルほどあるミミズはうねりながらこちらを威嚇し、近づいてくる。

消えろ、と願ってみたが、ダメだった。

こいつは産み落とされた側であって、本体ではないようだ。

「来るッ！」

エリサが叫んで、横に跳ぶ。

俺も後ろに下がったが、そこにミミズが大口を開けて飛び込んできた。

何も無い床にぶつかった後、ミミズは勢い余ってバウンドしていたが、まだ平気のようだ。

迷宮が衝撃で揺れ、パラパラと小石が落ちてくる。この威力、まともには食らいたくない。

「ＧＩＹＡＡＡＡ――――！」

再び、大口を開けて咆哮する。訳の分からん巨大クリーチャーってのは、動いてるだけで威圧感があるな。

俺は思わず一歩退いて身構えた。

「――聖なる裁きの光をもって闇を打ち砕かん！【ディヴァイン・パニッシュメント！】」

そこにエリサが神聖魔法を使い、ミミズの口の中めがけて光の稲妻を飛ばした。

命中！

「ＫｅＥＥＥＥ――――」

身震いしたミミズはダメージが入った様子。どうやら無敵ではなさそうだ。

「よし、効いてるぞ。続けろ、エリサ」

「ああ！」

だが、二撃目はミミズも嫌がったようで体をくねらせて口をそらしてきた。

それならと今度は二人でそのままミミズの体に斬りつける。

「【聖印《ホーリー》・悪破連斬《デストロイ》！】」

エリサが大技を出して斬りつけ、ミミズが真っ二つになった。

「やった！」

「やったぞ！」

「さすがは聖法国の騎士様だ！」

後ろの兵士達が喝采を上げたが、俺とエリサはまだ身構えている。

当然だ、モンスターは煙を上げるまでは死んでいないのだ。

「ＫｅＥＥＥＥ――――」

思った通り、二つに分かれたままで襲ってくるミミズ。

「くっ！」

「くそっ、こいつ、しぶといな」

体も大きいせいか、鑑定したＨＰとは違ってタフだ。

あるいは、ちぎれた程度ではダメージになっていないのか。

となると、ここは魔法の方がいいな。

第十二話　勇者、無限の災厄を　エロ技で倒す――

『帰らずの迷宮』第一層――

俺はでっかいミミズ、『アルティメット・ミミック』と戦っている。

レベルはずっと上の相手だが、こちらも一人ではない。聖法国のテンプルナイト、エリサが一緒なら勝てるだろう。回復にフィアナも控えている。

真っ二つにされても動いているような奴なので、剣ではダメージが入りにくいと見た。

そこで魔法だ。

ちょうど賢者にクラスチェンジしているし、何か使える呪文はないかな？

「エリサ、少し時間を稼いでくれ」

「分かった」

エリサが前に出て敵を引き付けてくれた。

その間に俺はスキルリストの候補を見る。


【アイス・ジャベリン】New！


これだな。今までは候補に無かった呪文だ。レベルが上がり賢者にクラスチェンジした事で、新たなスキルが解放されたのだろう。

俺はそのまま剣を前に出して唱える。

「氷の精霊よ、したたりて凍てつく槍となれ！　穿《うが》て！　【アイスジャベリン！】」

一メートルちょいの太いつららがかなりの勢いで飛び出した。

ただ、一発当たった程度ではレベル52の相手は倒せない。

なので、連打。

ついでに【超高速舌使い】も使用する。

「ジャベリン、ジャベリン、ジャベリン、ジャベ、

ジャベ、ジャベ、ジャベ、ジャ、ジャ、ジャ、ジャ、ジャ、ジャ、ジャ、ジャ、ジャ、ジャ、ジャ！」

別に無詠唱でもいいのだが、そこは気分で。MPの減り具合も半端ないので【MP消費軽減　レベル5】【MP回復速度上昇　レベル5】【回復アイテム効果上昇　レベル5】も取り、マジックポーションも出し惜しみ無しで使う。

超高速の連打。

シューティングゲームのように氷の槍が幾本もミミズの口の中に入り込んでいく。

「GIYAAAA――――！」

「す、スゲえ！　あんな呪文の連発、見た事ねえぞ！」

「なんだアイツ!?」

後ろで兵士や冒険者達が驚いているが、ま、ここまで高速詠唱する奴はあまりいないだろう。

完全にエロ目的で取ったのだが……いや、オホン、最初から俺はこのつもりだったぜ？

「いいぞ、アレック。敵が凍り付いている！」

エリサが言うが、つらら《ヽヽヽ》の束がミミズの口にも収まりきらなくなったようで、そこから凍結も始まっていた。

俺はちぎれたもう一方のミミズにもアイスジャベリンを連打し、浴びせていく。

だが、ここで肝心のマジックポーションが切れてしまった。第五層の閉じたエリアの件で懲りたから、かなり多めに持ち歩いてたんだがな。

「誰か、マジックポーションを寄越せ！」

「これを使え、アレック！」

エリサが持っていたようだ。投げてきたのを上手くキャッチしたが、スキルで【運動神経】【動体視力】も底上げしているからできる事だ。昔の俺なら確実に落としてただろうな。

「ジャジャジャジャジャジャジャジャジャジャジャ！」

「いいぞ、アレック！」

「そのまま、やっちまえ！」

「豚汁を押し込め！」

アイツは豚汁じゃなくてミミックなのだが、まあいい。

うっすらと靄《もや》がミミズから立ち上り、氷がミミズを覆っていく。

しかし、まだミミズは煙と化していなかった。

しぶとい野郎だ。

だが、勝ったな。

氷らせた物体は、脆くなる。

特に、柔らかいモノほど、ヤバいぜ？

「もう良いぞ。エリサ、衝撃系の大技で叩きつけてくれ」

「承知！【聖印《ホーリー》・悪破連斬《デストロイ》！】」

エリサの光の剣撃を受けたミミズは、木っ端微塵に砕け散ると、光り輝くダイヤモンドダストのような一瞬のきらめきを残して、すべて茶色い煙と化した。――ボフン。


ミッション、コンプリート。


「やった！　豚汁に勝ったぞ！」

「た、助かった……」

「生きてる、オレ、生きてる！」

後ろで歓声がどっと上がったが、皆、いい笑顔だ。

剣を収めたエリサも笑顔で俺の前に立った。

「アレック、私は貴殿を誤解していたようだ。危険を承知で単身乗り込んでくるとは、実に見事。私から聖法国の大司祭に事の詳細を報告し、聖者として推薦しておこう」

エリサが両手で握手を求めてくるが、俺は言う。

「いや、冒険者なら当たり前の事をしたまでだ。あまりおだてててくれるな」

元はといえば俺が招いた事なので、持ち上げられるとさすがに気になる。

「……そうか、冒険者なら当たり前か。うむ、良いものだな、冒険者とは」

「ああ。もう良いだろう、エリサ、手を放してくれ」

「あっ、ああ、すまない、つい……」

あたふたしたエリサはその辺は初心《うぶ》なんだよな。

ここは彼女のためにも、少し男を教えてやるとするか。

「俺は今から城にケリが付いた件を報告しに行く。エリサ、もし気が向いたなら、今夜、仲直りの食事でもしよう。『レディ・タバサ』の店を予約しておくから、君一人で来てくれ」

「分かった。『レディ・タバサ』だな」

「ああ」

ヒヒ、『仲直り』というキーワードがポイントだ。生真面目なエリサの事だから、きっと俺がまだ彼女に対してわだかまりを持っていると感じた事だろう。

そして、彼女は自分が悪かったのだからと必ず一人で、のこのことやってくる。

あとは酒を勧めまくって酔ったところを、好きだ愛してるなどと甘い言葉でアタックしてやれば、コロッと落ちるに違いない。

俺は軽い足取りで城へと向かった。

エピローグ　神殿騎士と

グランソードの国王は俺の報告を聞いて少しほっとした様子で、笑顔で「よくやった」と褒めてくれた。

褒美はもらえなかったが、代わりにアレを引き当てた罪も問わないという事で、まあ、そこは当然だろう。

冒険者が宝箱を開けるのは国王が禁止するよう

な事でもないのだ。

ちょっとおかしな宝物だったのが少し引っかかるが、今はエリサが先だ。


宿に戻ると、パーティーや軍団の連中が出迎えてくれた。

「やったわね！　アレック。話は聞いたわ」

「アニキよぅ、なンでオレに声を掛けずに一人で行っちまうかなぁ」

ジュウガが少しだけ不満そうに言うが、俺一人ですぐ片が付くと思ってたからな。そこは俺の油断だった。あんなモンスターが最後に出てくるとは思ってもみなかったし。

きっとあの最後のミミズは、その場にいた兵士達の恐怖感の願望が呼び寄せてしまったのだろう。

そう簡単に豚汁の災厄が消えるはずがない、という思い込みだ。

ま、いずれにせよ、俺はエリサと共にそのミミズも倒したから、兵士達も恐怖感は消えた事だろう。彼らの笑顔には怯えた感じは少しも無かった。

しばらく様子を見ておく必要はあるが、もう『無限の願望器』は完全に消えてしまったと俺は考えている。

あんな凶悪で破滅的なアイテム、この世界の神、眼鏡っ娘神が修正をかけただろうしな。

そこはお前、お詫びアイテムが常識だぞ？

天井を見たが、何もドロップしてこない。

まあいい、あの女神は凄くトロそうだったし。


またあとだ。

昼間は会いたいと言ってくる貴族の使いを追い返し、サインをくれとねだる娘達には木札のサインをくれてやり、俺は自然体で夜を待った。

あまりソワソワしていると、星里奈あたりは勘がいいから、邪魔されかねないのだ。

『あー、早く夜にならねーかな、ヤりてぇ』

「黙れ、ネネ」

「あう、すみません、アレック様」

「ご主人様、何か、お約束でも？」

「まあ、そんなところだ、ミーナ。星里奈には黙っておけよ」

「はい、必要であれば、私が足止めしますので」

「うむ」

ようやく夕方になり、まだ少し早いかもしれないが、俺は上等な絹の服に着替えると、宿の裏口からこっそりと出た。

しめしめ、星里奈には上手く見つからなかったな。

「アレック様」

「うっ」

大通りに出たところで後ろから声を掛けられたのでちょっとビビる。

振り返ると知り合いの商人、ユミだった。

「なんだユミか。びっくりさせるな」

「申し訳ありません。これから夕食ですか？　魔物退治のお祝いに、私がごちそうさせて頂きますけど」

「いや、今日は他の奴と約束がある。また今度な」

「そうですか。では、またの機会に」

「おう」

レストラン『レディ・タバサ』に入る。壁に彫刻が施された高級感あふれる店だ。

二人きりのムードを高めるには持って来いだろう。

「いらっしゃいませ、アレック様」

すでに店員も俺の顔は覚えているので何も言わずとも中に案内してくれる。

「お連れ様もすでに中でお待ちです」

「ああ、そうか」

早いな、エリサ。

ま、アイツの性分からして、遅刻はしないだろう。

「料理はすぐにお出ししましょうか」

「そうしてくれ」

「かしこまりました。ごゆっくりどうぞ」

店員がドアを開き、個室に俺は入る。そして唸った。

「うぬ……くそっ、星里奈、お前……」

「ふふ、凄い顔ね、アレック」

コイツが嗅ぎつけているとは、いや、予想できた事だ。おそらく、エリサと昼間のうちに会って話でもしたに違いない。エリサに口止めもしておくべきだったな。失敗した。

エリサはちゃんとこの場にいるが、これで下手すりゃ今夜はお預けだな……。

「安心して。別に嫉妬じみた正妻を気取るつもりも無いわ。私はもう帰るから」

「んん？　そうか」

「ただ、ちょっと釘を刺しに来ただけ。説得は失敗したんだけども」

「やっぱ、邪魔しに来てるんじゃないか」

「何も知らない女の子がエロ親父の毒牙に掛かるのを見逃せないだけよ。それとアレック、あんまり初っ端から凄いスキルとか使っちゃダメよ？」

「んん？　まあ、お前と違って、俺は初めては優しくしてやるぞ」

「そ。なんかムカつくけど、それでいいわ。それじゃ、エリサ、頑張って」

「う、うむ……」

ガチガチになっているエリサに手を振った星里奈は、苦笑すると店を出て行った。

「まあ、先に料理を食おう」

「そ、そうだな」

エリサはさすがに今夜は白い鎧ではなく、白い冒険服を着ている。男物に見えるが、彼女にはドレスよりこちらのほうが似合うかもな。

「星里奈の話は話半分に聞いておいたほうが良いぞ。アイツ、俺に対して根に持つところがあるし、評価が厳しいからな」

「いや、警告はされたが、それほど嫌っている感じでもなかったし、仲間想いでしっかり考えてると褒めていたぞ」

「ふうん？　まあいい、ワイン、飲むだろ？」

「頂こう。私も職業柄、貴族や司祭との会席も多いのでな。【酒豪☆】のレアスキル持ちだ」

「なに？　うーん、そうか」

「ううむ、失敗した。余計な事を言った。スキルも少し調節するから、今の話は忘れてくれ」

「そうか」

他愛の無い雑談をしつつ、料理とワインを口に流し込む。デザートも食べ終わる頃にはエリサも顔を赤らめ、少し酔った様子だった。

「休憩室に行こう。そこで休んで帰れば良い」

「わ、分かった」

この分だと、何をするかは分かっている様子。なら話が早い。


うつむいたまま休憩室に入ったエリサはカクカクのロボットのような動きでベッドの端に腰掛け、落ち着かない様子だ。

戦闘では百戦錬磨といった感じのコイツの変わりように俺もちょっと笑ってしまいそうになるが、そこは雰囲気だからな。我慢だ。

「ど、どうすればいいのだ？」

「エリサは何もしなくて良いぞ。俺に全部任せておけ」

そう言って俺は優しくエリサを抱き寄せてやる。綺麗な金髪の触り心地が良かった。つい、髪を撫でていると、エリサは気持ち良さそうに目を閉じた。

「何年ぶりかな、髪を撫でられたのは。もう随分と昔の気がするぞ」

「そうか。気に入ったなら、これからいつでも撫でてやるぞ」

「う、うむ。頼む」

「あと、こっちもな」

俺はエリサの胸を両手で触る。

「あっ」

形の良い乳房を揉むと、堪らずと言った感じでエリサが小さく喘いだ。

「はあっ、くうっ、あんっ、くっ、こんな、婚前にこんな事……私は騎士として失格だな」

「黙ってれば分かりゃしないだろ」

「いや、神が見ておられる」

真面目な奴だ。

「じゃあ、その神様に見せつけてやるか」

俺はエリサの胸元のボタンを外してやった。

「なっ、だ、ダメだ、そんな事」

「そうか？　だが、ここに来たって事は、そのつもりで来たんだろ？」

「それは、んっ、ああっ、そ、それは……んっ」

ブラを剥ぎ取り、桜色の小さな突起をつまんでやるとエリサがビクッと震えた。


「おっと、悪い、キスを忘れていた」

「う、うむ、別に、そちらのしたいようにして構わないぞ。これは仲直りの儀式だからな。あくまで仲直りだ」

「よし」

なら、最初からディープキスだ。

舌を強引にねじ込んだが、エリサは嫌がらず、こちらのなすがままになっている。

だが、彼女も次第に興奮してきたようで、息が荒い。

服を脱がせてやると、潤んだ瞳でエリサはこちらを見つめてきた。

「アレック……」

「何も心配するな。すぐ終わる」

じっくりやるつもりだが、そう言って安心させてやり、乳首を舐めていく。

「あっ、わ、私は乳は出ないぞ」

「問題ない」

体の隅々まで撫で回してやると、エリサも良い感じでできあがったようだ。

「はあ、はあ、き、気持ちいい……体が浮いているようだ」

「じゃ、そろそろいいな。仰向けになれ」

「こ、こうか？　体が上手く動かないから、待ってくれ」

「待たない」

俺は強引にエリサの両足首を持ち上げ、ひっくり返した。

「きゃっ」

怯えた表情をするエリサだが、少々の痛みで泣くような女でもないしな。

下を舐めるのはまた今度にして、もう入れる。

「ああっ！　くうっ、な、何を」

「何をって、セックスだぞ。星里奈から聞いてないのか？」

「あ、ああ、いや、聞いてはいたが、具体的に何をするかまでは、あっ、ま、待て、動かないでくれ」

「ダメだ。少し我慢しろ。それで俺が満足する」

「そ、そうか、なら仕方ないな、我慢するとしよう」

それなりに優しくしてやるつもりだったが、必死にしがみついて喘ぐエリサについつい、力が入ってしまう。

「ああっ、アレック、くうっ、ああんっ、あっ！　アレック！　アレック！」

「もうちょっと意識を保ってろ」

「む、無理だ、もう、何が何だか」

「テンプルナイトなんだろ、これも神の試練と思って頑張ってみろ」

「わ、分かった、だが、くうっ！　こ、こんな試練は初めてで」

こちらが激しく動いているのにまだ喋れるとは、大した精神力だ。

ここは、そうそう、まだ攻め手があったな。

「好きだ、エリサ」

「なっ！　わ、私も、アレックの事が、す、ああああーっ！」

ふう。良い感じで中に出してやった。

戦闘力は手強い奴だったが、恋愛力はてんでチョロインだったな。

「これで、終わりか？」

エリサが聞いてきた。

「あ、ああ。お前、凄いな、イった後ですぐ喋れるのか」

ちょっと俺も驚いた。

「イクという状態がよく分からないが、私には【鉄の意志☆】というレアスキルがあるから、精神的には強いぞ」

「そうか。まあ、今のがイクという事だ、気持ち良かっただろ」

「あ、ああ、そうだな。そうか……あっ、満足してくれただろうか？　仲直りはしたいのだが」

「ああ、仲良くなれたぞ。男女の仲だ」

「うむ、これが男女の仲か、今ひとつピンとこなかったが、なかなか凄い仲だな」

ちょっとズレたところがあるが、まあ、おいおい教えてやれば良いだろう。

「ついでだ、エリサ、【鉄の意志】があるなら、もうワンラウンドくらい、行けるだろう」

「ま、待て、そちらが満足したなら、今は待ってくれ。今のを何度もされては、私の体が持たぬ、ああっ！」

「大丈夫大丈夫、体も心も丈夫そうだし」

「だから、ダメだと、ああっ、ちょっ、うあっ！　ダメっ！」

調子に乗って三ラウンドまでやったが、翌日、「しばらくセックスはしたくない」とエリサが言い出し、少し失敗した。

何事もほどほどが一番だな。

次巻予告　第九章（裏）ルート　グランソードの祭日

◆プロローグ　駆ける謎の少女

腹が苦しい……。

昼間に酒場で食った豚カツのせいだろう。星里奈やリリィ達は平気な顔をしているので、別に肉は悪くなかったのだろうが、胃がもたれるのだ。

やはり、この歳になると量より味だな。

「あっ、お団子～。アレック、あれ買って」

俺の先を歩くリリィが屋台を見つけて指さした。

「まだ食うのか、お前」

「うん！　食べるよ？」

「いいじゃないアレック、そんな顔しなくたって。私も食べたいし、じゃリリィ、今日は私が奢ってあげるわね」

「わーい！　ありがと～星里奈」

ま、俺が食うわけじゃないからな、勝手にしてくれ。

星里奈とリリィが美味しそうな顔でタレの付いた団子を食べていると――

ドォン、という大きな音がして、地面が軽く揺れた。

「わっ！」「なにっ?!」「なんだ？」

俺達は驚いて原因を探るべく周囲を見回す。

「あー、やっちまった」「なんだよ……」

すると、後ろに巨大ロボがいた。そいつが近くの建物にぶつかって半分めり込んでいる。全長八メートルくらいの高さはありそうだ。丸太と藁《わら》を組み合わせて作ったようだが……デカいな。

「うわー、なにあれ。おっきーい！」

「いいかー、ゆっくりだ！　ゆっくり後ろに下がれ！　オーライ、オーライ！」

　先導役の男が合図すると巨大ロボが独りでに動いて起き上がり、体勢を整えた。

「う、動いた!?」

　星里奈が驚くが、周囲の通行人が慌ててはいないので、この木造ロボの危険度は低いのだろう。

「よし、いいぞ、オーケーだ！　頼むぞ、魔術士。あっちこっち壊して回ったら、祭りどころじゃなくなるぞ」

　先導役の男がそう言ったので、これが祭り用の人形である事が分かった。

「ちょっと！　私は魔導師だから！　その辺の魔術士風情と一緒にしないでよ！」

　そう言って怒っているのは——レティだった。

「あ、やーいやーいBランク～って言ったら反応が面白い魔術士だ。にひっ」

「やめなさい、リリィ。後が面倒だから。レティ！　あなたお祭りの準備を手伝ってるの？」

「あら、星里奈、みんなも。そうよ。日当で大銅貨一枚にしかならないショボいクエストだけど、私にかかればこんな芸当、朝飯前だし。フフン」

「その割には、壮絶に今、大失敗したみたいね……」

「チッチッチッ、こんなの大魔導師クラッシャー・レティ様にかかれば、お茶の子さいさいよ。——夜を昼に、昼を夜に、太陽と月が巡りし軌跡、其《そ》は永劫にして不変なりや。動き即《すなわ》ち是《これ》時の流れなり。ならば徐々先聖の紗真が如く、時も動けば若返るものなり。復元せよ！【リターン・ワーク・ポイント！】」

　レティが呪文を唱えると、壊れた建物がみるみるうちに戻っていく。まるでビデオ録画の逆再生を見ているようだ。吸い込まれるように路地に落ちていた破片もすべて元通りになった。

「ほう」「すごーい」

「あれ？　でも、壁の位置が微妙にズレてる感じね」

星里奈が指摘して気付いたが、確かに柱の位置が数センチくらい、はみ出てるな。

「そんなの気にしなければ困らないから。じゃっ、今は見ての通り私は忙しいから。またね！」

「うーん、家の人、気になると思うんだけど……私、あの家の人に説明してくるわね」

向かおうとした星里奈を俺は止める。

「よせ、星里奈。それだと最悪の場合、建て替え費用をうちのパーティーに請求されるかもしれないぞ。だいたい、気付かないという可能性もあるだろうし、家が壊されたなんて情報は誰だって嬉しくないだろう」

「それ、耐震設計の偽装問題と同じでしょ。そんなごまかしは嫌よ」

「いや、実用として問題がないんだ。それとは問題の質が違う。だから、もしも家の事でお困りでしたら、クラン『風の黒猫』までご相談下さい——という書き置きだけにしろ。それで家の人も俺達も幸せなまま平穏に暮らせる……可能性が残る」

「ちょっと。それは……」

「よく考えろ、星里奈。悪いのはレティだ。俺は別に、建て替え費用を恐れてるわけじゃないぞ。あのくらいの建物なら、せいぜい十万ゴールドもあれば何とかなるだろう。それくらいの金はある。だが、その人が苦労してローンで建てた家が、変な風にされただとか、変質者が侵入してオナニーしてたなんて情報、お前は聞いて幸せになれると思うか？」

「それは思わないけど。いいえ、やっぱりきちんと謝るべきよ。ちょっと話してくるわ」

「チッ」

聞き分けのない小娘だ。十万ゴールドを請求されたら、お前が払えよ。

「星里奈って、真面目～。アレックの言うとおり、知らないほうが幸せって事もあるのにね」

「そうだな。意外と大人びた事を言うじゃないか、リリィ」

「うん、この前アレックにあげたお団子も、まあまあだと言って問題なさそうだったし」

「オイ。団子の何が問題だったか、言え」

「エー。聞くと幸せになれないよ？」

「いいから話せ、リリィ。話さないと次から団子は奢ってやらんぞ」

「むぅ。リリィが後で食べようと思って部屋の引き出しに入れて忘れてた古いのを出しただけだよ。お腹を壊してないなら、大丈夫だし」

そういえばあの団子、ちょっと硬くて甘みが薄かったが、古かったせいか。まったく。俺に【毒耐性】が無かったらどうなっていた事か。

「リリィ、次からそーゆー団子は捨てるか、誰かに相談しろ」

「はぁーい」

星里奈が微妙な顔で戻ってきた。

「ぼったくられたのか？　星里奈」

「そうじゃないわ。ちょっと耳の遠いおばあさんに、あなたの家がほんの少しですが壊れてますよって教えてあげたら、凄く怒り始めちゃって」

「当然だ。赤の他人がお前の家はボロいな。って真顔で言ったら、怒るに決まってるだろ」

「そ、そうじゃないわよ、そんな言い方はしてないのに。もう」

「星里奈～、他人の家を馬鹿にするのは人としてやっちゃダメな事なんだよ？　めっ！　だよ。にひひ～」

「はいはい」

さて宿に戻るか。と思った時、今度は向こうの路地から白いウェディングドレスのロリ少女がこちらへ走ってくるのが見えた。そのままではスカートが地面にこすれて邪魔なせいか、上流階級の挨拶でもするように両手で裾を持ち上げ必死で走っている。

あれは――何だ？

――第3巻・完――

Now Loading……

第四巻　九章（裏）ルート　グランソードの祭日　第一話　晴天の花嫁

Extra

書き下ろし短編1　のーぱんしゃぶしゃぶ

『竜の宿り木邸』の食堂で俺はうんざりさせられた。

「また肉か。昨日も肉だっただろう。女将《エイダ》、魚を出せ、魚を」

「魚なら一昨日に出してやったよ。客はアンタだけじゃないんだ、我慢しな、アレック」

エイダがもっともらしい事をしれっと言ってのけるが、客のニーズに合わせて違う料理を出せば全員が満足できる。そこは明らかに宿屋側の怠慢だ。

「俺は魚を要求する」

「そうかい、じゃあ、よそで食ってきな」

まったく。一度席に座ったと言うのに、また立ち上がって街を歩いて別の食事処を探す手間と時間を考えろと。

「いいじゃない、この肉じゃが、美味しいわよ？」

星里奈が言うが、それはお前の勝手な主観であって、俺の美味しさではない。

「じゃあ、お前が好きなだけ食べろ。俺は肉は食わん」

「もう、筋肉も付けたほうが良いと思うけど。ねえ？」

星里奈は周囲に同意を求め始めた。自分の無理筋の主張をさも普通であるかのように見せかけるために、論点以外で工作するなど姑息も甚だしい。

「そうだね、やっぱり肉を食わないと肉は付かないよ」

などと脳筋のルカも謎理論を持ち出してくる。

「おう、肉はうめーべ？」

「肉〜」

ジュウガとリリィも肉派か。ま、それも若さゆえの過ちだ。

長年じっくりと味わって自分との相性を見いだし、体調が悪くても胃にもたれない食材というのはそれだけで価値がある。

優しさと絆だ。

「ふふ、私はお魚が良いですね」

「私もです」

イオーネやフィアナは魚派だった。やはり落ち着きのある性格だと魚の淡泊であっさりとした味わいの中にも旨みの神髄を見つけ出せるのだろう。

「ミーナはどうなの？」

星里奈が聞いた。

「私ですか？　私は……その、ご主人様と同じ物がいいですね」

少し照れくさそうに言うミーナは可愛い奴だ。

「ええ？　なにそれ、自分の嗜好を相手に合わせるって、もっと自己主張したほうが良いわよ、ミーナ」

まるで相手が悪いみたいに言い出す星里奈も困ったものだ。

「まあまあ、ええやん、別にミーナも無理してまで魚を食べてるわけじゃないやろし。それより、夏バテに備えて、ダーリンが美味しく肉を食べられる方法をちょっと考えたほうがええかもな」

早希がそう提案した。

「ああ、そうね、良い考えだわ」

「ええ、夏バテになるとキツいですからね……」

「あう……」

ふむ、夏バテか。確かに夏バテはキツい。フィアナやネネも夏バテに苦しめられているようだが、そこは何も肉でなくともウナギや牡蠣など、精をつける食物はたくさんありそうだ。

「よっしゃっ！　ええ商売を思いついたでぇ！　ここは『一宮商会』の知恵の見せ所やな、この大陸に革命《イノベーション》の嵐を起こすでぇ！」

　早希が気合いを入れたが、ま、基本的に彼女はやり手でアイスクリームやたこ焼きなど、現地の商人も雇って手広くやっているようだからな。これは期待できるかもしれない。

「いいだろう。その料理ができあがったら、味見くらいはしてやるぞ」

「あーん、ダーリン、優し〜」

「ええ？」

　星里奈が眉をひそめるが、そこは優しさだ。


　翌日の夕食、早希が俺の部屋に新たに仕入れた魔道具を持ち込んで鍋をやるという。

　俺もピンと来た。

　肉で鍋と言えばやはりしゃぶしゃぶであろう。

　湯で肉の脂身を溶かして落とすので、夏にピッタリの料理ではないか。しゃぶしゃぶなら良いかもしれない。

「ほな、ダーリン、入ってええよ」

「うむ」

　ドアを開けて俺の部屋に入ると、何やら部屋には怪しげな飾り付けがしてあり、天井にはミラーボール、薄暗い間接照明に、床には鏡を敷いて随分と凝った造りだ。

「い、いらっしゃいませー」

　ピンクのミニスカを制服として着込んだ女性陣がやや緊張した笑顔で出迎えてくれた。

「ほらほら、みんな、これも接客業やからな。もっと店員らしじゅうやってこな」

「無理よ、だいたいなんでこんな格好……」

　星里奈が落ち着かない様子で自分の服を見やるが、全然、いつもの星里奈より露出も少なくスカート丈も長めなくらいだ、なんでコイツが嫌がるのか、よく分からん。

「まあまあ、これもダーリンの夏バテ対策や。じゃ、お客さん失礼しまーす！」

早希がテーブルの上にセットされた鍋に箸でつまんだ肉を泳がせる。

「早希、あまり煮すぎるなよ？　肉が固くなるからな。だがきちっと火は通して殺菌してくれ」

「大丈夫、そこはウチらに任せといてぇな、ダーリン」

彼女も心得ているようで、ささっとお湯をくぐらせ、肉の色がちょうど変わったタイミングで皿によそってくれた。

「ポン酢とごまだれ、どっちがええかな？」

「そうだな、まずはごまだれで行くか。後半はポン酢だ」

「はいな。じゃ、召し上がれ、あーん」

早希がごまだれをたっぷり付けた肉を俺の口に入れてくれて、至れり尽くせりだ。ただ、これだと他の女性陣は暇そうだな。

「星里奈、お前達も好きに食べて良いぞ」

「そ。ありがと。さすがに立ってると、落ち着かないもの」

そう言って星里奈が椅子を俺の隣に動かして座ろうとする。

「あかんよ、星里奈。女子店員の椅子は対面に限定や」

「なっ、ええ？　そんなの嫌よ」

「星里奈、せっかく早希がここまで力を入れてやってるんだ、今日くらいは付き合ってやれ」

「くっ、わ、分かったわよ……」

「だいたい、なんで正面に座るのが嫌なんだ？」

「ええ？　気付いてないの？」

「にひっ、気付いてたら、スケベ親父は屈んでくるよ、絶対！」

リリィが言うが、なんだと？　これは何か俺がまだ気付いていない隠されたトリックがありそうだ。

さっそく、俺は少し体を斜めにして頭の位置を下げてみる。すると正面に座り直した星里奈が、さっと自分のスカートを押さえた。

ほう。

なるほど、ここはそーゆー店か。

そうと分かると俺は俄然、食欲が湧いてきた。

「星里奈、その手をどけろ。お前も食べるんだろう？」

「くっ」

「はい、手をどけろオーダー入りましたぁ！　星里奈ちゃん、ハンズアップ！」

「なんなのよ、この店。最低ね……」

そう言いつつも、星里奈はゆっくりと自分の手を上げる。

スカートの中は……

「むむ、意外に、見えそうで見えないな」

残念ながらスカートの中は影になっていてよく見えない。

だが、俺から視線をそらし、上気した頬でふるふると小刻みに震えながらこの状況に耐えている女性店員の反応はなかなかだ。

「どやろ、ダーリン、のーぱんしゃぶしゃぶは」

「大変結構。まあ、まずは食べるぞ」

お楽しみは最後に取っておくとしよう。

「はいな。みんなも好きに食べてええよ」

「やった～」

「よし、食うぞ！」

リリィやルカが喜んで我先にと肉を突っ込む。

「バカ、一度に突っ込む奴があるか。一枚ずつ行け、一枚ずつ」

「え～」

「まどろっこしいね。んぐ。ああ、このタレはいいね。旨いよ」

「薬味にショウガとネギも用意しとるから、欲しい人は言うてな」

女性陣が肉を食べる事に無防備に夢中になる中、

俺の鋭い目は床の鏡をチラチラと追うので忙しい。そこには結局何も見えていないのだが、もうちょっとで見えそうという感覚が興奮をさらに高めてくれる。

「はふぅ、食べた食べた」

リリィが満腹になったのか、ベッドにゴロンと転がり込んだが、その瞬間、ミニスカートが少しまくれて、桜色のメインディッシュの肉がチラリと見えた。

「リリィ、ダメよ、はしたない」

星里奈が注意するが無防備な肉体こそ、のーぱんしゃぶしゃぶの醍醐味だろう。

俺は美味しい桜色のデザートを味わうため、席を立ってベッドに向かう。

「にひっ」

リリィもこれからやることは予想が付いたのか、蠱惑的《こわくてき》な笑みを浮かべて俺を見つめる。

「さあ、ヤるぞ！　肉祭りの始まりだッ！」

「おー！」

「肉祭りって……」

星里奈が引き気味で言うが、肉を美味しく頂くのだ、何も間違ってはいない。

さっそくリリィの制服を剥いてやると、華奢で小さな足とぽっこりしたお腹の肉が姿を見せた。

俺は優しくその体を撫で回す。

「んっ、あはっ、やぁん」

リリィも気持ちいいようで喜びながら体をくねらせる。

次に俺は胸肉を舐めて味わう。

「きゃはっ、くすぐったい～」

リリィが体を揺すって笑い声を上げた。ピンクのB地区はまだ発展途上のようでポッチの半径が小さい。俺は愛撫してB地区周りの肉をほぐしていく。

「はふぅ……」

上気した頬と妖艶な目つきになってきたリリィ

の両足首を広げ、今度は内ももの肉を味わうべく責め立てる。

「あはっ、そこぉ、いいのぉ！」

リリィはビクンと震えると、待ちかねたように歓喜の声で叫ぶ。

俺は【超高速舌使い】も使ってリリィをぐちょぐちょにしてやった。

「アレック、もう入れてぇ、早くぅ」

「いいだろう」

肉を食べて精が付いたせいか、カチカチになっている俺の肉棒をあるべき場所に挿入していく。

「んっ、んん〜！」

リリィがキュッと目を閉じ、俺の肉の感触に耐えている。

「行くぞ」

「き、来て」

動く。

すると俺の肉に絡みついたリリィの軟らかな肉がこすれ、得も言われぬ快楽を生み出した。

「くっ」

「あっ、あぁっ、あんっ、やぁんっ、きゃうっ、あふっ、んっ、んあっ」

甘くとろけた喘ぎ声を出すリリィ。俺はさらなる興奮に襲われ、リビドーの赴くままに荒々しく動く。

「あっ、あうっ、らめぇっ、アレック、それ、激ししゅぎぃ！　そんなのリリイ、壊れちゃうよぅ！」

リリィが不安を口にするが、問題ない。何度も体を重ねて具合も心得ているからな。

「よし、リリィ、これでラストだ」

「あっ、あっ、あああ――――！」

最後に大きくのけぞったリリィが絶頂に達して叫び声を上げる。

俺はたっぷりとその体の中に濃厚な欲望を注入してやった。

「ふう」

「ねえ、アレック、次は私よ」

星里奈がベッドに上がってきた。

「いいだろう」

制服の裾を掴んでめくってやる。すっかり星里奈もその気になっているのか、抵抗もせずに自分の桜色の肉をさらけ出した。

「なんだお前、まだ触ってもいないのに、濡れてるのか」

「だって、あんな格好、恥ずかしかったんだもん」

恥ずかしいだけでここまでぐしょぐしょになるとは大した女だ。

俺は星里奈の一番柔らかなその濡れた肉を舌で味わう。

「ひゃっ、んんっ、あんっ！」

星里奈は堪らないといった様子で色っぽい喘ぎ声を上げる。

敏感な肉の芽の部分に舌を入れてやると、星里奈は狂ったように頭を振り振り、喜び始めた。

「ああっ！　そ、そこ、くうっ！　いいのぉっ！ダメ、イクぅ！」

体をビクビクと痙攣させた星里奈は、舌だけでイってしまったようだ。おお、女勇者よ、それしきでイクとは、なんとふがいない。俺はリーダーとして彼女を鍛え直してやるべく、性欲の剣を突き刺し、動きながら胸を揉んでやった。

「うあっ、アレック、もっと強く、鷲掴みにしてッ！」

彼女が要求するのでそれに応じてやり、釣り鐘型の乳房を掴んで揉み上げる。

「くうっ、ああんっ！」

快楽の叫び声を上げた星里奈にキスをしてやり、一発目のラストスパートに入る。

「んんっ、んふっ、ああっ、アレック、凄い、凄いのぉ！」

器用に腰を動かしてくるＪＫ勇者に負けじとこちらも腰を動かし、俺と星里奈はひたすらに快楽の絶頂を追い求める。

そしてついにその高みに到達した俺達は、これまで味わった事のない感覚の激流に身を任せた。

「ああっ！　イックぅ――――！」

ビクンビクンと、二度三度と衝動が肉体を駆け巡り、そして恍惚とした満足感が訪れる。

「ふう」

「ふふっ、ダーリン、次はウチやで」

「いいだろう」

順番待ちをしている彼女達に囲まれ、肉祭りの本番はまだまだ始まったばかりのようだった。

書き下ろし短編2　悪魔のしっぽ

窓の外で小鳥が元気にさえずっている。

ここは『竜の宿り木邸』の一室、俺の部屋だ。

ミーナから受け取ったコップの水をグビグビと飲み干し、一息ついた俺はベッドに腰掛けたまましばらくぼーっとする。

何もしなくて良い時間というものは人間をリラックスさせてくれる。

それは飽き性の者にとって必要不可欠な儀式と言っていいだろう。小鳥のコーラスを聴き、緩やかなまどろみの中で空気を吸う。

すべては、ここから一日が始まるのだ。

「よし、ミーナ、今日は散歩に出かけるぞ」

「はい、ご主人様、お供させていただきます」

従順で頼りになる犬耳少女を連れ、俺は街をのんびりと歩く。

グランソードの王都はいつにも増して人通りが多く、ムキムキの戦士や、フードで顔まで隠した怪しげな魔法使い、仲間と軽口を言い合いながら陽気に話している盗賊風の男、他にも商人や身なりの良い貴族などが忙しく大通りを行き交っていた。

「ご主人様、サンドイッチが売られているようです。朝食にいかがですか？」

「ふむ。なら腹ごしらえするとしよう」

「はい。では、二つ買って参りますね」

ミーナが買い付けてきたサンドイッチを屋台の側にある木箱に座ってかじる。トマトとレタスのスライスでほどよく小腹が満たされた。

そのまま何をするでもなく、再び街を歩き始める。街の広場では子供達が頭に面を着けたままで追いかけっこをしていた。手には棒を持っており、剣のつもりらしい。

「待て〜大司祭！　我こそはぁ『風の黒猫』のクランリーダー！　さすらいの冒険者アレックだぞ！」

「ククク、Bランク風情のニンゲン共が、魔族であるこのワシに勝てると思ったか！」

どうやらこの間の一件が子供達の間でも話題になっていて、それを真似てヒーローごっこをやっているらしい。

「へえ、あの子達、私達の事を随分と詳しく知っているようですね」

「そうだな。早希あたりが吟遊詩人に特ダネとして売ったんだろう」

俺は思い当たる節があるのでそう言った。早希があの事件の事を公表していいかどうか、俺に確認を取ってきたからな。俺ははっきり兵士に報告するのかと思っていたが、それだけでなく、ああして他の情報網にも流したのだろう。ま、英雄譚となれば、クランの名が上がるのだ。多少、面はゆいものの、良いやり方に思えた。

「ぐあっ、やられたぁ」

「よし、食らえ大司祭、ここで必殺、おでこフラーッシュ！」

「待て。そんな技は使っていないぞ」

明らかにおかしな技を繰り出していたので、俺はその子供達に割って入る。ここはカッコイイ勇者というものを見せてやらないと。多少の演出も必要だろう。

「だぁれ、このおじさん」

「邪魔すんなよなー」

「ご、ご主人様、子供のやる事ですから」

「いいからミーナは黙っていろ。奴にアレックが使った技はこうだぞ。【アイスジャベリン！】ジャジャジャジャジャジャジャ！」

建物の壁に向かって連続で【アイスジャベリン】の呪文を飛ばす。威力は調整して手加減したので、そのまま氷の槍は壁に当たって砕けるだけで終わった。

「「おおー！　すっげ！」」

フフン。

「よーし、ジャジャジャジャジャジャジャ！」

「ぐあああ！　や〜ら〜れ〜たぁ〜」

「最後は星里奈さんの【スターライトアタック】でしたけどね」

ミーナが小声で苦笑するが、それは子供の遊びだからな、そこまで正確でなくともいいのだ。

また歩き始めたところで、ミーナが俺を急に突き飛ばした。

「危ないっ、ご主人様！」

「むっ？」

カツッと地面に何かが刺さった。これは……？

「矢文ですね。佐助《さすけ》さんからです」

ミーナが刺さった矢を抜いて紙を開いた。

「あいつ、リリィの護衛だろ。なんで俺を狙って……」

旧ヴァレンシア家臣団とは、リリィをこちらにしばらく預け、向こうが勝手に護衛するという取り決めで一件落着したはずだった。

「私の護衛の技を鍛えるためだと思います」

それはいいが、本当に刺さって命を落としたら訓練にならんぞ？

「ご主人様、手紙だとこの近くに何か怪しい店があるそうです」

「なに？　ふむ……佐助が言うのなら、調べてみるか」

「はい！」

俺とミーナで手紙に記された店に向かう。それは表通りにはなく、裏通りの分かりにくい建物と建物の間の階段を下りた所に扉があるという、いかにも犯罪臭の漂う店だ。

「おかしな罠が仕掛けられてなきゃいいが……」

「ご主人様は、上で待っていて下さい。私が一人で調べてきますから」

「まあ待て、二人のほうが安全だ。行くぞ、ミーナ」

彼女一人だけというのも心配だったので俺は覚悟を決め、扉を開ける。

すると左にカウンターがあり、顔は衝立で見えなかったが、太い腕の男が向こうに座っているのが分かった。

「ここは何の店だ？」

「一人、百ゴールド」

男は説明もせず、いきなり値段だけを言ってくる。ったく、ろくな店じゃねえな。絶対にぼったくりだろう。

だが、値段はそれほど高くないので俺は大銅貨を二枚、カウンターに突き出してやった。

「向こうのドアに入れ」

男が指さした方向のドアに行き、中に入る。

そこは五メートル四方の狭い個室といった感じで、中央には大きめのベッドが大部分を占領し、部屋の中にあるのはそれだけだった。

「ここは、何をする所なんでしょうか？」

「まあ、もうちょっと待ってみよう。もしかすると、女が来るかもな」

「ああ……」

ミーナも察しが付いたようで、幾分か力を抜いた。危険が去ったというわけではないが、そういう商売の店なら、剣を抜いて身構えるほどでもないのだ。

「いらっしゃ〜い」

ドアを開けて三人の小悪魔がテケテケと入ってきたが、三人とも俺達の知った顔だった。

「「「あれ？」」」

「何をしている、お前ら」

俺はそこに変なコスプレをして入ってきたリリィとミーシャとサーシャに問う。三人とも、テカる黒革のレオタードに身を包み、悪魔のしっぽと小さな羽が背中に付いている。可愛らしい格好ではあるが……このような店の中ではもっと別のイヤらしさを意識せずにはいられない。

そのリリィが答えた。

「んっとねぇ、私はミーシャとサーシャが簡単にお小遣いを稼げるよ！　って言うから付いてきたんだけど……」

ということはこの双子が何も知らないリリィを悪の道に誘ったようだな。

「「うっ」」

指さされたミーシャとサーシャがばつが悪そうな顔をして、入ってきたドアからゆっくりと後ずさっていく。

「おい、ちゃんと説明しろ。そうでないと、もっと酷いお仕置きにするぞ？」

「「ふぇーん、ほんのの出来心、だったんですぅ〜」」

そんな事だろうとは思ったが、困った奴らだ。

「お前らはここでの仕事の内容はきちんと聞いたのか？」

「聞いたよ？　三人で中に入って男の人をムチでペシペシするだけでお小遣いがもらえるって」

「ふうん？　セクロスはしないのか？」

「「しない、しない。お触りも禁止だもん」」

それで一人百ゴールドだと？　まったくけしからん店だな。せめて裸は見せろと。

「それなら分かった、なら軽いお仕置きだけで済ませてやろう。ミーシャ、サーシャ、お前らはベッドに上がれ」

「「な、何をするの？」」

二人が何をされるのかと怯えて身を縮めつつ、俺の言う通りにする。

「そのムチを貸せ」

「いや、待て、ミーナ、せっかく店に来たんだ、雰囲気くらいは味わって帰るとしよう。金はもう払ってしまったしな」

「はぁ、分かりました」

ミーナはあまり面白く無さそうだが、せっかくのコスプレだ。元は取っておかないとな。

「じゃ、ミーシャ、サーシャ、サービスを頼むぞ」

「「はぁーい。お任せ下さい、フフフッ」」

双子が嬉しそうにムチを握りしめたが……俺はサッとそのムチを取り上げた。

「これは使わなくていいからな」

「「エエ～？　それが一番楽しいのに」」

「他にもポーズを取ったり、何かあるだろう」

「「ん～、あっ。じゃあ、言葉責めで。ムチを返しなさいよ、このハゲ！」」

「待て、俺はハゲてないし、その悪口はやめろ、もっと他の言葉だ」

「「エエ～？」」

「ふひっ、はい、アレック。これを使って！」

「あっ、リリィ、ずるい！」

リリィから受け取ったムチで二人の可愛いお尻を軽くムチで叩いてやった。ペチン、ペチン。

「「あんっ！　いった～い！」」

「どうだ、自分がやろうとしている事を逆にやられた気分は」

「「最悪～」」

だろうな。

「相手は男だ。ムチを取られたりしたら今みたいな事になるし、もっと酷い目に遭うかもしれないぞ？　分かったら、三人ともおかしな店で勝手にバイトをするんじゃない。小遣いなら俺が渡してやるぞ」

「「はぁーい」」

「そうですよ。じゃ、見つからないうちに帰りましょうか」

「「ええ？　じゃあ、バカ？」」

「そうそう」

世の中には心を酷く傷つけてしまう言葉もあるからな。たとえ悪口であろうとも、言葉は選ぶべきなのだ。

「じゃ、おじさん、こんなお店に来てお説教なんて、バッカじゃないの」

「そうそう、どうせアタシ達とやりたいだけなんでしょ？」

ミーシャとサーシャはこういう雰囲気の店に詳しいようで、にじり寄りながら心得た事を言ってくる。

「まあ、そうだ」

「ほら、やっぱり」

「男ってそればっかりだよね～」

「ふん、小娘が知ったふうな事をきくな」

「小娘って」「失礼しちゃう」

そう言いながらも、小麦色の肌をしたサーシャが期待した眼差しをこちらに向けながら、自分の体をアピールしてくる。俺はその体をつんと指でつついた。

「あんっ、こら、ここではお触り禁止だってば」

「触ってはいない、つついただけだ」

「「エー、へりくつ」」

だが、三人の小悪魔達はふふっと笑い合うと、もっとつついてと言わんばかりに俺に近づいて体を擦りつけてくる。なかなか良いサービスだ。俺は少女達にご褒美のキスを与えてやり、プリッとした可愛いお尻を撫でてやる。

「あんっ」「こらぁ」「だーめ」

少女達は快楽の表情を見せつつも一筋縄では行かないようで、俺を挑発したり、わざとその手から逃れたりと、勝手気ままな子猫を思わせる。

俺はその一人のしっぽを掴むと引っ張ってやった。

「ちょっとぉ、放して」

「ダメだ、来い」

黒いマイクロビキニのブラを剥ぎ取り、小さなぽっちをあらわにする。ミーシャは嫌がるどころか、アハッと笑って自分の胸を突き出してきた。押せというのだから、こちらもピンクのボタンを押してやる。

「あんっ！」

「次はリリィもー」

「いいだろう」

リリィのしっぽを脱がせてやり、その小ぶりなお尻を鷲掴みで揉み回す。

「ンンッ！」

気持ち良さそうに目を閉じたリリィは、やはりこちらも自分からお尻を俺に押しつけ、おねだりしてきた。

「次はサーシャだよ！　ふふっ」

サーシャは自分でブラを外し、ちっとも膨らんでいない胸を自分の両手で無理矢理押し上げ、色香をアピールしてくる。

「良い胸だ」

俺は褒めながら、その間に手を突っ込んで撫で回す。

「んっ、きゃはっ、くすぐったいぃ～」

三人の小悪魔との戯れ、いや、これはバトルなのだ。

勇者パワーがみなぎった俺は性なる剣を取り出した。

「「「わ」」」

三人がそれをうっとりとした瞳で見つめ上げる。

「最初は誰だ？」

「リリィ！」「ダメ、ミーシャだよ」「アタシだってば」

小悪魔達が揉め始めたので、俺は解決策として三人同時に相手をしてやることにした。右手でサーシャを左手でミーシャを、そして性剣でリリィを攻撃する。

「あんっ」「はぁんっ」「やぁん！」

甘い喘ぎ声を上げ、三人の淫魔達が体を震わせる。

「よし、イクぞ」

俺は攻撃の手を速め、三人の弱点を責め立てた。

「ああっ、来るっ、アレックぅ！」「だ、ダメ、き、来ちゃうの、来ちゃう」「い、イクぅー！」

可愛い小悪魔達が同時に絶頂を迎え、俺達は幸せの天国気分を味わう事ができた。

「あ、あの、ご主人様、私も……」

おやおや、もう一匹、可愛い悪魔が生まれてしまったようだ。

「いいぞ、ミーナ、来い。相手をしてやる」

俺はニタリと笑って、白い髪の下僕をベッドへ誘った。狂乱の夜宴《サバト》はまだ始まったばかり、これは延長料金を取られそうだが、それくらいの金は払ってやるとしよう。

書き下ろし短編3　ここ掘れワンワン

朝は地獄だ。カラカラに渇いた喉をコップ一杯の水でうるおした後、俺は寝起きの足でふらふらと階下に向かう。

朝食という気分ではないので今日は適当に散歩でもするかと思い立ち、宿の裏庭に出る。そこではネネとレティが魔法の特訓をやっているようだった。

「いい？　ネネちゃん、要《よう》は集中だから。呼吸を整えてマナの流れを体で感じるのよ」

「は、はい、レティ先生。やってみます。すーはー」

紫紺と草色のとんがり帽子を被る二人の少女は、姉妹のように仲良くやっている。レティは色々やらかしてくれるのでネネの先生役に付けておくのは少し不安があったのだが、割と面倒見が良い。

「あら、アレック。あなたも私の魔術講義に参加したくてやってきたの？」

レティが俺に気付いて声をかけてきた。

「いいや。ちょっと通りかかっただけだ」

「なんだ、そうなの。あっ、ネネちゃん、集中集中！　乱しちゃだめよ」

「あぅ、ごめんなさいです」

「ネネの調子はどうだ？」

「んー、そうねえ、魔力は魔術士にしては低めなんだけど、それでも物覚えが良いから、悪くないわ。もう少し、コツを掴めてくると良いのだけど」

「そうか。ま、適当でいいぞ」

レティも加入しているので、魔術をネネだけに頼る必要もなくなっている。

「ダメダメ、この天才魔導師が先生となったからには、希代の大魔導師に育て上げてみせるわっ！」

「ふぇえええ……大魔導師、あう」

「あまりプレッシャーをかけてやるなよ」

ま、レティのノリはいつもの事だ。俺は気にも留めずに部屋に戻った。


その夜――

「開いてるぞ」

ノックがあり、入ってきたのはネネだった。

「あ、あの、アレック様……」

「どうした、ネネ」

いつもよりもさらに縮こまり、しゅんとしているロリに、俺は優しく声をかけてやる。

「それが、レティ先生が言ってるコツがよく分からなくて」

「なんだ、そんな事か。アレはいちいち気にしなくて良いぞ。どうせそれらしい事を適当に言って自分の気分を出してるだけだ」

「はぁ、でも、レティ先生みたいに魔法が強くならないので……」

それはまあ、レベルや魔力や経験の差だろうな。

気にするな、と言ってやろうとしたが、ネネも少し心配性だから口で言ったところで無駄だろう。

ならば。

「よし、ネネ、俺が直々に魔力の特訓をしてやろう」

「はわっ、本当ですか？」

「おお、本当だとも。じゃ、裸になってベッドに上がれ」

「は、はい」

すっかり騙されているネネは真面目に服をいそいそと脱ぎ、ベッドに上がった。

彼女を四つん這いにさせ、可愛いお尻からペロペロしてやる。

「はうっ、こ、これが、魔力の特訓なのですか!?」

「そうだ。考えるな、感じるんだ」

「はわ……んっ、わ、分かりました。はうっ」

可愛らしい声を上げ、尻の穴をキュッとしぼませるネネは、なかなか敏感な様子だ。

俺は後ろの穴に好奇心で指を突っ込む。

「ひゃうっ!?　あのあの、アレック様、そこは違います」

「違うものか。これでいいんだ。感じろ」

「ふええ……!?」

戸惑うネネが可愛いので、俺はさらに調子に乗って、ネネの後ろをいじり回す。

「はぅん、な、なんだか、変な感じになってきました ぁ……きゅう」

ネネができあがってきた様子なので、俺はベルトを外し、試しに後ろに入れてみる事にする。

「はうっ、ああ……」

苦悶とも快楽とも判断が付かない声を漏らすネネ。

「苦しいか？」

「す、少しだけ。でも、でも」

「そうか、気持ちが良いか。なら……【ア○ルセックス】のスキルがあるなら取ってみろ」

「取りました」

「よし、動くぞ」

俺はスキルを取り、ゆっくりとネネの中で動く。

「くうっ、はあっ、あううっ」

可愛らしい声が次第に妖艶さを増し、とろけるような声に変わっていく。緊張がほぐれてきた様子なので、俺はさらに深々とネネの中に忍び込む。

「ああ――っ！」

ネネが堪らず、大きな嬌声を上げた。

「どうだ、ネネ、これがアナ○セックスだ」

「そ、そうなのですか。よく分からないですけど、なんだかしゅごいでしゅ……んんっ」

「嫌なら、いつも通りにやってやるぞ」

「い、いえ、このままで」

「なんだ、アナルが好きなのか」

「いえ、好きというわけでは、でも、でも」

ま、すでに突っ込んでいるからな。ここで一度フィニッシュしないと、ネネもスッキリしないだろう。

「いいぞ、このままイカせてやる」

「は、はい。くうっ」

「ネネ、『ア○ルセックス大好き』と言ってみろ」

俺は腰を動かしながら要求する。

「は、はい、ア○ルセックス、だいしゅきでしゅっ！」

「もっとだ」

「あ、ア○ルセックスだいしゅき！　ア○ルセックスだいしゅき！　ア○ルセックス、うああっ！　きゃううっ！」

途中で絶頂を迎えてしまったネネは、気持ちよさそうに意識を手放し、ベッドの上に果てた。


翌日、あくびを噛み殺しながら裏庭に出てみると、昨日と同じようにネネとレティが魔法の特訓をやっていた。

「そうっ！　いいわよ、ネネちゃん！　もっとお腹をふわーっとさせて大地からマナをどーんと全部呑み込むつもりで、トランス！　トランス！」

レティが熱心に指導しているが……あれだな、天才気質の奴は説明が下手というか、さっぱり何を言っているか分からん。これではネネも悩んでしまうだろう。

「レティ、もう少し具体的に例を挙げるなり、もっと分かりやすく教えてやれ」

「ちょっと、横からド素人が知ったふうな口を出さないで。私はあの有名な魔法学院、オースティンを第七位で卒業した天才魔導師なのよ！」

「そのド素人に教えるんだから、ド素人が分かるようにしろと言ってるんだ」

「むむ、でも、魔法使いはそーゆー曖昧で感覚的なモノを自力で掴むようじゃなきゃ、やっていけないわ」

　やれやれ、こいつも意外と小難しい事を言う。

「大丈夫です、アレック様。昨日の夜の特訓で、私も何か掴めた気がします」

　ネネがそんな事を言うが。

「えっ、昨日の夜は何も教えてないけど、ま、まさか！　アレック、他人の弟子に横から師匠面して何か吹き込んだんじゃないでしょうね？」

「別に師匠面はしていないぞ。ちょっとネネが悩んでいたから、相談を受けただけだ」

「きー！　先生であるこの私を差し置いて、どーしてそんな無体な事をするの！　ネネちゃん！」

「はうっ、い、いえ、別に先生をないがしろにしようとか、嫌いだからアレック様にお願いに行ったとかでは……」

「はんっ、そんな口だけの言いつくろいは別に良いわよ、私が嫌いなら嫌いって、そう言えばいいじゃない。うわーん！」

　レティが泣き出してしまった。本当に面倒臭い奴だな。ネネがそんなレティの手を取って言う。

「違います、私は本当にレティ先生に教わりたいですから。嫌いでもないです」

「ホント？」

「はい」

「……んー、まあ、そういう事なら許してやらなくもないわ。ま、特別に今日だけは許してあげる。今日だけはね」

「ふう、ありがとうございます」

「でも、アレック、何を教えたのよ？」

「いや、別に。ちょっと気晴らしの方法をな」

　ここでア○ルセックスだと言ったら、レティの奴、余計に怒りそうだしな。真面目な特訓という事にしておこう。

「ネネちゃん、何を教わったの？」

「はう、それは……」

ネネも恥ずかしがって目をそらした。

「ちょっと！　言いなさいよ、二人とも。私をのけ者にして、やっぱり私が先生をやるのに反対なのね！」

「はわっ、違います、レティ先生」

「そうじゃないぞ、レティ。ま、昨日の夜はネネにア○ルセックスを教えてやっただけだ」

「アナル？」

レティはア○ルセックスを知らないようだ。

「じゃあ、レティ、ちょっと今から教えてやろう。俺の部屋に来い」

「うん。ま、教え子が知っているのに先生の私が知らないいんじゃ格好がつかないものね。どうせ大したことじゃないでしょうけど」


「まあな」

寝室でレティを裸にさせ、昨日のネネのように後ろを指でつつく。

「ひゃっ、ちょ、ちょっと、アレック、そこは違うわよ」

「いいんだ。こういう楽しみ方もあるぞ」

「えええ……で、でも、そっちは、汚――あんっ！」

「きちんと拭いておけば大丈夫だ。そうだな、レティ、お前の魔法で綺麗にしておけ」

「わ、分かった。じゃあ――ここでないどこかの空、別次元の扉よ、開門せよ。汚物は消毒、とんでけ【バキューームエアー！】」

レティが魔法を唱えた。ここでないどこかの空の下が少し心配だが、ま、死にゃしないだろう。

魔法で綺麗になったレティのお尻を念入りに舌で舐め舐めしてやると、彼女も感じてよがり始めた。

「ああんっ、そ、そんな、ダメ、アレック。そんなところ、舐めちゃ、くうっ！　これも、変な感じでああっ、感じちゃうっ！」

「なんだ、レティ、お前も素質がありそうだな」

「な、何の素質よ。あっ、ちょっと、嘘、そこに入れるの？」

俺の一物が当てられたのを見て、レティが困惑の表情を見せる。

「そうだ。モノは試し、これがア〇ルセックスだぞ」

「ええええ……あっ、ちょっ、やんっ、ああっ、くぅ……」

「よし、レティ、お前も『ア〇ルセックス大好き』と唱えてみろ」

「ハッ！　それが魔力上昇の秘訣なのね？」

「……まぁ、そんなところだ」

「分かったわ。くっ、ア〇ルセックス大好き、ア〇ルセックス大好き、あっ、ちょっとネネちゃんは見てないで向こうに行ってて」

「あう」

「いや、いいぞ、ネネ、先生がどんなふうにイクか、見守ってやれ」

「ちょっとぉ」

「ほれ、呪文を唱えないと魔力上昇にならないぞ」

「くっ、ア〇ルセックス大好き、はうっ、ダメ、そんなにかき回されたら、本当にア〇ルセックス大しゅきになっちゃうからぁ！　はぁん、ア〇ルセックスだいしゅきぃ――――！」

良い感じでレティをイカせてやった。

「あのあの、アレック様、私、お尻がムズムズして……」

「よし、いいぞ。来いネネ」

「は、はい……」

翌日、怖い顔をした星里奈が俺の部屋に入ってくるなり言う。

「ちょっと、アレック。あなた、ネネちゃんにとんでもない事を教え込んだでしょう！　ア○ルセックスをあんな子に仕込むなんて。そんなにしたいなら、まず私で試しなさいよ」

「分かった分かった。じゃあ、今からシてやるからまずはケツをだせ」

「え、ええ……いいわよ」

　ゴクリと期待の唾を飲み込みながら、星里奈が大きな尻をこちらに向けてくれた。

アレック

ステータス

〈レベル〉29　〈クラス〉勇者/賢者
〈種族〉ヒューマン　〈性別〉男　〈年齢〉42
〈HP〉322/322　〈MP〉165/165
〈TP〉257/257　〈状態〉通常
〈EXP〉91236　〈NEXT〉17764
〈所持金〉121000

基本能力値

〈筋力〉24　〈俊敏〉23　〈体力〉24
〈魔力〉23　〈器用〉23　〈運〉23

スキル 現在のスキルポイント:17621

（※3ページ目）
【かんじきの足 Lv5】【冷気耐性 Lv5】【高所耐性 Lv5】【浮遊 Lv3】【瞬間移動 Lv2】【買収 Lv5】【カリスマ Lv4】【ウインド Lv1】【混乱耐性 Lv1】【練乳生成 Lv5】【筆いじり(エロ) Lv5】【気配遮断 Lv5】【釘打ち Lv1】【精神統一 Lv5】【超高速舌使い Lv5】【MP消費軽減 Lv5】【MP回復速度上昇 Lv5】【回復アイテム効果上昇 Lv5】【スキル硬直緩和 Lv5】【スキル技の使用ポイント軽減 Lv5】【スキル使用の速度上昇 Lv5】

パーティー共通スキル

【獲得スキルポイント上昇 Lv5】【獲得経験値上昇 Lv5】【レアアイテム確率アップ Lv5】【先制攻撃のチャンス拡大 Lv5】【バックアタック減少 Lv5】

ミーナ

ステータス

〈レベル〉29　〈クラス〉水鳥剣士/くノー
〈種族〉犬耳族　〈性別〉女　〈年齢〉18
〈HP〉362/362　〈MP〉56/56
〈TP〉187/187　〈状態〉通常
〈EXP〉91737　〈NEXT〉13763
〈所持金〉321100

基本能力値

〈筋力〉12+20　〈俊敏〉14　〈体力〉10
〈魔力〉2　〈器用〉7　〈運〉34

スキル 現在のスキルポイント:49

【飲み干す Lv1】【おねだり Lv1】【鋭い嗅覚☆ Lv4】【忍耐 Lv4】【時計 LvMax】【綺麗好き Lv4】【献身的 Lv3】【物静か Lv3】【度胸 Lv2】【直感 Lv3】【運動神経 Lv4】【動体視力 Lv3】【気配探知 Lv3】【アイテムストレージ Lv1】【薬草識別 Lv1】【薬草採取 Lv1】【差し入れ Lv1】【状況判断 Lv3】【素早さUP Lv3】【幸運 Lv5】【かばう Lv3】【フェラチオ Lv3】【パーティーのステータス閲覧 LvMax】【罠の嗅覚 Lv3】【毒針避け Lv3】【罠外し Lv3】【ジャンプ Lv1】【水鳥剣術 Lv5】【暗視 Lv1】【悪臭耐性 Lv1】【オートマッピング Lv1】【キュッと締める Lv1】【精神耐性 Lv1】【混乱耐性 Lv1】【手裏剣 Lv3】【忍び走り Lv1】

Hステータス

〈H回数〉57　〈オナニー回数〉32　〈感度〉79　〈淫乱指数〉14
〈好きな体位〉正常位
〈プレイ内容〉ソープランドプレイ、看護師プレイ、女教師プレイ、ニンニンプレイ

星里奈

ステータス

〈レベル〉29　〈クラス〉勇者/剣士
〈種族〉ヒューマン　〈性別〉女　〈年齢〉18
〈HP〉392/392　〈MP〉186/186
〈TP〉314/314　〈状態〉通常
〈EXP〉93256　〈NEXT〉14754
〈所持金〉1021500

基本能力値

〈筋力〉26　〈俊敏〉26　〈体力〉26
〈魔力〉25　〈器用〉25　〈運〉25

スキル 現在のスキルポイント:249

Caution!
スキルにより閲覧が妨害されました

Hステータス

〈H回数〉56　〈オナニー回数〉2798　〈感度〉99　〈淫乱指数〉89
〈好きな体位〉後背位
〈プレイ内容〉3P、SMプレイ、逆ハーレムプレイ、貝合、緊縛プレイ

リリィ

ステータス

〈レベル〉27　〈クラス〉王族/シーフ
〈種族〉ヒューマン　〈性別〉女　〈年齢〉**
〈HP〉123/123　〈MP〉63/63
〈TP〉61/61　〈状態〉通常
〈EXP〉73258　〈NEXT〉8258
〈所持金〉121500

基本能力値

〈筋力〉6　〈俊敏〉8　〈体力〉3
〈魔力〉4　〈器用〉3　〈運〉5

スキル 現在のスキルポイント:594

【高貴な血筋☆ Lv5】【ワガママ Lv3】【マナー Lv1】【ゴミ漁り Lv2】【スる Lv2】【逃げる Lv2】【スリング Lv3】【アイテムストレージ Lv1】【回避 Lv2】【ヘイト減少 Lv5】【体力上昇 Lv5】【サボる Lv3】【遊ぶ Lv3】【様子を見る Lv1】【かくれんぼ Lv5】【他人に押しつける Lv5】【オートマッピング Lv1】【女王様と呼ばせる Lv1】【顔面騎乗位 Lv1】【精神耐性 Lv1】【混乱耐性 Lv1】

Hステータス

〈H回数〉55　〈オナニー回数〉0　〈感度〉79　〈淫乱指数〉45
〈好きな体位〉???
〈プレイ内容〉女王様プレイ、小悪魔プレイ

イオーネ

ステータス

〈レベル〉29　〈クラス〉水鳥剣士
〈種族〉ヒューマン　〈性別〉女　〈年齢〉20
〈HP〉292/292　〈MP〉108/108
〈TP〉316/316　〈状態〉通常
〈EXP〉93256　〈NEXT〉9754
〈所持金〉351540

基本能力値

〈筋力〉17　〈俊敏〉17　〈体力〉14
〈魔力〉8　〈器用〉19　〈運〉18

スキル 現在のスキルポイント:8

【角オナニー Lv4】【素早さUP Lv3】【心配り Lv4】【優しさ Lv4】【理性 Lv2】【正義の心 Lv2】【直感 Lv3】【反射神経 Lv4】【運動神経 Lv3】【気配探知 Lv3】【水鳥剣術 Lv5】【差し入れ Lv3】【見切り Lv3】【カウンター Lv3】【アイテムストレージ Lv1】【幸運 Lv5】【冒険の心得 Lv1】【女の魅力 Lv1】【心眼 Lv1】【誘惑 Lv5】【パイズリ Lv1】【パフパフ Lv1】【膝枕 Lv5】【水鳥剣奥義 スワンリーブズ Lv5】【水鳥剣奥義 鳰 Lv5】【オートマッピング Lv1】【おっぱい載せ Lv1】【精神耐性 Lv1】【混乱耐性 Lv1】

Hステータス

〈H回数〉52　〈オナニー回数〉63　〈感度〉74　〈淫乱指数〉23
〈好きな体位〉正常位
〈プレイ内容〉パイズリ、母乳プレイ、パフパフ

ネネ

ステータス

〈レベル〉25　〈クラス〉魔術士
〈種族〉犬耳族　〈性別〉女　〈年齢〉**
〈HP〉142/142　〈MP〉251/251
〈TP〉86/86　〈状態〉通常
〈EXP〉80584　〈NEXT〉6516
〈所持金〉151540

基本能力値

〈筋力〉5　〈俊敏〉5　〈体力〉4
〈魔力〉7+1　〈器用〉9　〈運〉19

スキル 現在のスキルポイント:315

【共感力☆ Lv4】【優しさ Lv3】【悪臭耐性 Lv1】【ファイアボール Lv2】【ヘイト減少 Lv1】【体力上昇 Lv5】【矢弾き Lv1】【アイテムストレージ Lv1】【幸運 Lv5】【オナニー Lv1】【痛み軽減 Lv1】【オートマッピング Lv1】【ブラインドフォール Lv1】【騎乗 Lv1】【アナルセックス Lv1】【精神耐性 Lv1】【混乱耐性 Lv1】【ライト Lv1】

Hステータス

〈H回数〉45　〈オナニー回数〉6　〈感度〉68　〈淫乱指数〉13
〈好きな体位〉座位
〈プレイ内容〉ソーププランドプレイ、フェラチオ、姉妹プレイ、お尻プレイ

レティ

ステータス

〈レベル〉28　〈クラス〉魔導師
〈種族〉ヒューマン　〈性別〉女　〈年齢〉18
〈HP〉175/175　〈MP〉359/359
〈TP〉96/96　〈状態〉呪い(弱)
〈EXP〉92584　〈NEXT〉6416
〈所持金〉101540

基本能力値

〈筋力〉4　〈俊敏〉4　〈体力〉6
〈魔力〉20+10　〈器用〉8　〈運〉5-5

スキル 現在のスキルポイント:8

【床オナニー Lv5】【ファイアボール Lv5】【ブラインドフォール Lv5】【フレイムスピアー Lv5】【ファイアウォール Lv5】【マザー・スライム・レボリューション Lv5】【永劫火炎結晶死剣(ヴァスケットシュタインデス) Lv5】【デス】【アート・イズ・アン・エクスプロージョン Lv5】【ダーク・ファイア・キャッスル Lv5】【リターン・ワーク・ポイント Lv5】【オートマッピング Lv1】【精神耐性 Lv1】【混乱耐性 Lv1】……

Caution!

＊不思議な力により閲覧が妨害されました＊

Hステータス

〈H回数〉5　〈オナニー回数〉54　〈感度〉48　〈淫乱指数〉15
〈好きな体位〉後背位
〈プレイ内容〉魔法少女プレイ、放置プレイ、トランス

ルカ

ステータス

〈レベル〉29　〈クラス〉戦士
〈種族〉ヒューマン　〈性別〉女　〈年齢〉19
〈HP〉320/320　〈MP〉59/59
〈TP〉196/196　〈状態〉通常
〈EXP〉85585　〈NEXT〉6415
〈所持金〉11740

基本能力値

〈筋力〉18　〈俊敏〉13　〈体力〉17
〈魔力〉2　〈器用〉9　〈運〉6

スキル 現在のスキルポイント:315

【不屈 Lv1】【気合い Lv3】【回転斬り Lv3】【サークルウェイヴ Lv3】【オートマッピング Lv1】
【精神耐性 Lv1】【混乱耐性 Lv1】

Hステータス

〈H回数〉7　〈オナニー回数〉0　〈感度〉68　〈淫乱指数〉5
〈好きな体位〉正常位
〈プレイ内容〉ノーマルプレイ、マッスルプレイ、フェラチオ

あとがき

温泉回はいかがでしたでしょうか？


お久しぶりです。まさなんです。

またまた読者の皆様とこの場でご挨拶できるのは大変ありがたく、光栄に思います。

正直なところを申し上げますと、書籍化の話を頂いたときには第三巻まで出るとは思っていませんでした。これもこうしてお手にとって頂いたり、WEBやツイッター上で応援していただいたりした皆様のおかげだと恐縮しております。

この第三巻の原稿を書き上げた時はちょうど冬にさしかかる頃でして、まぁ、店頭に並ぶ頃にはおそらく春がやってくるわけですが、鍋がとっても美味しい季節だったんですよ？（言い訳）

表紙も攻めてみました。紙版の書籍を集めておられる読者の方は、「買いづらい！」と感じたら、アンケートなどでお伝えいただければと思います。放っておくとだんだんエスカレートしてくる気が。

肝心の内容が皆様のご期待に添えていたらいいのですが……まあ、キャラの性格や方向性は第一巻から変わっていないと思うので、何かあればそれ以外の部分かなと。ちょっと期待外れだったり、三巻まとめ買いしてハズレを引いてしまわれた猛者の方には、誠に申し訳ない限りです。

さて今回は、新キャラの褐色戦士ルカと、双子の踊り子、神殿騎士エリサと、他にもたくさん出てきていろんな意味でヤバイです。イラストを担当していただいているB–銀河先生が大変だろうなぁと、書き上がった後で気付いたのですが、ハーレムはやっぱり、女の子がたくさんいた方がいいじゃないですか。着せ替えも楽しいので、今回はリリィにSM女王様のコスプレをしてもらいました。

面白かったら星を付けてもらえると嬉しいです。

アレック達の冒険も『帰らずの迷宮』の探索が進み、ダンジョンの構造や敵も少し変化してきましたね。ゲームならまず出てこないラスボスみたいな強敵も出てきて、小説はゲームバランスに縛られない自由度があるなと感じます。

装備をちまちま更新したり、お金をたくさん落とす敵をひたすら倒したり、そういうのもゲームでは面白いのですが、小説だとなかなか表現しづらいかなと。アレック達も、レアアイテムの宝玉や宝箱をわんさか手に入れて、お金には困らなくなっています。

それよりも『帰らずの迷宮』の謎や罠、他の冒険者との駆け引き、さらなる強敵の出現などを面白く描けていけたらいいなと。もちろん、タイトルにもあるとおり、えっちぃスキルも忘れないようにしたいと思います。

WEB版から引き続き読んでいただいている読者の方はすでにお気づきかと思いますが、裏ルートだけでなく正規の章でも、ちょっと展開を変えてみました。

可愛いヒロインズを魅力的に描いていただいて、私の小説にそんな凄い挿絵が付いてていいんかなとB－銀河先生には頭が下がりっぱなしです。

さらにコミカライズの方も、薬味紅生姜先生が精緻な書き込みで大ボリュームのページ数を描いていただいて、私自身、次の話がどうなるのか楽しみで仕方ないです。コミッククライドアドバンスもよろしくという事で。

それから色々とご指導を頂いている編集K様、装丁や営業など、様々なところでご支援ご協力いただいている皆様に深く感謝を。

新しいゲーム機を定価で買うべく、転売ヤーとの熾烈な心理戦を繰り広げながら——

GC NOVELS

エロいスキルで異世界無双 3

Record of Erotic Warrior

2021年4月8日初版発行

著者 まさなん

イラスト B-銀河

発行人 子安喜美子

編集 川口祐清

装丁 森昌史

印刷所 株式会社エデュプレス

発行 株式会社マイクロマガジン社
〒104-0041 東京都中央区新富1-3-7 ヨドコウビル
［販売部］TEL 03-3206-1641／FAX 03-3551-1208
［編集部］TEL 03-3551-9563／FAX 03-3297-0180
https://micromagazine.co.jp/

ISBN978-4-86716-125-8 C0093

本書は小説投稿サイト「ミッドナイトノベルズ」（https://mid.syosetu.com/）に掲載されていたものを、
加筆の上書籍化したものです。

ファンレター、作品のご感想をお待ちしています！

宛先 〒104-0041 東京都中央区新富1-3-7 ヨドコウビル
株式会社マイクロマガジン社 GCノベルズ編集部「まさなん先生」係「B-銀河先生」係